明日の世界が君に優しくありますように

汐見夏衛

STARTS
スターツ出版株式会社

どうして世界は、こんなにも、悲しいことで溢《あふ》れているんだろう。
どうして神様は、こんなにも、苦しみばかり与えるんだろう。

大切なものはいつだっていとも簡単に奪われてしまうし、
時にはどんなに悔やんでも取り返しのつかない罪を背負《せお》ってしまうこともある。

だけど、胸《むね》をかきむしるほど悲しくても、息もできないくらい苦しくても、
それでも私たちは、歯を食いしばって前を向いて、生きていかなきゃいけないんだ。
だって、私たちは、生きているんだから。

彼の優しさが、彼女の愛が、そして君の厳しさが、私にそれを教えてくれた。

目次

明日の世界が君に優しくありますように

第一章　海に抱かれて

「……なーんもない」

ずっしりと重たい荷物を抱《かか》えて駅のホームに降り立ち、これから住むことになる町を見渡したときの私の第一声が、それだった。

「ほんとになんもないな」

『鳥浦《とりうら》』と書かれた駅名板を見上げて、ふうっと深いため息を吐《は》き出す。数えるほどしか乗客のいない電車をこの駅で降りたのは、私ひとりだった。

再び駅の外に視線を向ける。目に映るのは、空の青と山の緑だけ。その下には、地面にへばりつくように建ち並ぶ古くさい木造住宅の茶色が続いている。ど田舎《いなか》、という言葉が頭に浮かんだ。

T市鳥浦町。ここに来たのは、十年以上前、幼稚園《ようちえん》のころ母親に連れられて祖父母の家を訪れたときの一度だけだった。幼かったからほとんど記憶はなくて、こんなにもなにもないところだとは思わなかった。これまでの環境と違いすぎて、言いようのない不安が込み上げてくる。

私、これから、どうなるんだろ。

ぼんやりと考えながら、案内表示の矢印に従って階段を上り、線路の上をまたぐ連絡通路を渡って、また階段を下りる。

改札機はひとつだけだった。

住み慣れた街を出るときは、掃除機のノズルに吸い込まれていく無数の塵《ちり》のひとかけらみたいに、人波に押し流されながらずらりと並ぶ改札機のひとつを通り抜けた。でも、新しい町に入る今は、無人のホームの端《はし》にぽつんと佇《たたず》むそれを、たったひとりで通り抜けている。ずいぶんな落差だった。

当然か、と思う。私がこれまで暮らしていたのは、このA県の県庁所在地N市の中心部だった。海に突き出した半島の先端にあるこのT市とは比べものにならないほどの人口密度で、いつどこに行っても数えきれないほどの人がいる。そこから各駅停車でちんたら走る電車に揺られること一時間。たったそれだけで、こんな異次元のように人の気配のない場所に辿《たど》り着くなんて。まるで世界の中心から片隅《かたすみ》まで無理やり運ばれてきてしまったような気持ちだ。

駅舎《えきしゃ》を出た私はまたひとつため息をついて、車一台停《と》まっていないちっぽけなロータリーの端で足を止めた。目の前には、これから住む世界が広がっている。

左は見渡す限りの海、右は果《は》てしなく続く山。それらの上に覆《おお》いかぶさる空は、高い建物が全くないせいかやけに広く感じられて、なんだか落ち着かなかった。

お父さんから鳥浦の高校をすすめられたとき、ここまで寂《さび》れた町だとちゃんと覚えていれば、絶対に承諾《しょうだく》なんてしなかったのに。

私がこんな煮え切らない思いを抱えて憂鬱《ゆううつ》なため息ばかりついているのには、理由がある。

この四月から高校生になった私は、家族のもとを離れて母方の祖父母が住む町に引っ越し、そこから近くの学校に通うことになった。

『N市の通信制高校に通うか、祖父母の家からT市の高校に通うか』の二択をお父さんから迫られて、『ほとんど知らない町に住むのは嫌だけれど、居場所のない実家にずっといるよりはましだろう』と考えた末の、消去法の選択だった。

本当は春休みの間に引っ越して入学式から登校する予定だったけれど、わけあって一ヶ月遅れて、ゴールデンウィークに入った今日から鳥浦に住むことになった。

長い連休が明けたら、とうとう初登校ということになる。入学以来ずっと欠席していて、休み明けに突然教室に入ってきた人間を、クラスメイトたちはどんな目で見るだろうか。想像しただけでも気が重くなった。

しかも、地元から遠く離れた祖父母の家にお世話になりながら学校に通うというのは、表面上はお父さんのすすめという形ではあったけれど、実際には体《てい》のいい厄介払《やっかいばら》いのようなものだ。それは、私が中学で問題を起こしたからだった。手のかかる娘だから家を追い出されたも同然なのだと、私はちゃんと分かっていた。祖父母だって、娘婿《むすめむこ》からの頼みを断り切れずに面倒な孫を押しつけられてしまった、と思っているに違いない。

そういう状況だったから、高校生活への期待や新天地への希望なんて、持てるわけがないのだ。憂鬱になって当然だ。

そんなことを思いながら、もうすぐ迎えにくるはずの祖父母をぼんやりと待っていたときだった。

「――シラセマナミ?」

突然うしろから声が聞こえてきて、私は驚いて振り向いた。

そこにいたのは、自転車にまたがって無表情にこちらをじっと見ている、同い年くらいの男の子だった。

第一印象は、瞳が強い、だった。頭上から燦々《さんさん》と降り注ぐ太陽の光を全部集めて詰め込んだような、強くてまっすぐな瞳。

今にも射抜《いぬ》かれそうな眼差《まなざ》しに、思わず硬直してしまう。こういうふうに真正面から見つめてくる視線が、私は苦手だった。

どうして私に声をかけたんだろう。どうして私の名前を知っているんだろう。疑問に心を奪われて無言で立ち尽くしていると、彼は軽く眉《まゆ》をひそめて首を傾《かし》げながら自転車を降り、また口を開いた。

「〝白瀬真波《しらせまなみ》〟じゃないの?」

「……そう、ですけど、なにか?」

ぼそりと答えると、彼は小さくうなずいて言った。

「俺は、美山漣《みやまれん》」

それから彼がずいっと右手を差し出してくる。まさか握手を求めているのか。嫌だ。戸惑って黙り込んでいると、彼はぶっきらぼうな口調で「荷物」と言った。自分の勘違いに気づいて、恥ずかしさに私は首を振る。

「大丈夫です」

すると彼は少し苛々《いらいら》したように眉根《まゆね》を寄せ、「いいから」と旅行鞄《かばん》を奪い取った。慌てて取り返そうとした私に背を向け、自転車の荷台に鞄をのせてバンドで留める。そして無言のままハンドルをつかみ、自転車を押して歩き出した。

全く状況を理解できていなかったし、正直、知らない男の子についていくのにも抵抗がある。でも、荷物を取られてしまったから、仕方がない。

「あの……誰ですか」

渋々《しぶしぶ》あとを追いながら背中に問いかけると、彼はどこかうざったそうな顔で振り向いて足を止めた。なんか、怖い、この人。

「さっき名乗ったじゃん。美山漣。高校一年」

げ。ほんとに同い年だ。嫌だな。私はこっそり、ふうっと息を吐く。今日だけで何回ため息をついただろう。

「それは分かってるけど」

同学年ということが判明したので、遠慮なくタメ口でいかせてもらうことにする。

「なんであなたが私のこと迎えに来たのかが分かんないから、訊《き》いてるの」

反発するように、相手に負けないくらいの無愛想《ぶあいそう》を心がけて言うと、彼が少し眉を上げた。

「ああ、お前のじいちゃんばあちゃんに頼まれたんだよ」

初対面の女子を『お前』と呼ぶ不躾《ぶしつけ》さに、私は内心で顔をしかめた。

こういう男子、苦手だ。いや、男子は基本的にみんな苦手だけど。うるさくて、ガキっぽくて、乱暴で粗野《そや》で、嫌になる。まあ、女子の陰湿《いんしつ》さにも辟易《へきえき》するけど……と考えて、つまり私はみんなが嫌いってことか、と我ながら呆《あき》れた。自分のことは棚に上げて、ずいぶん偉そうだ。

「そうか、俺が来るって聞いてなかったのか……」

彼は横を向いてひとりごとのように小さく呟《つぶや》いたあと、ちらりとこちらを見て「それなら」と言った。

「ちゃんと言えばよかったな。ごめん」

いきなり素直に謝られたので、また不機嫌な視線を向けられるんじゃないかと構えていた私は拍子《ひょうし》抜けしてしまう。肩すかしを食らって黙り込んだ私を気にするふうもなく、彼は再び歩き始めた。

住宅街の中を線路沿いに歩いて、しばらくしたところで踏切《ふみきり》を渡る。すると一気に視界が開けて、目の前に海が広がった。私は思わず足を止める。

周りになにもないせいか、さっき駅から見たのとは比べものにならないくらい、広く大きな海に見えた。どれほどの距離かも分からないくらい遠くに浮かんでいる大型船らしい影以外なにもなく、ただ果てしなく広い。

まるで海に包まれているみたいだ、と思った。広い広い海に抱《いだ》かれたちっぽけな町の片隅に、私はいるのだ。

「どうした?」

ふいに声をかけられて、我に返った。電信柱《でんしんばしら》ひとつ分ほど離れたところで怪訝《けげん》そうな顔をしている彼の視線に突き刺されたような気がして、慌てて足を動かす。

追いついた私に、彼は呆れ顔で言った。

「ちゃんとついてこいよ。迷子になっても知らないぞ」

私はむっとして小さく返す。

「迷子とか……高校生にもなって、ならないし」

「はぐれてもスマホで調べればいいとか思ってんだろ」

図星を指されて、私はぐっと唇《くちびる》を噛《か》んだ。

それのなにが悪いの。このご時世、スマホさえあればどこでも行けるでしょ。さすがに口には出さないけれど、彼の小馬鹿《こばか》にしたような言い方に心の中で反論する。

「この辺の道、目印になるようなもんないし、地図アプリ見たって土地勘なければ迷うのがオチだぞ」

「………」

そんなの、私が悪いわけじゃない。田舎すぎるこの町が悪いんだ。なんで私が嫌みを言われなきゃいけないの。

苛々したまま、私は黙って彼のあとを追った。

海沿いの歩道は、古いガードレールに仕切られた線路沿いの道に比べると幅が広く、わりと整備されていて、ふたり並んでも余裕を持って歩けるくらいだった。でも、さっき会ったばかりの無愛想な男の子と肩を並べる気になんてなれなくて、五歩分ほど距離をとってついていく。

するとしばらくしてまた彼が振り向いた。

「なんでうしろ歩くんだよ。変だろ。話しにくいし」

別にあんたと話したいことなんてないし、と思いつつも、これ以上なにか言われるのも癪《しゃく》で、言われた通りに彼の横に並ぶ。

でも、自分から近くに来させておいて、彼はこれといってなにも話さない。それなら縦並びのままでよかったじゃん、と内心で毒《どく》を吐きながら、私はちらりと隣を見上げた。

いかにも気の強そうな顔をしている。細くてまっすぐな眉、切れ長の瞳《ひとみ》。すっと通った鼻筋《はなすじ》、きりりと引き結ばれた薄い唇、直線的な輪郭《りんかく》。海から来る風にさらさらとなびくまっすぐな黒髪、尖《とが》った肩、すらりと伸びた四肢《しし》、薄っぺらい身体。なにもかもまっすぐだ。

まっすぐなのも、苦手だ。私はひねくれていると自覚しているから。自分の苦手なものを縒り集めたような人と、どうして肩を並べて歩いているのか、不思議だった。

……それにしても、まだ着かないのか。そろそろ沈黙《ちんもく》が気まずくなってきた。いくら初対面だから仕方がないとはいえ、無言のまま何分も過ごすというのは気が重い。

なにか話題はないかと考えを巡らせて、荷造りをするときに寝ぐせ直しのヘアスプレーを鞄に入れるのを忘れてしまったことを思い出した。こっちに着いたら買いに行かなきゃ、と思っていたのだ。

深呼吸をして、気持ちを励《はげ》ましてから、口を開く。

「ねえ」

彼は自転車を押しながらこちらに視線を落とした。

「あのさ、あとでちょっと買い物したいんだけど、近くにスーパーかドラッグストアある？」

「スーパーみたいな感じの店だったら、山田商店か、ニコニコストアかな」

その名前を聞いた瞬間、嫌な予感に襲《おそ》われた。おそるおそる訊《たず》ねる。

「……それ、どういう店？」

「山田商店は、まあ、八百屋《やおや》みたいな？　野菜と果物と、あとは肉もちょっと売ってる。ニコニコストアは普通のコンビニ。それ以外の店だとけっこう遠くて、車じゃないときつい」

ニコニコストアなんて、聞いたこともない名前だった。それ、ほんとにコンビニなの？　と疑問が湧《わ》いてくる。『普通のコンビニ』ってなに。私の知ってる普通のコンビニはセブンイレブンとかローソンなんだけど、この辺にはないの？

ぐるりと周囲を見渡して、確かになさそうだ、と判断した私は、ふうっと息を吐いた。

「……じゃあ、そのニコニコストアとかいう店に行こうかな」

八百屋にヘアスプレーが売っているとは思えなかったから、聞き慣れないとはいえそのコンビニに行くしかなさそうだった。

「ああ。でも、七時までだから、買い物行くなら早めのほうがいいぞ」

彼がちらりとこちらを見て言った。

「七時まで？　夜七時で閉まるってこと？」

「そうだよ」

なにそれ。二十四時間営業じゃないってこと？　そんなコンビニあるの？　全然便利じゃないじゃん、と心の中で突っ込みを入れる。本当に、どこまでいってもここは異次元のような町だった。

「……で、その店、どこにあるの？」

「この道まっすぐ行って右に曲がって、三つ目の交差点で左に曲がって、ずーっと行って右」

また嫌な予感が胸に込み上げてくる。

「……歩いて何分くらい？」

「歩き？　チャリだと十分くらいだけど、歩いたら、まあ、二……三十分くらいかな」

予感が当たって、私はげんなりと肩を落とした。最寄りのコンビニまで徒歩三十分とか、ありえない。本当に全くこれっぽっちも便利じゃない。

もはや返す言葉も見つからず押し黙ると、彼はふっと嫌みな笑みを浮かべた。

「どうせ〝ど田舎〟って馬鹿《ばか》にしてんだろ」

まるで心を読まれたかのようで焦《あせ》りを覚えた。でも、だって、本当のことじゃない、と心の中でひとりごちる。徒歩十分圏内《けんない》にコンビニがなくて、しかも深夜営業さえしていないなんて、まさに〝ど田舎〟だと思う。

とはいえそんなことを口に出すわけにもいかず黙っていると、彼は肩をすくめて前に向き直った。それから私たちはひと言も口をきかずに黙々と足を動かし続けた。

手持ち無沙汰《ぶさた》を紛《まぎ》らすために何気なく右側に視線を送ると、海面に白く反射した太陽の光に目を射抜かれた。このところ急に気温が高くなったこともあって、真夏の中にいるような錯覚《さっかく》に陥《おちい》る。

ただ歩いているだけなのに、こめかみにじわりと汗がにじんできた。暑い、と心の中でぼやく。

あたりは一軒家ばかりで、陽射しを遮《さえぎ》るものがないからか、まるで南国に来たみたいだった。五月にはN市あたりでも急に夏めいてくるけれど、この海辺《うみべ》の田舎町の暑さは種類が違う。

本格的な夏になったらどうなるのか。暑さが苦手な私は、想像しただけでのぼせてしまいそうな気分だった。

こんな暑い中いつまで歩くんだろう、と先の見えない道行きにうんざりし始めたころ、彼が「曲がる」と呟いて横断歩道を渡り、やっと海沿いの道から外れた。そのまま両側に家々が建ち並ぶ小道に入る。車一台通るのがやっと、というくらいの狭い道だ。

すぐに着くのかと思いきや、またしばらく歩く。げんなりしていたとき、うしろからばたばたと足音が聞こえてきた。

「幽霊《ゆうれい》だーー!」

ふいに聞こえてきた言葉に、私は反射的に振り向いた。目を向けた先には、小学生くらいの男の子が数人、海のほうへ向かって走っている。

「幽霊が来るぞーー! 逃げろ!」

「急げ、急げ!」

ぎゃははっ、と楽しげに笑いながら追いかけっこをしている背中を目で追う。

「幽霊……?」

思わず少年たちの言葉を反芻《はんすう》すると、先を歩いていた彼が「ああ」と振り返った。

「あっちに砂浜があるんだけど、夜になると幽霊が出るって言われてるんだよ。それでこのあたりの子どもたちは、鬼ごっこのときに追いかける役を『鬼《おに》』じゃなくて『幽霊』って呼んでるらしい」

「……ふうん」

別に答えを求めていたわけでもないのに詳しく解説されて、私は微妙な気持ちになりつつうなずいた。彼はまた少し眉を寄せてから、ふいに前のほうを指差した。

「着いたぞ」

その指先を追うと、小ぢんまりとした古い木造の家屋《かおく》があった。彼がすたすたと歩きだしたので、私もあとを追う。

軒先《のきさき》には、風化して今にも崩《くず》れそうなプラスチックの台の上に、花の鉢植《はちう》えがいくつか置かれている。少し視線を上げると、網戸《あみど》だけ残して開け放たれた玄関の引き戸とチャイム、そして『高田《たかだ》』という表札があった。高田というのはお母さんの旧姓《きゅうせい》だ。

この家には確かに昔一度来たことがあるはずなのに、やっぱりほとんど覚えがなかった。いきなり知らない家に連れて来られたような気分だ。

「ただいまー」

彼は自転車を車庫の中に停め、私の荷物を抱えると、奥に声をかけながら玄関の網戸を開けた。鍵《かぎ》をかけていないのか、なんて不用心な、と驚きを隠せない。

「はーい」と応える声が中からかすかに聞こえてきた。

これから祖父母に会うのだと思うとなんだか急に動悸《どうき》がしてきて、私はうつむいて立ち止まる。すると彼が怪訝そうな声で言った。

「おい、真波。入らないのか？」

突然呼び捨てにされて、私はぱっと顔を上げた。

会ったばかりの人に、しかも男子に下の名前を呼ばれるなんて、初めてのことだった。本当に、なんて不遜《ふそん》なやつなんだろう、この美山漣という人間は。

「どうした？ 早くしろよ。じいちゃんたち待ってるぞ」

驚きと動揺でそれでも動けずにいると、奥のほうから足音が聞こえてきた。

どきりと心臓が跳《は》ねる。顔もはっきりとは覚えていないおじいちゃんとおばあちゃんに、とうとう対面するのだ。どんな顔をすればいいのか分からなくて、反射的にまたうつむく。

どきどきとうるさい胸のあたりをぎゅっとつかみ、下を向いたまま待つ。

「まあちゃん？」

少ししわがれた年配女性の声が玄関に響いた。顔を上げると、笑みを浮かべた顔がふたつ並んでいた。

「あ、はい……」

私が小さく答えると、おじいちゃんがにこにこ笑いながら「いらっしゃい」と言った。

「よく来たねえ。待ってたんよ」

おばあちゃんも同じようににこにこしながら小首を傾げる。

「遠かったから疲れたやろう。中でゆっくりせんね、冷たい飲みもの用意してあるからね」

「あ、はい、どうも……えと、これからお世話になります。よろしくお願いします」

まずは挨拶《あいさつ》が肝心《かんじん》、と自分を激励して、できる限りきちんと頭を下げた。

「あらあら、こちらこそよろしくねえ。年寄りの家だから古いし散らかっとるけど、自分の家だと思ってのびのびしてねえ。じいちゃんもばあちゃんも、まあちゃんが来てくれるのを楽しみにしとったんよ」

ちらりと目を向けると、おばあちゃんは包み込むような笑顔でこちらを見ていた。笑い皺《じわ》の寄った少し垂《た》れた目尻《めじり》が、記憶の彼方《かなた》や古い写真に残されているお母さんのそれと重なる。やっぱり似ているな、と思った。

「本当に、よう来てくれたねえ」

今度はおじいちゃんが言った。まるで私のことを心から愛《いと》おしんでいるかのような眼差し。

一瞬ほだされかけて、ふたりとも本当に私のことを待ってくれていたみたいだ、と思ってしまった。でも、浅はかな期待を〝そんなわけない〟と慌てて打ち消す。

実の親でさえ持て余して見捨てるような人間を、ほとんど会ったこともない、まともに喋《しゃべ》ったこともない祖父母が心待ちにしてくれていたなんて、そんな都合のいいことなどあるわけがなかった。優しい表情を浮かべてはいるけれど、きっと、面倒な大荷物を押しつけられてしまったと思っているに違いない。それに気づかずに素直に喜んだりしたら、痛い目を見るのは自分なのだ。

私は緩《ゆる》みかけた気持ちを意識的に引きしめ、深々と頭を下げた。

「……はい、なるべくご迷惑をおかけしないように気をつけますので、よろしくお願いします」

脱《ぬ》いだ靴《くつ》をしゃがみ込んで並べていると、

「……なーんか他人行儀《ぎょうぎ》だなあ。血の繋《つな》がった孫なのに」

隣に立って私たちを交互に見ていた彼が、私に視線を留めて呟いた。

不躾な言葉にむっとして、思わず険しい表情を浮かべて彼を睨《にら》み上げてしまう。

すると、すぐに背後から「そうねえ、はたから見たらそう思ってまうよねえ」とおばあちゃんの声が降ってきた。

「まあちゃんが私らとちゃんと会ったのは、まだ小っちゃいころやったからねえ、きっと緊張しとるんよ」

妙にのんびりとした口調で自分の気持ちを勝手に代弁《だいべん》されて、私は居たたまれなさに唇を噛む。

祖父母には今まで二回しか会ったことがなかった。子どものころここに遊びに来たときと、お母さんが入院している病院にお見舞いに行って、たまたま姿を見たときだけ。ここに来たときのことは幼すぎて覚えていないし、病院で会ったときは一方的に見かけただけで、もちろん会話もしていない。

促されて奥の部屋へと廊下を歩く。おばあちゃんが私を振り向いて申し訳なさそうな笑みを浮かべて口を開いた。

「ごめんねえ、まあちゃん。ばあちゃんらは、あちらのおじいさんたちにあまりよく思われとらんから……ろくに会いにいくことも電話もできんで、寂しい思いをさせとったよね」

私は黙って首を横に振る。別に寂しいなんて思ったことはなかった。正直なところ、申し訳ないけれどそれほどの思い入れもない。ただ、遠くに母方の祖父母がいるという事実がぼんやり頭の片隅に記憶されていただけだった。

「でも、これからは、ばあちゃんたちがまあちゃんの側《そば》にいるからね。安心して甘えてねえ」

甘えて、という言葉に、なんだか胸のあたりがざわりとした。

そんなこと、できるわけない。そもそももう高校生なんだから、誰かに甘えたいなんてこれっぽっちも思わない。

周りに自慢できるような孫では全くない私なんかを、真意はともかく表面上は快く引き取ってくれたことには感謝しているけれど、むしろ、どちらかと言えば放っておいてほしかった。

私は、できるだけ誰にも迷惑も面倒もかけないように、空気のようにひっそりと存在していたいのだ。そのほうがお互いにとって得だと思う。無駄に傷つけたり傷つけられたりしなくて済むし、変に期待や心配をされてがっかりさせてしまうおそれもない。

「まあちゃん、ここが居間だよ」

おじいちゃんの声に、廊下の床板をじっと見つめながら歩いていた私は目を上げた。その呼び方やめてほしい、と思いつつ。

「うちは最近の家みたいにダイニングとかはないからねえ、ご飯を食べるのもテレビを見るのもくつろぐのも全部ここなんよ」

そうおばあちゃんが続ける。私は小さくうなずいて中に足を踏み入れた。

畳敷《たたみじ》きの居間は、今まで住んでいた家のリビングに比べてずいぶん小ぢんまりとしていた。真ん中には昔のホームドラマに出てきそうな卓袱台《ちゃぶだい》が鎮座《ちんざ》していて、その上に箸立《はした》てと調味料、リモコンなどが置かれている。壁際に置かれた木製の棚にはガラスの扉《とびら》がついていて、中には食器類や文具、書類や本などが雑多に収納されていた。

左側には開け放たれた引き戸があり、その向こうは台所のようだった。仕切り代わりに、木のビーズが無数に連なった玉すだれがかかっている。おばあちゃんが「さて、さて」と言いながら通り抜けると、じゃらじゃらと音が鳴った。
歴史の教科書に載っていた昭和時代の家庭の資料写真が、そのまま再現されている
かのようだった。
「まあちゃん、飲みものはなにがいいね？」
玉すだれの向こうでおばあちゃんが冷蔵庫を開けながら訊ねてくる。その背中に、
なんでもいいです、と答えようと口を開いたとき、さらに言葉が続いた。
「お茶なら緑茶か麦茶か。カルピスもあるんよ」
ジュース。あとねえ、カルピスもあるんよ」
おばあちゃんがそう言って振り向いた。なぜか意味深《いみしん》な笑みを浮かべている。私は
怪訝に思いながらも、「じゃあ、麦茶で」と答えた。とたんにおばあちゃんが目を丸
くする。
「えっ、麦茶でいいん？　遠慮せんでいいんよ。カルピスあるよ」
おばあちゃんが冷蔵庫から取り出したらしいカルピスのボトルを突き出してきた。
なんでそんなにカルピス推《お》すの。暑かったし喉《のど》が渇《かわ》いてるから普通にお茶がいいん
だけど。そもそも甘い飲みものあんまり好きじゃないし。ていうか、もしかして田舎
ではカルピスってすごい贅沢品《ぜいたくひん》で、客をもてなすときはカルピスが定番とか？
表情は変えないまま、でも頭の中では思考が高速回転している。

正直なところ、全く飲みたくはなかったけれど、この流れで無下《むげ》に断るなんてできそうになかった。

「じゃあ、カルピスいただきます……」

なんとか笑顔で返そうとしたけれど、頬がぎしぎしと軋《きし》む感じがしているから、たぶん情けないくらい強張《こわば》った顔になっているだろう。もともと表情筋《ひょうじょうきん》を動かすのが苦手な私にとって、愛想《あいそ》笑いはひどくハードルが高いのだ。

「はあい、すぐ作るから待っとってねえ」

おばあちゃんがにっこり笑ってうなずき、奥へと引っ込んでいった。

私は目立たないようにふうっと息を吐き、卓袱台の横で手持ち無沙汰に佇む。そのとき、廊下から居間を覗《のぞ》いていた彼がふいに「じいちゃん」と声を上げたので、私は反射的にそちらを見た。

「真波の部屋は、一階の客間《きゃくま》の隣でいいんだよな？」

また、勝手に呼び捨て。腹が立つから、私もあとで『漣』と不躾に呼んでやろう、とこっそり決意する。初対面の相手からいきなり呼び捨てにされる違和感や所在なさを味わってみればいいのだ。まあ、そんな繊細な神経を持ち合わせているようには見えないけれど。

それに、彼がおじいちゃんに声をかけたときの調子が、なんというかすごくなれなれしくて、それにも違和感を覚えた。たぶんただの近所の男の子なのに、まるで私ではなく彼のほうがおじいちゃんの本当の孫みたいな、遠慮も壁も感じさせない口調。

「ああ、そうだよ」

おじいちゃんは彼の横柄《おうへい》さを気にするふうもなく、かすかに笑みを浮かべてうなずき返した。

「じゃ、とりあえずこいつの荷物、持ってっちゃうな」

彼は私の旅行鞄を指さしながら抱え直して言う。

「そうかい、ありがとうな、頼んだよ」

「そのあと二階に上がってから戻る。着替えたいから」

「ああ、分かったよ」

ふたりの会話に黙って聞き耳を立てていた私は、最後の彼の言葉に耳を疑った。

着替える？　二階で？　どういうこと？　まるで自分の家みたいな……。

彼が姿を消したあと、ちらりとおじいちゃんのほうを見ると、私の疑問が伝わったのか、「ああ、そうそう」となにかを思いついたように言った。

「漣くんは、うちの二階に下宿《げしゅく》しとるんよ」

「え……っ」

さすがに我慢できずに、驚きの声を上げてしまった。

「下宿……」

「そうなんよ」

いつの間にかお盆《ぼん》を持って居間へと入ってきていたおばあちゃんがうなずきながら言う。

「漣くんは、じいちゃんの昔なじみのね、ご友人の息子さんなんだよ。こっちの高校に通うことになったけどひとり暮らしさせるのは心配って聞いたもんで、ほんならうちで預かるよって言うてねぇ。働き者だし気がきくし、むしろ私らのほうがいろいろ助けてもらっとるんよ」

「はあ……」

曖昧《あいまい》にうなずき返しながらも、なんでそれを先に言ってくれなかったの、と思わずにはいられなかった。

年ごろの孫娘と男を同居させるなんて、いくらなんでも非常識じゃないか？　しかも相手はあの無神経なやつだ。それでなくても、お風呂とか着替えとか、どう考えても嫌なんですけど。そんな状況だって分かってたら、絶対にこっちの高校なんて選ばなかったのに。

ああ、もしかして、やっぱり本当は私なんかの面倒を見させられるのは迷惑だと思っていて、わざと私の嫌がりそうな状況を作るために彼を下宿させることにしたとか。私が自分から『実家に戻りたい』と言い出すように。そうすれば世話を頼んできたお父さんに対して角を立てずに家に帰すことができるから？

さすがに被害妄想《ひがいもうそう》かと思ったけれど、悪いほうへ悪いほうへと沈んでいく思考を止めることができない。

そんな私の負の感情が伝わったらしく、おばあちゃんが少し慌てたようにつけ足した。

「ああ、心配せんでいいんよ。漣くんは本当にいい子だから、まあちゃんに嫌な思いをさせたりしないよ、大丈夫。安心しんさい」

出会って数十分ですでに何回も嫌な思いさせられましたけど、と心の中で不服を申し立てる。

「それに、高校も同じとこやしね。分からんことがあったら漣くんに訊けば安心やからね、よかったねえ」

そんな予感はしていたけれど、やっぱり同じ学校なのか。全然よくないし、別に訊きたいこともないし。私はうつむいて唇を噛んだ。

「まあ座って座って、まあちゃん。これ飲みんさい、喉が渇いとるやろう。ほら、カルピスよ」

おばあちゃんが満面の笑みで卓袱台の上にグラスを置く。私は口に出せない思いを胸いっぱいに呑み込んだまま、下を向いてうなずき、腰《こし》を下ろした。

口に含んだ乳白色《にゅうはくしょく》の液体は、記憶の通り、ひどく甘ったるかった。

「お前ってさあ、なんなの」

居間で少しゆっくりしてから、私にあてがわれた部屋に入ろうとしたとき、ここまで案内してくれた漣が壁に寄りかかり、険しい表情で腕組みをしながら言った。

さっきまでの苛立ちで気が立っているせいか、そんな些細《ささい》なことにさえ怒りが込み上げてくる。なんて偉そうな態度なの、同い年のくせに。

「なんなのって、なにが?」

対抗するように不遜な口調で返すと、彼は右側の眉をくっと上げた。

「なにって、さっきのじいちゃんたちに対する態度だよ」

私は眉をひそめて漣を見つめ返す。態度がどうこうって言うなら、あんたのほうがよっぽど問題ありだと思うけど。そんな思いを視線に込めつつ。

「……別に普通だし。私はもともとこういう人間なの。生まれつきなんだから仕方ないでしょ」

極力感情をにじませない声で答えると、彼は深々と息を吐いて、脱力したように肩をすくめた。

「……まあ、いいよ。今日来たばっかりだしな、疲れてんだろ」

そりゃ疲れてるよ、ほとんどがあんたのせいだけどね、と心の中で毒づく。

自分でも呆れるけれど、一度苛々し始めると、どうにも抑えがきかない。しかも漣は、わざとなんじゃないかと疑ってしまうくらいに、私の気持ちを逆撫《さかな》でするようなことばかり言ってくるのだ。相性が最悪なんだと思う。これで怒るなというほうが無理な話だ。

「じゃ、俺、自分の部屋にいるから。なんか分かんないことあったら呼んで」

漣はそう言って踵を返した。絶対に呼ばないし、と思いながら私は部屋に入る。

畳敷きの六畳間で、空《から》っぽの学習机と本棚、それと古いタンスだけが置かれた殺風《さっぷう》景《けい》な部屋だった。ベッドがないということは、布団《ふとん》か。押し入れの中に入っているのだろうか。

荷ほどきを始めたとき、ふいに、しまった、と思う。コンビニの場所をちゃんと教えてもらうのを忘れていた。

おばあちゃんに訊くしかないか、とため息をついたとき、ふすまの向こうで足音がした。考える間もなく、こつんとノックの音が響く。

「俺だけど。開けていい？」

漣の声だった。やっといなくなったと思ったのに。

黙っていると、「開けるぞ」という声と同時にふすまが開いた。

「そういえばお前さあ、さっき、なんか買い物したいって言ってたよな」

まるで考えを読まれていたかのようなタイミングに面食らいつつ、こくりとうなずく。

「ぼやぼやしてると店閉まるから、夕飯の前に行っといたほうがいいぞ。地図書いてやるから」

「あ……りがと」

絞《しぼ》り出すように言うと、

「ちゃんとお礼言えんじゃん」

と漣が肩をすくめた。いちいち嫌みったらしい言い方をする。

そう思ってから、そういえばさっきおじいちゃんとおばあちゃんにちゃんとお礼を言っただろうか、という考えが頭をよぎった。緊張や混乱や苛立ちで気持ちが落ち着かなくて、言わなかったかもしれない。漣はさっきそのことを言っていたのだろうか。

そんなことを考えているうちに、彼はどこかからチラシを小さく切ったらしいメモ用紙とペンを持ってきて、机に屈《かが》み込んで地図を書き始めた。

「ここ、地蔵《じぞう》がある角で右に曲がる。そしたら庭にたくさん花が植えてあるでっかい家が見えてくるから、そこを左に曲がって……」

口で説明しながら、裏紙に線や文字を書き込んでいく。粗暴《そぼう》な印象のわりに、意外にもすっきりと整った字だった。

「で、まっすぐ行って右に曲がったら着く。分かったか？」

「たぶん……行けば分かる」

「そうか。さっきも言ったけど、けっこう遠いから気をつけろよ。あと、もし迷ったら電話しろ、ここに俺の携帯番号書いとくから」

そう言って漣は紙の隅にさらさらと十一桁《けた》の番号を書きつけた。意地でも電話なんてしないと思うけれど、表面上はありがたく受け取っておく。

「……ありがと。じゃあ……」

私は小さく告げ、地図と財布と携帯を入れたトートバッグを腕にかけて部屋を出た。

すると、なぜか漣がうしろをついてくる。まさか見送るつもりなんだろうか。気遣いなんだろうけれど、余計なお世話だ。

そのまま玄関まで縦に並んで歩いて、さすがにそこまでかと思いきや、彼は私に続いて自分もスニーカーを引っかけて外に出てきた。

この流れは、もしかして「行ってきます」とか言わなきゃいけないやつ？　かなり嫌なんですけど。

どうすればいいか分からず、結局無言で歩きだそうとしたとき、「おい、真波」と声をかけられた。またなにか言われるのだろうかとげんなりしながら振り向くと、漣は自分の自転車を車庫から引き出しているところだった。

「歩いて行くのか？　チャリ貸すぞ」

私はすぐに首を横に振る。

「いや、いい。歩くから」

すると彼がむっとしたように「あのなあ」と顔をしかめた。

「人の厚意《こうい》は素直に受け取れよ。簡単に歩いて行ける距離じゃねえって言っただろ」

それは分かっていたけれど、私は頑《かたく》なに首を振り続ける。

「でも……いい、歩く」

そう言って再び歩きだそうとすると、漣がさっと自転車を押して私の目の前に立ちはだかった。

「なに、もしかしてお前、自転車乗れねえの？」

真顔でそんなことを訊ねてくる漣に、私は苛々しながら眉をひそめて答えた。

「別に乗れるし。嫌いだから乗らないだけ」

「それ、乗れないってことじゃん」

漣が肩をすくめて言った。なんて嫌みなやつ。馬鹿にしてるのか。

「……昔、自転車乗ってたときに、ちょっと嫌な思いしたことあるの。わざわざ危ないものに乗る必要ないし、それ以来、乗らないことにしてるだけ」

さらに馬鹿にされることを予想していたけれど、漣は意外にも「あっそ」とうなずいて、自転車のサドルにまたがった。

「しゃあねえな。うしろ乗れ」

彼はあごで荷台を指しながら言った。

まさか、ふたり乗りをしていくということだろうか。嫌だ。

でも、これだけ疲れている身体で、夕暮れの見知らぬ町を三十分も歩くというのは、考えただけで気が滅入《めい》った。

私は仕方なくうなずいて、荷台に手をかけた。どういう姿勢《しせい》をとればいいのか一瞬考えて、前向きに荷台にまたがるとかなり密着する体勢になりそうだったので、横向きに座ったほうがよさそうだと判断する。これならあまり接近せずに済みそうだった。

しかも横を向いているので心情的にも少しはましだ。

とん、と荷台に腰を下ろすと、漣がハンドルを握ったまままちらりと振り向き、左の口角を少し上げて生意気な表情で言った。

「なんだ、素直にもなれるんじゃん」

その皮肉《ひにく》な言い方にかちんときて、私はとうとう「うるさい」と口に出して反発した。初対面だからと今まで我慢していたけれど、漣はなんでも言いたい放題なのだ。

私だって言ってやる、と思った。

彼は呆れたようにふっと息を吐いてから、こちらへ片手を差し出してきた。

「鞄。かごに入れる」

私は膝《ひざ》の上に置いたトートバッグをぎゅっとつかんで、ふるふると首を振る。

「いい、自分で持てるから」

すると漣が苛々したように言い募《つの》った。

「いいから貸せって。荷物持ったままじゃ両手でつかまれなくて危ねえだろ」

柄《がら》にもなくどきりとしてしまった。危ないって、私のことを心配してくれてるってこと？　そんなふうに思ってしまった自分の愚《おろ》かさを、続く彼の言葉で思い知らされる。

「お前に怪我《けが》させたら、俺がじいちゃんばあちゃんに申し訳が立たないんだよ」

ああ、そういうこと、と一気に脱力する。

そりゃそうか、私なんかの身を心配するわけないよね。大家さんの孫に怪我なんかさせたら下宿させてもらえない、ってことか。

私は無言のまま押しつけるように漣にバッグを手渡した。

「お前なあ……なんだよその渡し方。いちいち腹立つな」

「うるさい。店閉まったら困るから、急いでよ」

こんな無神経な男に気を遣うのがばかばかしくなって、私は思ったままを口にした。

「乗せてもらってるくせに偉そうだな」

「頼んでないし。あんたが勝手に乗れって言ったんでしょ」

さすがに怒って「じゃあひとりで行け！」とでも怒鳴《どな》られるかと思ったら、意外にも漣は、あははっ、と堪《こら》え切れないように声を上げて笑った。

「お前、絵に描いたようなひねくれキャラだな。漫画かよ」

くくくっと声を洩《も》らしながら、漣は自転車を漕《こ》ぎ始めた。正面を向いているので、私からはその表情は見えない。

まだ出会ったばかりとはいえ、彼がこんなふうに屈託《くったく》なく笑うのは初めてだった。

この不遜で無愛想な人間は一体どんな顔をして笑っているんだろう、となんとなく考える。別に見たくもないけれど。

「いいから、早く漕いでよ」

やっぱりこいつ苦手だ、と思いながら、私は彼の背中を軽く叩《たた》いた。

第二章　夜に紛れて

翌日には雑貨や衣類などの身の回りの品が宅配便で届き、荷ほどきをして机やタンスに片付け終えてしまうと、すぐにやることがなくなった。

休みが明けたらとうとう学校に行かないといけないと思うと憂鬱だったけれど、慣れない家で一日時間をつぶさないといけないのもつらかった。私はなにかと理由をつけて外に出ては、どこまで行っても海と山と家々しかない光景にうんざりしていた。

実家にいるときは、部屋にこもって本や漫画を読んだり、スマホで適当に動画を見たりして過ごしていればひとりの世界に浸《ひた》ることができたけれど、祖父母の家ではそうしていても常にそこここで人の気配がして落ち着かなかったし、すぐに誰かしら声をかけてくるので全く気が抜けなかった。

今日も私は朝食を終えたあと、すぐに家を出て堤防《ていぼう》からぼんやりと海を眺めていた。代わり映えのしないだだっ広い海面を見つめながら、寄せては返す波の音を聞いていると、なんだか眠くなってくる。

時間の感覚を完全に失ったまま、堤防に頬杖《ほおづえ》をついて無心で海と空の青を視界に映していたとき、ふいに右のほうから、からからと車輪の回る音が聞こえてきた。その音ではっと我に返る。

邪魔になるかと思って姿勢を正してから目を向けると、そこには自転車を押して歩いてくる漣がいた。制服を着ているところを見ると学校帰りらしい。彼はゴールデンウィークだというのに毎日のように登校して部活に参加しているのだ。

「なにしてんの？」

いつものように不躾に問いかけてくる。私はそっけなく「別に」と答えて海に視線を戻した。

そのまま立ち去るかと思ったのに、彼は自転車を停め数歩離れたところに立って海を眺め始めた。

それなら私が場所を移そう、と動き出したとき、「あのさ」と声をかけられた。

「お前さあ、なんでこっちの高校受けたの？　そんで、なんで四月は学校来なかったの？」

そういう質問を誰かからぶつけられるだろうということは、予想していた。入学した高校に顔を出さないまま一ヶ月が過ぎてからやっと通い始めるなんて、普通ではないから。

でも、だからといって、無神経に理由を訊かれると癪に障《さわ》る。それを表明するために、私は表情を険しくして答えた。

「そういうふうに人のプライベートにずかずか土足で踏み込んでくる感じ、どうかと思う」

これ以上話しかけてほしくなかったから、わざときつい言葉を選んだ。

きっと気を悪くして、今度こそ立ち去ってくれるだろう。そう思ったのに、漣は、ふん、と鼻を鳴らしただけで、答えを促すようにじっとこちらを見ている。

「……私にもいろいろ事情があるの。でも、話す気はないから、もう訊かないで」

こういうデリカシーに欠けた人間にははっきり言わないと伝わらないだろうと考えて、きっぱりと答えた。漣は軽く首を傾げて、

「あっそ。分かった」

とだけ言った。彼はそれきり黙り込み、また海のほうへと目を向ける。

正直なところ、隣にいてほしくないし早くどこかに行ってほしい。でも、そんなことを言ったらまた腹立たしい返事が返ってきそうなので、私も黙って海を見る。


私は中学時代、ほとんどまともに学校に通っていなかった。中一のときは無遅刻無欠席だったけれど、二年の途中からは全く登校せず、卒業式さえ出席していない。いわゆる〝不登校〟というやつだ。

それまでは典型的《てんけい》な優等生で通っていた。でも、ある日突然糸が切れたように、『もういいや』と思ってしまったのだ。それは、ありきたりだけれど、仲がいいと思っていた友達との関係が一瞬にして崩れるような出来事が起こったからだった。特に女子同士ではよくあることだと分かっていたけれど、それでも、急に周りの誰のこ

とも信じられなくなった。

　でも、別にそのショックが大きくて耐えきれなかったというわけではない。どちらかといえば、脱力したというほうが正しかった。だから、そのことがあってからもしばらくは普通に学校に行っていた。

　でも、風邪《かぜ》を引いて二日間欠席して、三日目に登校しようとしたとき、もうだめだと気がついた。なんのために楽しくもない場所に無理をしてまで毎日通わなくてはいけないのか、全く分からなくなってしまったのだ。一度そう思ってしまったら、もうどんなに頑張っても、学校に足を向けることができなくなった。

　そのままずるずると休み続けて、気がついたら三年生、受験の年になっていた。

　夏休みに担任が家庭訪問に来て、『これまでの成績は悪くないから、今からでも補習や家庭学習を頑張れば、中堅の進学校には合格できる見込みがある』という話をされた。それでも、今さら学校なんて通えるだろうかと不安でぼんやりしていたら、お父さんから『いつまでもこうしているわけにもいかないだろう、ちゃんと将来を考えろ』と言われた。そして、市内の通信制高校か、鳥浦の祖父母の家から通える高校かというふたつの選択肢を示されたのだ。

　このとき私は、『不登校になった娘を妻の実家に追いやって、跡継《あとつ》ぎの大切な息子の教育に全力を注ごうというわけね』と父の思いを悟《さと》った。大切な息子というのは、私の弟の真樹《まさき》のことだ。

弟は、私とは正反対の誰からも愛される素直な性格で、学校の先生から信頼され、友達も多く成績も優秀で、将来有望とみんなから太鼓判《たいこばん》を押されている。出来の悪い姉に手間をかけるよりも弟を大切にしたほうがずっと有益だろうと、私自身もよく理解していた。

弟をひいきしているのはお父さんだけでなく、父方の祖父母もそれを隠さないし、お母さんだって私より真樹を大切にしていたのを知っていた。

つまり私は、家族の誰からも必要とされていないのだ。

鳥浦と聞いても、お母さんの実家がある港町、というくらいの認識しかなかったし、名前も聞いたことのない高校だったけれど、それでも、居心地の悪い家にいるよりはと考えて、私はその高校に願書を出した。

それが、私がこの町に来た経緯《けいい》だった。我ながらつまらない話だ。こんな話をしたって鼻で笑われるだけだろうから、漣にはもちろん打ち明けるつもりはない。そして、四月の間学校を休んだ理由も、知られたらもっと馬鹿にされそうだから、絶対に言わない。

そんなことを考えながら、さざ波立つ海を見るともなく見ていると、漣がふいに口を開いた。

「鳥浦の海って、ほんと綺麗《きれい》だよな。俺、ここに住みだしてから毎日見てるんだけど、全然飽《あ》きないんだよなあ」

ひとりごとのような言葉だった。

どうして急にそんなことを言い出したんだろう、と怪訝に思い、そっと隣を見上げると、その横顔はどこか切実にも見えるほどまっすぐに、ただひたすら海へと向けられていた。海が好きなんだろうか、と思う。

「……ねえ、そういえば、どうして下宿してるの？」

なんとなく気になって訊ねてから、しまった、と少し後悔する。これ以上会話したくないと思っていたのに、わざわざ自分から話題を振ってしまった。

漣は少し眉を上げて、なにかを考えるように斜め上に視線を投げてから、ぽつりと答える。

「まあ……海の近くに住みたかった、みたいな？」

ずいぶん適当な理由だ。そんなことで、わざわざ親元を離れてまで鳥浦に住んでいるのだろうか。

「なにそれ……どうしてもあの高校に通いたかったとかじゃないの？」

でも、なんの変哲《へんてつ》もない普通科の中堅校に、それほどの必然性はなさそうだ。似たような学校はどこの土地にでもある。

「いや、そういうわけじゃないんだけど……」

漣はなんとなく言葉を濁《にご》すように曖昧に答えたあと、

「でもほら、海が近いと、夏休みとかいくらでも海で遊べるからいいよな」

ふいに笑みを浮かべてあっけらかんと言った。

毎日家に引きこもっていた私には、中高生が海でどんな遊びをするのかはよく分からないけれど、海水浴とか、ビーチバレーとか、バーベキューとか、そういうことだろうか。

すべてから逃げ出すようにこの町に越してきた私とは違って、ずっと光の当たる明るい場所で生きてきたような、いかにも活発で友達の多そうな漣らしい考えだ。予想はしていたけれど、やっぱり彼は、私がいちばん苦手とする人種なんだな、と改めて思う。

こんなやつとこれから一緒に生活して上手《うま》くやっていける気がしない、と口許《くちもと》を歪《ゆが》めたとき、漣がさっと背筋を伸ばして自転車のハンドルに手をかけた。

「そろそろ戻るぞ。もうすぐ昼飯の時間だろ、手伝いしないと」

その言葉に、いい子ぶりっこめ、と内心で悪態をつく。

鳥浦に住み始めてからの数日で分かったことだけれど、漣は毎日、腹が立つくらい

〝いい子〟な行動をしていた。下宿をさせてもらっているという引け目があるからだろうけれど、朝はお風呂を掃除し、食事の前には毎回必ずおばあちゃんの料理の手伝いをして食後の片付けもやり、部活から帰ってきたあとはおじいちゃんと一緒に畑仕事や日曜大工をする。

そのせいで私までなにかやらないといけない雰囲気になるのが嫌だった。手伝いをするのが嫌というよりは、血が繋がっているとはいえまだ慣れない人たちと一緒になにかをするとなると会話ももたないし沈黙もつらいし、ひどく肩身の狭い感じがして気が重いのだ。

こいつさえいなければ、という思いがふつふつと湧き上がってきて、素直に「分かった、帰ろう」なんて言う気には毛頭《もうとう》なれず、私は無言のままことさらゆっくりと身を起こした。

自転車を押して家の方向へと歩き始めた漣のあとを、景色を見るふりでわざとだらだらとした足どりで追う。呆れて先に行ってくれればいいものを、彼はつかず離れずの距離を保ったまま歩き続けた。本当に、いちいち腹が立つ。

おじいちゃんもおばあちゃんも、悪い人ではない。むしろすごくいい人たちに見える。実家の人たち——お父さんや父方の祖父母——のように殺伐《さつばつ》とした空気は全く発しないし、おじいちゃんはあまりたくさんは喋らないけれどいつも柔和《にゅうわ》な表情で、おばあちゃんは社交的で明るく、ふたりとも常ににこにこしている。

それでも、やっぱり本当は私を引き取ったことを面倒に感じているんじゃないかと思わずにはいられない。だって、七十歳近くなってから、これまでほとんど接触のなかった孫の世話をしないといけなくなったなんて、普通に考えてしんどいだろうし、迷惑でしかないはずだ。迷惑に思われているに違いないのに、大きい顔をして過ごせるわけがなかった。

はあ、と無意識に深い息を吐き出した。するとそれが聞こえたのか、漣がちらりと振り向く。

この町は昼間でも、人はもちろん車も電車もほとんど通らないので、あまりにも静かすぎて、家の中でも外でもちょっとした物音まで人に聞かれてしまうのが嫌だった。

「真波って、いっつもつまんなそうな顔してるな」

案の定《あんじょう》、嫌みを言われてしまう。

「だってつまんないもん」

私はせいいっぱいの反撃で応えたけれど、漣は呆れたように肩をすくめただけだった。

家に着くと、台所からかたことと物音が聞こえてきた。どうやらおばあちゃんがすでに昼食の準備を始めているらしい。

「ばあちゃん、ただいま。遅くなってごめん」

漣は靴を脱いで洗面所で手を洗うと、すぐに台所へと入っていく。私も仕方なくついていくと、彼はおばあちゃんに「今日の昼飯なに？」と笑顔で話しかけながら、慣れた様子で手伝いを始めた。

私はどうすればいいか分からず、入り口に突っ立ったままふたりのうしろ姿を眺める。漣のようにさりげなく料理に手を出すことはできなかった。

なにか言ってもらえないかな、と待っていると、私に気づいたおばあちゃんが振り向いた。

「あら、まあちゃん、お帰りなさい」

「ただいま……」

「どうしたん、喉が渇いた？　カルピス作ろうか？　麦茶もあるよ」

「あ、いや……」

軽く首を振ると、漣がちらりとこちらを見て、また小さく肩をすくめた。いちいち嫌みったらしいな、本当に。

「もうすぐご飯できるからね、居間で待っとってね」

「あ、や、……はい」

私はうなずいて台所を出た。漣から送られてくる視線が痛かったけれど、無視する。だって、おばあちゃんが待っててって言ったんだから、別にいいじゃない。心の中で、誰に聞かせるわけでもない言い訳をする。

取り皿や箸の準備をしておこうかな、とふと思いついたけれど、勝手に棚を開けるのもどうかと思って、悩んだ末そのまま腰を下ろした。台所から届く炊事《すいじ》の音とふたりの楽しそうな会話を聞きながら三角座りをして膝を抱え、微動《びどう》だにせず時間が過ぎるのをひたすら待つ。

しばらくするとおじいちゃんがやって来て、向かいに座った。いつものようににこにこしたままリモコンを手に取ってテレビの電源を入れる。

会話をしなくて済みそうだとほっとしていると、台所から「できましたよ」とおばあちゃんの声が聞こえてきた。すぐに漣がお盆を持ってやって来る。

彼はちらりと卓袱台の上に目を走らせ、

「真波、箸くらい用意しとけよ」

と眉を寄せて言った。その口調が癪に障って、思わず険しい視線を向けると、おじいちゃんが腰を上げるような仕草をした。

「じいちゃんがやるよ」

その言葉に、私は慌てて首を振る。

「あっ、いいです、私やります」

ぎこちなく手を挙げて立ち上がり、棚の戸に手をかけると、おじいちゃんはにこりと笑って「そうかい、ありがとねぇ」と言った。

やっと動けることにほっとしながら、人数分の箸と取り皿を手に取って戻ると、すでに料理が並べられていた。

ご飯と味噌《みそ》汁、鶏肉《とりにく》の照り焼きとほうれん草のおひたし、そして里芋《さといも》の肉あんかけ。またか、と少しげんなりする。この家ではなぜか毎回、つまり毎日三食すべて、里芋のおかずが食卓にのぼるのだ。

ここに引っ越してきた日も、夕食のおかずのひとつが里芋の煮物だった。あの晩は、緊張や疲れのせいかあまり食欲がなかったので、ほとんど食事に箸をつけられなかったのだけれど、柔《やわ》らかく煮た里芋だけはなんとなく食べる気になれたので助かった。

でも、毎回となると話は別だ。嫌いではないけれど、さすがに飽きる。おばあちゃんは相当里芋が好きなんだろうか。それかおじいちゃん、もしかしたら漣が好きなのかもしれない。どっちにしろ、いくら好きでも毎食はやりすぎでしょ、と呆れてしまう。もちろん口には出さないけれど。

「いただきます」

漣が手を合わせて、おじいちゃんとおばあちゃんに軽く頭を下げてから箸を取った。

「どうぞ、召し上がれ」

おばあちゃんも嬉しそうに笑いながら箸を取る。

漣の食費や生活費は、彼の親からおじいちゃんたちに渡されているらしいけれど、それでも彼はいつも大袈裟《おおげさ》なほどに「いただきます」、「ごちそうさま」、「いつもありがとう」と言っている。食事の準備も片付けも、他の家事も進んで積極的に手伝っている姿を見ると、気に入られたくて仕方がないんだろうな、と我ながら穿《うが》った見方をしてしまう。

食事が始まると、漣とおばあちゃんはいつものようにほがらかに談笑し始めた。

「漣くん、部活の練習はどうね」

「うん、暑くなってきたからきついけど、みんな頑張ってるよ」

「そうやねえ、暑いと体育館は大変よねえ」

「まあね。でも、チームも順調に仕上がってきてるから、大変だけど楽しいよ」

ふたりの会話を、おじいちゃんはいつもにこにこしながら聞いている。私は三人を視界の端に置きながら、黙々と料理を口に運んでいく。

「確か試合があるって言うとったよねえ」

「そう、休み明けの週末。新人戦だから俺も出してもらえるんだよ」

「あら、もうすぐやねえ。お父さんたちも見に来てくれるの？」

「うん、その予定。父さんと母さんふたりで来るって連絡来たよ」

そんな何気ないひと言で、漣は親に大切にされているんだ、ちゃんと愛されているんだ、と分かった。部活を頑張っていて、たぶん勉強もそつなくこなしていて、もちろん不登校になんかならなくて、しかも下宿先でもこんなふうに良好な関係を築けていて、さぞかし自慢の息子なんだろう。

かたや私は、勉強も運動も胸を張って得意と言えるほどではなく、挙げ句の果てには学校に行けなくなり、そんな状況で引き取ってくれた実の祖父母ともぎくしゃくして上手《うま》く馴染めずに縮こまっている。雲泥《うんでい》の差だ。

「家族も見に来るし、先輩の足引っ張らないように頑張んないとな。また午後から自主練に行くよ」

「おお、また行くんか。気をつけて行けよ、帰りは暗くなるやろうしなあ」

おじいちゃんが言うと、漣は「ありがと、気をつける」と笑った。

まるで本当の祖父母と孫のように見える、仲睦《なかむつ》まじい様子の三人。その隅っこで黙って食事を続ける私。

同じ空間にいるはずなのに、自分だけが違う次元にいるみたいだった。絵に描いたような平和で幸せなホームドラマを、真っ暗な部屋でひとりテレビの前に座ってぼんやりと眺めているような気分だ。

今まで住んでいた家では、お父さんは仕事で忙しく、真樹も夜遅くまで塾に通っていたので、食事は各自で済ますことがほとんどだった。お母さんが入院してからは晩ご飯の準備は私がやっていたので、いつも夕方に作り出して早々にひとりで食事を終えると部屋にこもり、お父さんと真樹の食事が終わったころを見計らって片付けをしていた。

たまに時間が合って家族そろって食べるときでも、お父さんは仕事の電話をしたり雑誌や新聞を読んだりしながら、真樹は単語帳をめくりながら、私は用もないのにスマホをいじりながらで、誰も口を開かない静かな食卓だった。

だから目の前の和やかな食事風景は、私にとってはひどく珍《めずら》しく、慣れないのだ。お母さんが元気だったころは四人で食べていたこともあったはずだけれど、全く覚えがない。

居場所がないな、と思う。当然だ、ここは私の居場所じゃないんだから。だから居心地が悪くて当たり前なんだ。誰にも聞こえないようにそっとため息を吐き出す。

ほとんど味の分からない食事を終えると、私は腰を上げて、食器を流しに置いてさっさと自分の部屋に戻った。

これ以上この空間にいたくない、という思いで頭がいっぱいだった。

夕食を終えたあとの時間が、いちばん憂鬱だ。昼間のように外を出歩くわけにもいかないし、少しも落ち着けない家の中でどうにか時間をつぶさないといけない。

嫌だ嫌だ、と思いながら窓の外に何気なく目を向けると、紺《こん》色の海が見えた。ふいに、引っ越してきた日に聞いた話を思い出す。

夜になると幽霊の出る砂浜。

なんとなく、気になる。本当に幽霊が出るのだろうか。いや、幽霊なんていないって分かってるけど。でも、そんなふうに言われるのはなぜなのか、気になる。

こんな田舎町の夜の海は、真っ暗でとてもおそろしいのだろう。でも、この息苦しい場所よりは、きっとましだ。

そう思い立ったときには、立ち上がっていた。

ふすまを細く開けて隙間《すきま》から廊下を覗く。漣はもう二階の自分の部屋に上がっている。おばあちゃんはお風呂。おじいちゃんはかなり早寝早起きの人のようだから、もう布団に入っているだろう。

今なら、行ける。そう確信して、私は足音を忍ばせて玄関に行き、靴を履いて、そろそろと引き戸を開けた。

一気に外の空気が流れ込んでくる。かなり暖かくなってきたとはいえ、さすがに夜はまだ肌寒い。でも、それくらいのほうが気持ちいい。

よし、と小さく呟いて、私は海の方角へ向かって夜闇《よやみ》の中を駆け出した。

ぽつぽつと佇む弱々しい街灯の明かりを頼りに海岸線まで辿り着くと、堤防に手をかけて下を覗き込む。真下は岩場だったので、ここではないらしい。左右に首を巡らせて、少し先に砂浜になっている場所を見つけた。

堤防に沿って歩き、しばらくすると砂浜に出られる階段に行き合った。初めて来る場所だったので少し緊張しながら足元に注意して下りていく。

砂浜に足を踏み入れると町の明かりはほとんど届かず、海面に反射する月の光だけが頼りだ。

さくさく鳴る砂を踏んでいると、スニーカーの中に砂粒が入ってきて気持ちが悪かった。ざりざりとした不快感を意識的に頭から振り払い、無心に歩く。

目を上げて、海のほうへ向かう。そのときだった。

誰か、いる。

月明かりに浮かび上がる、波打ち際にぽつりと佇む白い人影。

「え……っ、ゆ、幽霊……？」

思わず声を上げてしまった。目を見開いて、白い影を凝視《ぎょうし》する。

すらりと背の高い、ほっそりとしたうしろ姿。白いシャツに淡いグレーのジーンズを穿《は》いているようだ。若い男の人に見えた。

本当に、幽霊がいる。そう思った瞬間、ぞっと全身が粟立《あわだ》つ。幽霊が出る砂浜と聞いてわざわざその姿を目《ま》の当《あ》たりにするためにわざわざやって来たはずなのに、いざその姿を目の当たりにすると、背筋が凍りつきそうなほどおそろしくなった。

「うそ……本当に？」

裏返りそうな声で呟くと、どうやら声が届いてしまったらしく、白い影がゆらりと動いた。

一気に鼓動《こどう》が速まる。逃げたかったけれど、まるで砂の上に縫《ぬ》い留められてしまったかのように身動きひとつとれなかった。

幽霊が振り向き、こちらを見る。ひっ、と叫《さけ》んだけれど声にはならない。微動だにできずにただ見つめ返していると、幽霊が小さく首を傾げるのが分かった。

「こんばんは」

聞こえてきた言葉がなんなのか、誰の声なのか、一瞬理解できずに唖然《あぜん》としてしまう。それからすぐに幽霊が声をかけてきたのだということに気がついた。

幽霊のくせにのん気に挨拶をしてくるなんて想像もしていなかったので、なんだか気が抜けてしまう。全身を包んでいた恐怖が急速に薄れていき、その代わりに好奇心がむくむくと湧き上がってきた。

「……こん、ばんは」

小さく返事をすると、幽霊はにこりと笑った。それからさくさくと砂を鳴らしてこちらへ近づいてくる。幽霊らしくない軽快な足どりだ。

まだ治まりきらない動悸《どうき》を感じながら立ち尽くしていると、幽霊が数歩先で足を止めて、こちらを覗き込むように少し身を屈めた。

「見ない顔だ」

穏やかな微笑《ほほえ》みを浮かべながら話しかけられる。

近くで見ると、幽霊はとても綺麗な顔立ちをしていた。くっきりとした二重の、潤《うる》んだような大きな瞳が印象的だ。色が白くて、月明かりを受けて青白く光を放っている。少し長めの、海風にふわふわと踊《おど》る癖《くせ》っ毛ぎみの髪も色素が薄くて、端のほうは淡い色に透けていた。年齢は二十代前半くらいに見える。

「あ……こないだここに引っ越してきたので」

そう答えたときにはさすがに、彼はたぶん幽霊ではないのだろうと思い始めていた。しっかりと地に足がついているし、声もはっきり聞こえる。『見ない顔だ』という言葉からすると、どうやらこのあたりの住人らしい。

「そうなんだ。ようこそ鳥浦へ！」

彼がにっこりと笑って言った。

するりと心の中に入り込んでくるような、無邪気で明るくて、とても人懐っこい笑顔。大人のはずなのに、少年みたい、という表現がぴったりだと思った。高校生の漣よりも、ずっと少年っぽい。

そんなことを考えながらじっと見つめ返していると、彼は軽く眉を上げて、

「もしかして、新天地の探検《たんけん》してた？」

とうきうきしたように言った。探検、という言葉が、まるで小学生の男の子みたいで、私は思わず口許を緩める。

「探検って……私、もう高校一年なんで、探検とかしませんよ。ただ外の空気が吸いたくて歩いてただけです」

そう答えると、彼は「そっか、高校一年生か……」と目を細めた。

綺麗な顔に浮かべられたその表情が、なんだかとても優しくて、そしてどこか切なくもあって、胸がどきりと音を立てた。なんとなく直視できなくて、足元を見るふりをして目を逸《そ》らす。

しばらくして、頭の上から柔らかい声が降ってきた。

「散歩するのはいいんだけど、こんな時間にひとりで出歩いちゃ危ないよ」

なんだか子ども扱いされたような気がして、私は少し唇を尖らせて目を上げる。

「あなたこそ、こんなところで、こんな時間に、なにをしてたんですか？」

問い返すと、彼は「俺？」と軽く目を見開いたあと、

「俺は……」

と海のほうへとゆっくり目を向けた。私もつられて視線を動かす。

目の前には、果てしなく広がる濃紺《のうこん》の夜の海。その上に、同じように果てしなく広がる群青《ぐんじょう》の夜空。そして美しい黄色の月と銀色の星。

今日は満月だった。街灯や灯台の明かりよりもずっとずっと強い光が海面に降り注ぎ、さざ波が煌《きら》めいている。

しばらくその光景を黙って眺めていた彼がもう一度、俺は、と口を開いた。

「夜の海を、見に来ただけだよ」

「……わざわざこんな時間に？」

海が見たいなら、昼間とか、夜の海が見たいにしてももっと浅い時間でいいんじゃないか。不思議に思って訊ねると、彼はふっと微笑んだ。

「うん。毎晩の日課なんだ」

「夜の海を見るのが？」

「そう。仕事が終わってからだから、こんな時間になっちゃうんだけど」

「へえ……」

仕事、という単語の現実感に、自分の思い違いを改めて恥ずかしく思う。

「……やっぱり、幽霊じゃないんですね」

小さく呟くと、彼は「えっ？」と目を丸くした。

「幽霊って言った？　今」

「あっ、すみません」

気を悪くしてしまったかと慌てて謝る。

「ここ、幽霊が出る砂浜って聞いてたので、遠くから見たとき、思わず勘違いしちゃったんです……本当に幽霊がいる！って」

私の言葉に、彼はふはっと笑いを洩らした。

「ええー、俺のこと幽霊って思ったの？　足もあるし、透けてもないのに」

「すみません……なんか、あの」

私はしどろもどろに答える。

「えーと、なんか、白かったから……」

自分でも馬鹿っぽい理由だなと思いながら答えると、彼は一瞬目を見開いてから、

「あははっ！」と噴き出した。

「ははは、面白いね、君！」

彼はお腹《なか》を抱えて、本当におかしそうに笑っている。

「え……そうですか？」

そんなことは今まで一度も言われたことがなかったので、私は驚いて目を丸くした。

「面白いよ！　あはは、そっか、幽霊か……」

彼はまだ笑いの波がおさまらないようで、片手で額《ひたい》を押さえながらくくと喉を鳴らしている。

「あー、久しぶりにこんな爆笑したなあ。なんかすっごく楽しい気分だ」

面白いと言われたのも、話していて楽しい気分になったと言われたのも初めてのことだった。私なんかの言葉でこんなふうに笑ってもらえたというだけで、胸の真ん中あたりがじわりと温かくなるような、身体がふわりと浮き上がるような感じがした。

でも、次の瞬間には、そんなわけないじゃん、と自分を鼻で笑いたい気分になった。

私が面白いだなんてありえない。きっと勘違いかお世辞だ。私は面白いところなんてひとつもないつまらない人間だと、自分がいちばん分かっている。文字通りに信じたら馬鹿を見る。

必死にそう言い聞かせているのに、それでも、屈託のない晴れやかな笑顔から飛び出したそれは、まるで心からの言葉のように思えてしまう。

私が右に揺れたり左に傾いたりする不安定な気持ちを持て余している間も、彼は「あー、笑った」とまだ笑いの余韻《よいん》に浸っていた。

「残念ながら俺は……いや、残念ってのもあれだな、幸運にも、俺は生きてるよ。期待を裏切っちゃってごめんね」

彼は目尻ににじんだ涙を拭《ぬぐ》い、目を細めて私を見る。

「ほんとすみません、幽霊なんて……失礼なこと言っちゃって」

軽く頭を下げて謝ると、彼は「大丈夫、大丈夫」と顔の前で手をひらひら振ってから、ふと、本当に、と呟いた。

「……もしも本当に幽霊だったら、それはそれで嬉《うれ》しいこともあるんだけどね」

淡い微笑みを浮かべながら、そんな意味深なことを言う。

「え、嬉しい？」

聞き間違いだろうかと思って訊き返したけれど、彼は答えずにふふ、と小さく笑ったきり、黙って海に視線を戻した。

なんだか調子が崩れる。彼はたしかに幽霊などではなく生きた人間だと分かったけれど、それでもどことなく浮世離《うきよばな》れしたような不思議な空気をまとっている気がした。

会話が途切れると、波音に包まれる。車のエンジン音も、家々の生活音も今はどこからも聞こえない。

世界には海の音だけが満ちていた。

「……そろそろ帰ろうか」

しばらくして、沈黙をそっと破るように彼が言った。正直なところ、もう少しこうしていたいような気がしたけれど、私はうなずく。

なぜか彼に対しては、いつものような憎《にく》まれ口やひねくれた態度を向ける気にはなれなかった。どうしてだろう。彼の独特な雰囲気のせいか、それとも、私なんかのことを面白いと笑ってくれたからか。彼と少し話しただけで、まるでこのままでいいと言ってもらえたような、存在をまるごと肯定《こうてい》してもらえたような気がしていた。自分勝手な思い込みだけれど。

「家まで送るよ」

彼は堤防に上がる階段のほうへと歩き出しながら、そう言った。

私は自分でも驚くほど素直に「ありがとうございます」と返事をして、慌ててあとを追う。

「家はどっち？」

「えと、三丁目の……」

覚えたばかりの住所を告げると、彼はにこりと笑った。

家の近くまで来て、角の電信柱のところで「ここで大丈夫です」と言った。もしも漣やおばあちゃんに気づかれたら困るな、と思ったのだ。

「すぐそこなので」

「そっか。じゃあ、気をつけて」

彼は笑顔のまま、柔らかい声で続ける。

「慣れない土地でいろいろ大変だろうけど、頑張ってね」

私はこくりとうなずいた。なぜだか目頭が熱くなった。彼にそう言ってもらって初めて、私は自分が慣れない土地での新生活に疲弊《ひへい》しきっていることに気がついたのだ。

「じゃあ……」

小さく言って家のほうへと歩を進める。数歩歩いてから、名残惜《なごりお》しさに振り向くと、彼は満面の笑みでひらひらと手を振ってくれた。私も小さく手を振り返す。

前を向くと、私を憂鬱にさせていた真っ暗な田舎町が、少しだけ明るく見える気がした。不思議と身体が軽くて、ふわふわと浮かび上がるような感じさえする。私は意味もなく踵《かかと》をとんっと鳴らし、両手を夜空へ突き上げて大きく伸びをした。

なんだか、頑張れそう。なんの確証もないけれど、ふいにそう思った。これからはここが私の町だ、と自分に言い含めるように心の中で呟く。

玄関を出たときとは見違えるほど軽い気持ちで、私は家まで駆け戻った。

第三章　朝に怯えて

目が覚めた瞬間から、体調が悪かった。

正確に言うと、昨日の夕方ごろから食欲がなく、胃《い》のあたりがちくちくと痛んでいた。朝が来るのが嫌すぎて、ほとんど眠れないまま過ごした夢うつつの夜が明けると、腹痛と吐き気《け》まで襲ってきて、身体がひどく重かった。

理由は分かっている。長い長い連休が明けて、今日から学校が始まるからだ。しかも、入学以来一度も登校していなかった学校に、初めて足を運ぶのだ。

私がどうしても通えなくなった中学と、新しく通うことになった高校は、場所も人も全く違うと分かっている。でも、〝学校〟という点では同じだ。

高校に対する期待や高揚《こうよう》なんて、ひとかけらもなかった。あるのは、慣れない環境に飛び込まなければいけないという苦痛と倦怠感《けんたいかん》だけ。

学校なんて、どこも一緒だ。中学も高校も同じ。たまたま同い年というだけで、なんの必然性も脈絡《みゃくらく》もなくひとつの教室に詰め込まれた、家庭環境も容姿も性格も趣味《しゅみ》嗜好《しこう》もなにもかも異なる何十人もの人間が、その場限りの関係を結び、表面上だけ〝上手くやっているふり〟をする場所。

またそういう人間関係の中に身を置かなければならないのだと考えただけで、どろどろの沼《ぬま》に無理やり沈められるような気分だった。

行きたくないな。ふいにそんな考えが浮かんで、すると一気に気持ちが引きずられていった。行きたくない。学校なんて行きたくない。頭の中がその考えでいっぱいになる。

朝食を終えて自分の部屋で支度《したく》をする間、どんどん身体が重くなっていき、畳の中にめり込んでいくような錯覚に襲われた。

壁に背中をもたれてずるずるとしゃがみ込む。だらりと首を傾げた拍子に、反対側の壁にかけられた姿見《すがたみ》に映る自分の姿が目に入った。見慣れない、そして着慣れない制服姿。濃紺のスカートと、白いセーラー服。真紅《しんく》のリボンが毒々しい。

この服で、今から学校に行く。閉鎖《へいさ》された息苦しい空間に、何時間も閉じ込められる。想像しただけで再び吐き気が込み上げてきた。

やっぱり、行きたくない。このまま布団に入って寝てしまいたい。

いっそ、本当にそうしてしまおうか。「具合が悪いから今日は休む」と言えば、きっとおじいちゃんもおばあちゃんも無理に家から出そうとはしないだろう。そうだ、休んでしまおう。

そのとき、廊下の床板がぎしぎしと鳴るのが聞こえてきた。この足音は、漣だ。

「おい、真波」

やっぱり、と小さくため息をついた。わざとだらだら立ち上がってふすまを開ける。制服を着て肩にリュックをかけた漣が立っていた。顔には、いかにも不機嫌そうな表情が浮かんでいる。

あの人とは全く違う、という考えがふっと浮かんだ。数日前、夜の海で出会った〝幽霊〟さん。彼はきっと、こんな不機嫌な顔を人に向けることなんて絶対にないんだろうな。一度会っただけなのに、なぜだかそう確信できた。きっといつでも朗《ほが》らかな笑みを浮かべて、否定的な言葉など決して口にせず、相手の存在をそのまま受け入れて認めるのだろう。

「お前なにちんたらしてんだよ。もう出ないと間に合わないぞ」

「……言われなくても分かってる。今行こうとしてた」

ぼそぼそと答えると、漣はこれ見よがしに肩をすくめた。

「ガキの言い訳かよ」

どうしていちいち嫌みったらしい言い方しかできないんだろう。ほんと口が悪い。というか、性格が悪い。

「早く準備しろよ。俺まで遅れるだろ」

苛立ちを必死に堪えて通学鞄を手に取りながら、ふと彼の言葉に引っかかりを覚える。

『俺まで遅れる』？　ということは、つまり。

「え、一緒に行くつもり？　嫌なんだけど」

ぱっと顔を上げて言うと、漣が顔をしかめた。

「嫌って。失礼すぎだろ。ひとりじゃ行けないだろうと思って、わざわざ呼びに来たのに」

「ひとりで行けるし」

「高校までの道、分かんねえだろ」

私はぐっと言葉に詰まってから、苦し紛れに反論する。

「……スマホで調べれば分かるし」

漣は、はっ、と小馬鹿にしたように鼻で笑った。

「けっこう駅から遠いぞ。来たばっかなのに、本当に自力ですんなり辿り着けるのか？　迷って遅刻しても知らねえぞ」

まるで脅《おど》しだ。腹が立って睨み返したけれど、確かに彼の言う通りだった。

こんなことになるなら、やっぱり連休の間に高校まで下見に行けばよかった。そもそも学校が嫌いだから、わざわざ休みの日に近寄りたくないという思いが勝って、なんとかなるだろうと自分を納得させてしまったのだ。でも、初日から遅刻などして悪目立ちするのは嫌だった。

「……分かった。よろしく……」

ふうっとため息をついて言うと、漣は「最初から素直にそう言えよ」と心底呆れたように首を傾げた。込み上げてくる文句を必死に呑み下し、私は鞄の持ち手を握りしめた。

　すたすたと歩く漣のあとを追って玄関に辿り着いたとき、

「じいちゃん、ばあちゃん、行ってくるわ」

と彼が居間に向かって声をかけた。

　ああ、と失望の吐《と》息《いき》が洩れた。できれば今日は、申し訳ないけれど黙って出かけたかったのだ。今日だけは、おじいちゃんたちと言葉を交わしたくなかった。

　ふたりが居間から出てくる。私はどうか軽い挨拶だけで終わってほしいと心底願いながら「行ってきます」と声をかけた。

　おばあちゃんが割烹着《かっぽうぎ》で手を拭いながら、にこにこと私を見る。

「まあちゃん、とうとう初登校やねえ。頑張ってね。早く友達ができるといいねえ」

　ほら、やっぱり、と内心で項垂《うなだ》れる。こういうことを言われるのが嫌だったのだ。私に友達なんてできるわけがないのに。そもそも私は友達なんていらないのに。たくさんの素敵な友達に囲まれた楽しくて幸せな高校生活、なんて期待されても困るし、プレッシャーでしかない。私は漣とは違うのだ。

　私は曖昧に返事をして、また「行ってきます」とふたりに軽く頭を下げて玄関を出た。漣もすぐに外に出てくる。

「真波、急ぐぞ。三十二分の電車に乗らないとやばいんだ。たらたらしてたらマジで遅刻する」

腕時計を見ながら彼が急《せ》かすように言った。

これから通う高校は、鳥浦の隣の駅が最寄りらしい。ひと駅くらいだったら電車を使わなくてもいいんじゃないか、と思ったけれど、このあたりはN市とは違って一つひとつの駅の距離が長いのだ。歩くのは難しいという。

「お前、早くチャリの練習したほうがいいぞ。駅まで乗って行けたら便利だろ」

「……余計なお世話」

私は下を向いたまま答えた。

「いいの、私は歩くの苦じゃないし。漣はいつも通り自転車で行けばいいよ、私はあとから行くから」

こんなことを言ったらまた嫌みで返されるか、ひどい呆れ顔をされるだろうな、と思ってちらりと目を上げると、意外にも彼は小さく笑っていた。

「初めて俺の名前呼んだな」

予想もしなかった言葉に、私は意表を突かれて目を見開いた。

「頑なに呼ばないようにしてるみたいだったから、一生呼ぶ気ないのかと思ってた」

ふふん、というように笑って、漣は駅の方角へと歩き出す。その背中に、私はぼそりと返した。

「……そんな嫌なら、もう呼ばない」

我ながら卑屈《ひくつ》な答え方だと思う。彼がふうっとため息をつくのがうしろから見ても分かった。それからちらりと振り向く。まっすぐすぎる視線が私の真ん中を射抜いた。

「嫌なんて、いつ言った？　お前って、ほんとさあ……」

呆れたようにこぼしてから、思い直して彼は言った。

「まあいいや。早く行こう」

私は唇を噛み、黙ってあとに続いた。


「ここ。中で担任が待ってるから」

漣が私を連れてきたのは、教室ではなく職員室だった。

そのことに少しほっとする。いきなり新しい教室に入るのは気が重かったのだ。校舎内に入るときも、生徒たちの靴箱が置かれている出入り口ではなく職員玄関を通ったので、ほとんど誰ともすれ違わずに済んだ。

「ちなみに、この奥までまっすぐ行って、突き当たりで左に曲がったら渡り廊下があって、教室棟と繋がってるから」

「……そう」

きっとそこには数え切れないほどの生徒がひしめいているのだろう。想像するだけでうんざりして、私はため息とともにうなずいた。

漣は私の担任になる先生から頼まれて、まずは私を職員室に連れて来るようにと言われていたらしい。彼と同じ家に住んでいることが学校にも知られているのかと思うと、なんとなく気分が塞《ふさ》いだ。

「なんか、いろいろ説明とかあるんだってさ」

「へえ……」

考えただけで憂鬱になり、うつむいて答える。

「あ、先生！」

漣の声につられて顔を上げた。彼の視線を追っていくと、四十代くらいの男性の先生がドアに近づいてくるところだった。

「おはようございます」

「おう。おはよう、美山」

「白瀬真波、連れて来ました」

「そうかそうか、わざわざありがとな」

「いえ、全然。どうせ同じ家なんで」

先生に肩を軽く叩かれ、漣が小さく笑って答えた。

そのやりとりだけで、彼は学校でも〝いい子〟をやっているんだとよく分かった。挨拶がしっかりできて、ちゃんと敬語が使えて、礼儀正しく丁寧《ていねい》な応答ができる〝いい子〟。きっと成績も生活態度もよくて、人の嫌がる仕事を進んで引き受けたりもしているんだろう。

さすがだね、心の中で皮肉を吐く。ただの八つ当たりだと自覚しているけれど、なにからなにまで私とは正反対な漣に対して、黒くてどろどろした濁流《だくりゅう》のような感情が胸の奥底で渦《うず》巻《ま》くのを止めようがない。

担任が私に目を向けて、「よく来たな、白瀬」と笑った。その言葉に思わず表情が強張るのを自覚しながら、私は黙って会釈《えしゃく》をする。

「一年四組の担任の山岡《やまおか》です。さっそくだけど、学校のことを説明するから、中に入ってくれ。書類とかは全部親御さんからいただいてるから、授業とかクラスについて説明するな。美山は先に教室に行っといてくれ」

そういう予感はしていたけれど、先生の口振りからすると、どうやら漣は私と同じクラスのようだ。なんだか面倒なことになりそうな予感、と心の中でため息をつく。

「はい、分かりました」

漣がうなずき、「失礼します」と頭を下げてから廊下の奥へと姿を消した。

とたんに、彼のことは大っ嫌いなのに、見知らぬ場所に初対面の先生とふたりきりで残されて、なんともいえない心細さを感じてしまった自分が嫌だった。あんなやつ、別にいなくたっていい。自分にそう言い聞かせる。

先生に連れられて、職員室の片隅にあるパーテーションで仕切られた場所に入る。中にはテーブルとソファが置かれていた。そこに座らされて、校内の見取り図や時間割、年間の行事予定表などを見せられたけれど、ほとんど頭に入らずに右から左へと流れてしまい、ただ適当に相づちを打っていただけだった。

「まあ分かんないことや困ったことがあれば、美山に相談すればなんとかしてくれるだろう。心強い同居人がいてよかったな」

絶対相談なんかしないし、と思いつつも、口では「はい」と答える。

最後に大量の教科書や副教材を渡されて、ずっしりと重くなった鞄を抱えた私は、先生に見送られながら職員室を出た。

渡り廊下を通って、本棟から教室棟へと向かう。ずいぶん古びたボロい学校だ。砂やほこりを含んだ潮風《しおかぜ》が絶《た》え間《ま》なく吹きつけるからか、なんだか床も壁もざらざらしてべたついている感じがする。

先生によると、一年の教室は一階らしい。職員室は二階だったので、階段を下りなければいけない。

渡り廊下から教室棟に足を踏み入れた瞬間、喧騒《けんそう》に全身を包まれる。目の前を行き来する、同じ制服を着て同じような表情をした、まるでトレースされたような無数の生徒たち。

久しぶりの〝学校〟の空気に、ざっと鳥肌《とりはだ》が立った。

顔をうつむけたまま素早く廊下を横断し、階段を一気に駆け下りる。

一階に着いて右側に視線を走らせる。すぐに【一の三】と書かれた札が目に入り、その奥には【一の二】が見えた。それを確認して、左に足を向ける。

廊下にたむろして友達と笑顔で会話する生徒たちの間を早足ですり抜けて、教室の入り口のドアの前で足を止めた。頭上にぶら下がっている【一の四】という文字を、思わず睨み上げる。

これからこの教室に入って、全く知らない数十人の中にいきなり飛び込む。そのあと、彼らの中に混じって授業を受けなくてはいけない。考えただけでどうにかなりそうだ。

中からたくさんの笑い声が響いてくる。入学して一ヶ月、すでに人間関係はほとんど完成して、仲良しグループも出来上がっているだろう。連休明けの再会にはしゃぐ様子が、この目で見ていなくてもたやすく想像できた。

「久しぶり!」

「みんなで遊んだのめっちゃ楽しかったよね!」

「夏休みまた行こー」

「今度は映画にしようよ」

「どっか旅行とか行った？」

「いとことディズニー行った！」

あちこちから洩れ聞こえてくる会話の断片《だんぺん》を聞いているうちに、だんだんと血の気が引いていくような感覚に襲われた。楽しげにはしゃぐ満面の笑みを浮かべた顔たちが、きっと教室を占拠《せんきょ》している。その無数の笑顔の渦の中に取り込まれるのだと思うだけで、呼吸が上手くできなくなった。目の前がどんどん暗くなっていき、全身の力が抜けていく。

早く中に入らないと、ホームルームが始まってしまう。分かっているのに、一歩も動けない。

私は閉ざされた扉の前で、ひとり微動だにせず立ちすくんでいた。このまま透明になって消えてしまいたい。そう思ったときだった。

「おい」

突然、背後から声が降ってきた。驚いて振り向くと、すぐうしろに漣がいた。

「なにしてんだよ、真波」

私は、はあっと大きく息を吸い込んだ。突然たくさんの空気が入ったからか、肺《はい》がちりっと痛む。

「……別に、なにも」

なんとか呼吸を整えてから答えた声はかすれてしまい、たぶん漣にはほとんど聞こえなかっただろう。彼は少し眉をひそめてから、軽く首を傾けて言った。

「早く入れよ。みんな待ってるぞ」

その言葉に、私は唇を噛みしめる。『みんな待ってる』？　よくもまあ、そんな口から出まかせを。誰が私なんかを待ってるって言うわけ？

そうだ、誰も私なんて待っていない。むしろ、今まで顔も出さなかったくせにいきなり、しかもこんな変なタイミングで登校してくるなんて、クラスのみんなからしたら〝突然現れた異分子《いぶんし》〟でしかないはずだ。

すでに完成したクラスに余計なピースとして入り込んで喜ばれるのなんて、とびきり可愛《かわい》いとかかっこいいとか、ものすごく明るいとか面白いとか、あるいは人よりもずっと勉強やスポーツが得意とか、そういう格別に恵まれたものを持っている人くらいだろう。

でも私は、そのどれも持ち合わせていない。ごく普通の容貌《ようぼう》で、卑屈な性格で、取り立てて得意なこともない。

そんな私がこの中に入ったら、きっと失望の目を向けられるに決まっている。入学していきなり不登校なんてどんなやつだろうと思ってたら、ずいぶんつまらないやつが来たな。そう思われるに決まっている。

やっぱり、無理だ。帰りたい。

そのときだった。

「ほら、行くぞ」

なんでもなさそうな言葉と同時に、ぽん、と背中を押された。

驚く間もなく、漣が私の横をすり抜けて、さっとドアを開く。

すると、唖然とする私の目の前に、唐突に〝教室〟の風景が広がった。

ドアの開く音に気づいて、何気ない様子でこちらに向けられた視線たち。見慣れた顔が現れることを想定していただろう彼らの目は、直後に大きく見開かれた。

「わっ」

「えっ？」

「えーっ！」

あちこちから声が上がる。私の出現に驚いているのは明らかだった。気まずさに慌てて顔を下に向ける。いつもよりもずいぶん内股《うちまた》になった爪先《つまさき》が、自分の情けなさを体現しているようだった。

一気にざわざわし始めた教室の奥のほうから、「もしかして！」という大きな声が聞こえてきた。思わず目を向けると、こちらを指さしているいかにも活発そうな女子と目が合った。

「白瀬真波ちゃん!?」

ばくっ、と心臓が胸の中で飛び跳ねた。そして内側からどんどんと激しく叩いているのを感じる。

硬直したまま動けない私を、漣が「入れよ」と振り向いたけれど、身体中に重りを結びつけられているみたいに身動きがとれない。

「あっ、一〇番の白瀬さん!?」

他の女子が声を上げた。一〇番、というのは私のこのクラスでの出席番号らしい。

さっき担任から教えてもらった。

「白瀬って、ずっと休んでた子だよね？」

「わー、すげー！」

「へえ、来たんだー」

「なああ、どうして休んでたん？　病気？　怪我？」

「お前、そういうこと訊くなよ。デリカシーねえな！」

「あっ、ごめん、白瀬さん！」

「ね、今日からは学校来れるの？　明日からもずっと？」

男女問わず押し寄せてくる人波と、次々にぶつけられる質問に圧倒されて、私はさらに全身を強張らせた。冷や汗がこめかみを伝うのが分かる。

すると、斜め前に立っていた漣が、ふいに右手を胸の高さまで上げた。

「お前らなあ……」

苦笑いを浮かべたような横顔が、クラスのみんなを見ている。

「ちょっとは遠慮しろよ。いきなりそんながっついたら、びっくりするだろ」

とたんに、私を取り巻いていた人だかりが、さあっと崩れた。

「そうだよね、ごめんごめん」

「ずっと気になってたからさー、思わず」

「白瀬さん、またあとで話そうね！」

手を合わせて謝り、そして手を振りながら去っていく。

私は目を丸くして漣を見た。こんなに一瞬で、みんなが彼の言うことを聞くなんて。

まさに鶴《つる》の一声《ひとこえ》のようだった。それだけ人望《じんぼう》があるということだろう。

心の中で、また黒い感情が湧き上がり始める。私とは正反対な漣。みんなに愛され、信用され、尊敬されている。羨望《せんぼう》なんかない。ただ、苛々する。

「真波の席、そこだってさ」

漣が指で示した後方の席に、私は無言のまま向かった。ありがとうも言えない。

彼はいつものように呆れ顔で肩をすくめ、教卓の目の前の席に腰を下ろした。

私は下を向いて鞄から教科書を取り出していく。その間にもちらちらと不躾に向けられる視線が突き刺さった。質問攻めも困るけれど、こんなふうに興味津々《きょうみしんしん》で見られるのも居心地が悪かった。

「なになに、漣、白瀬さんと知り合いなの？　真波って呼んでたよな」

漣の隣の席らしい男子が、彼に話しかけるのが聞こえてきた。いちおうひそひそ声で話しているつもりらしいけれど、思いきり聞こえる。どうせならもっと音量落としてよ、とむかむかしながら思った。

「知り合いっていうか……前話しただろ、俺、親の知り合いの家に下宿させてもらってるんだけどさ、真波はそこんちの孫なんだよ」

「えっ、マジで⁉　ひとつ屋根の下ってやつ？」

「まあな」

「マジか！　女子と同居？　やべー、運命？　恋の予感？　映画みてえ！」

「なに言ってんだよ、ばーか」

漣がおかしそうに笑った。私はそれを見て、ちゃんと否定してよね、と内心でなじる。そういう誤解が、あとから面倒な状況を引き起こすことだってあるのだ。

「白瀬さん」

ふいに隣から声をかけられて、私はびくりと肩を震わせた。おそるおそる横に目を向けると、そこにいたのは、満面の笑みをこちらに向けている女子だった。

「初めまして！　私、橋本由佳《はしもとゆか》って言います。よろしくね。せっかく隣の席だし、分かんないこととかあったらなんでも聞いてね！」

よろしく、と答えようと思ったのに、喉《し》を絞められたように苦しくなって、声が出なかった。

彼女は一瞬不思議そうに首を傾げたけれど、気を取り直したようにまた笑顔を浮かべて口を開く。

「漣くんと同じ家に住んでるんだってね。すごいね！　漣くんが一緒だったら、なんでも安心だよね！　よかったね」

なにか言わなきゃ、と思うのにやっぱり声を出せなくて、無言のままの私をよそに、彼女は途切れることなく話し続ける。

「このクラスね、男子も女子も仲いいし、すごい雰囲気いいよー」

彼女の言葉に、周りの生徒もうなずいたり、話に加わったりし始める。

「そうそう。担任もまあけっこういい感じだし、当たりだよねー」

「みんないい人だからさ、困ったら誰にでも安心して声かけて大丈夫だよ！」

「いろいろ不安かもしれないけど、まあ、肩の力抜いていこうぜ！」

私に向けられるたくさんの視線、優しげな言葉、親切そうな笑顔。それらに囲まれていると、どんどん動悸が高まっていく。

どれが本当の笑顔で、どれが本当の言葉なんだろう。いや、全部うそかもしれない。一ヶ月も欠席していた私への無神経な好奇心や、特別扱いをされていることに対する敵意が隠されているかもしれない。

そう思うと、膝の上で握りしめた指が震え、額や背中に冷や汗が流れ、ぐっと胃のあたりが痛くなってきた。視界が焦点《しょうてん》を失ったようにぼやけていく。息が苦しい。

「おい、真波?」

突然、強く肩を揺さぶられた。

「大丈夫か?」

漣だった。真横に立って、怪訝そうな表情で私の顔を覗き込んでいる。

見慣れた仏頂面《ぶっちょうづら》を見たせいか、ふっと肩が軽くなった。息を深く吸い込み、肺に空気を送り込むと、気分もだいぶよくなる。

でもやっぱり声は上手く出せなくて黙り込んでいると、漣が眉をひそめて凝視してきた。そして彼は振り向き、背後のクラスメイトたちに声をかける。

「お前ら、とりあえず席戻れ。いきなりこんなに囲まれたらびびるだろ」

彼らは「そうだった。ごめん」「はーい、了解」と口々に言って散っていく。

それを見届けて、漣が私の横で腰を落とした。

「お前、どうしたの？　気分悪い？」

悪いけれど、それを漣に言いたくはない。

「……別に、どうもないけど？」

私に向けられていた注目がなくなって、声がちゃんと出るようになったことに安堵《あんど》しながら小さく答えると、彼はまた眉を寄せた。

「じゃあ、なんで返事しなかったんだよ？　せっかくみんな声かけてくれてたのにさ」

私はまた「別に」と呟く。事情を話すつもりもなかった。

「ただ、したくなかっただけ」

漣が呆れたように肩をすくめた。

「なんだよそれ、女王様か。そんなんじゃ友達できねえぞ」

無神経な言い方にむっとして、睨み返す。

「友達なんかいらないもん。どうせ……」

友達なんて表面上だけの関係なんだから。どうせいつか裏切るんだから。続きを口にするのはさすがに思いとどまった。そんなことを言ったら漣は強く反発しそうだと容易に想像できた。

そのときちょうど、担任が教室に入ってきてホームルームの始まりを告げ、漣が仕方なさそうに席に戻っていったので、私は心底ほっとした。

「――お前、態度悪すぎだろ」

四時間目の授業が終わり昼休みが始まってすぐに、私は漣に教室の外へと連れ出された。そして、人がほとんど通らない廊下の端まで連れていかれ、険しい表情で唐突にお説教が始まる。

「なんなんだよ、せっかくみんなが気い遣って話しかけてんのに、むすーっとしてさ。感じ悪い。せめて普通に受け答えするくらいできないわけ？」

「できない」

同い年のくせに偉そうに説教をしてくる彼への反発心から即答すると、これ見よがしのため息で返された。

「お前なあ……」

態度がよくないのは、もちろん自分でも分かっていた。さすがに声が出なくなったのは朝だけだったものの、休み時間になるたびに話しかけてくる橋本さんや、入れ替わり立ち替わりやって来てなにかと質問をしてくる他の生徒たちに対して、うつむいたまま「まあ」「いや」の二言だけで返していたからだ。

でもしょうがないじゃない、と思う。一年半以上〝教室〟から離れていた私にとっては、会ったばかりの同年代の人間に囲まれてあれこれ声をかけられるというのは、苦痛以外のなにものでもないのだ。

しかも、遠くで漣が、友達に囲まれて楽しげな笑い声を上げたり、自ら進んで先生の手伝いをしたり、他の生徒に頼られていちいち親切に対応したりしているのが見えて、余計にむかむかしてしまったのだ。

「ていうか、漣こそなんなの。みんなにいい顔しちゃってさ。そんなにいい子ぶりたいわけ？」

自分への批判をこれ以上聞きたくなくて、わざと話題を変える。

「半日見てただけでもよーく分かったよ。漣って、うちのおじいちゃんたちだけじゃなくて、先生にもクラスのみんなにもずっと、いい子ちゃんやってるんだね。よくやるよね」

一気にまくし立てると、漣が大きく目を見開いた。

「いい子のふりなんかしてたって、なーんもいいことなんかないのに」

思わずそう言うと、彼が意外そうにぱちりと瞬《まばた》きをした。

「なに、真波、〝いい子のふり〟とかしたことあんの？」

まさかそんなふうに自分に矛先《ほこさき》を向けられるとは思っていなかったので、びっくりして言葉を呑み込んでしまった。それから慌てて口を開く。

「今は漣の話してるの！　私のことはどうでもいいでしょ——」

「どうでもよくねえよ」

遮るように漣が言った。

「どうでもよくなんかない。誰がそんなこと言ったんだ？」

そう言った彼の目つきは、怖いくらいに真剣だった。私はなにも言えなくなり、口をぱくぱくさせたあと、うつむいた。

漣もなにも言わない。間に流れる空気が、一気に重苦しくなる。沈黙が肩にのしかかるようだった。

「……この前も言ったけど」

しばらくして、彼がぽつりと言った。

「お前っていっつもその顔してるよな」

私はのろのろと顔を上げて彼を見る。意味が分からなくて苛々した。

「その顔、やめろよ。見てるだけで不愉快《ふゆかい》」

「……その顔って、なに」

「唇尖らせて、眉ひそめて、すっげえ不服そうな、つまんなそうな顔。ほら、今も」

思わず右手で口許を押さえた。

自覚はしていた。いつも私は、拗《す》ねたような卑屈な表情をしている。

「それ、やめろ。見てて嫌な気分になるし、周りまでつまんなくなるから」

でも、しょうがないじゃない、と心の中で叫ぶ。

仕方ないでしょ、私はこういう性格でこういう顔なんだから。嫌なら無視すればいいじゃない。顔も見ないようにすればいい。どうしていちいち構ってくるの？　どうして放っといてくれないの？

口に出せない思いを目に込めて、じろりと漣を睨む。

「またその顔。俺まで不平不満病《ふへいふまん》がうつりそうだわ」

その言葉に、全身の血がかっと頭に昇った気がした。

「俺、お前みたいなやつがいちばんムカつく」

ぐっと唇を噛みしめ、拳《こぶし》を握りしめる。

もう無理。もう嫌だ。

「私もあんたみたいなやつがいちばん嫌い！」

私は鋭く叫んで踵《きびす》を返した。

漣と話したあと、下を向いてただひたすら時間が過ぎるのを待ち、放課後になったと同時に、呼び止める担任の声も無視して教室を飛び出した。

朝来た道を、倍くらいのスピードで戻り、電車に飛び乗って鳥浦の駅で降り、いつもの海に辿り着いたときに、やっと足を止めた。そして海岸に下り、あの砂浜に腰を下ろした。

家も学校も嫌だ。どうしてみんな放っておいてくれないの。どうして話しかけてくるの。私のことは透明人間だと思って放置しておいてくれたら、私だって誰の邪魔《じゃま》にもならないように息をひそめて気配を殺して、無害な存在として静かにしてるのに。わざわざ私なんかに興味をもって構ってくるから、上手く対応できなくて嫌な態度を取ってしまうんだ。お願いだから、放っといてよ。

自分でもどうにもならない心の叫びが身体中を駆け巡っていて、息もできないくらい苦しかった。

抱えた膝に顔を埋《うず》め、ぎゅっと目を閉じて、繰り返す波の音を聞くともなく聞く。そうしていると、少しずつ気持ちが落ち着いてきた。

ずいぶん時間が経《た》ってから、ゆるゆると目を上げると、目の前には夕焼けのオレンジと夜の青が入り混じった空、そしてそれを鏡のように反射する海が広がっていた。

もうこんな時間なのか。そろそろ帰らないと、夕飯の時間だ。

頭ではそう思っているのに、身体が動かない。

じりじりと水平線に沈んでいく夕陽をうつろな目に映していると、ふいに、砂を踏むかすかな足音を耳がとらえた。

予感があって、振り向く。

「幽霊さん……」

思わず呟くと、今日も白いシャツを着た彼が、肩のあたりまである少し長めの髪をふわふわと風になびかせながら、ふ、と口許を緩めた。

「やっぱり俺、君の中では幽霊ってことになってるの？」

ふはっ、とおかしそうに彼は笑った。

その笑顔を見た瞬間、一瞬で涙腺《るいせん》が崩壊《ほうかい》した。自分でもびっくりするほど、ぼろぼろと涙が溢れ出してくる。

「おお、どうしたどうした」

彼はやっぱりおかしそうに笑いながら、そっと私の泣き顔を覗き込んでくる。

「なんかつらいことがあったんだね。そっかそっか」

なにがあったの、とか、話してみて、とか、理由を訊《たず》ねたりはせずに、ただ「うん、うん」とうなずいている。それで逆に涙が勢いを増してしまった。

「いいぞー、若者！　泣け泣けー！」

彼が応援するように拳を空に突き上げた。その様子がおかしくて、私は思わず泣きながら噴き出す。

泣き笑いの私を、彼は柔らかい眼差しで包んだ。

「涙は全部、海が受け止めてくれるから……」

そう言って、彼は私の隣に腰を下ろした。その視線は、夜色に沈みつつある海を眺めている。

そうか、泣いてもいいのか、と思った。ここで私が泣いても、見ているのは幽霊さんだけだ。誰にも知られなくて済む。おじいちゃんにもおばあちゃんにも、お父さんにも、漣にも。

そう思ったら、不思議なことに、逆に涙の衝動《しょうどう》が治まってきた。

最後の涙がすうっと頬を伝ったあと、私は情けないかすれ声で訊ねた。

「……幽霊さんも、涙を海に受け止めてもらったことがあるんですか」

すると彼は声を上げて笑った。

「また幽霊って言った」

彼は本当に楽しそうに笑う。まるで、世界には楽しいことと幸せなことしかないんだ、というように。

「でも、申し訳ないけど、俺は幽霊じゃないからなあ」

顔を覗き込まれて、私は涙でぐちゃぐちゃの顔を少し伏《ふ》せた。

「じゃあ……ユウさん、って呼びます」

「えっ？」

とたんに彼が大きく目を見開いた。

「あ、『幽霊』の『ユウ』さんってことで」

ははっ、とまた彼が笑った。

「やっぱり幽霊から離れてくれないんだ」

底抜けに明るいその笑顔を見ていると、心の奥底に溜まった澱《おり》のようなどろどろとした暗い感情が、少しずつだけれど、浄化《じょうか》されていくような感覚に包まれた。

なんとなく気恥ずかしくて、私は膝を抱えた腕にあごをのせる。

鳥浦は田舎だし、人と人との垣根《かきね》が低すぎて、やっぱり好きにはなれないけれど、それでも彼が暮らしている町なんだと思えば、少しはやっていけそうな気がしてきた。

そのときだった。

「真波ー！」

突然どこからか大声で名前を呼ばれて、私ははっと顔を上げた。漣の声だった。

振り向いて確かめると、後方の堤防の上に小さな人影が見える。

「そんなとこでなにしてんだよ！　じいちゃんばあちゃんが心配してるぞ！」

私はふうっとため息を吐いた。まさか彼にこんなところを見られるなんて、最悪だ。

「お迎えが来たみたいだね」

くすくす笑いながらユウさんが言った。

「お迎えっていうか……なんかつきまとわれてるっていうか」

「いいじゃん。心配してくれる人がいるって、素敵なことだ」

「そうですかね……」

軽く首を傾げたとき、また「真波！　早くしろよ」と聞こえてきた。

私はうんざりしながら、ゆっくりと腰を上げた。

「お騒《さわ》がせしてすみませんでした……帰ります」

ユウさんは「うん」とうなずいてから、「またね、真波ちゃん」と言ってくれた。

漣が私を呼んだのを聞いて、名前を悟ってくれたのだろう。漣とは全く違う、優しくて柔らかな呼び方だった。

うしろ髪を引かれるような気持ちで彼に頭を下げ、私は漣の立つ堤防へと階段を上った。

漣まであと数歩のところで、私は砂浜へと目線を落とした。

ユウさんは波打ち際に佇んで、月明かりの海を眺めていた。あの夜と同じように。

その背中を、私は静かに見つめる。

私の視線を追って、漣も海へ目を向けた。

「……あれ、誰？」

彼の問いに、私は小さく、知らない人、と答える。私のせいでユウさんに迷惑をかけるのは嫌だった。

「ふうん……」

漣はユウさんを値踏《ねぶ》みでもするようにじっと見つめてから、興味を失ったように目を逸らす。

「……お前、ずっとあそこにいたのか？　学校終わってからずっと？」

「どこにいようと私の勝手でしょ」

つっけんどんに答えると、彼が呆れ返ったように肩をすくめる。

「勝手だけど、じいちゃんたちには心配かけんな」

ちらりと見ると、漣は制服のままで、こめかみには汗が浮いていた。

もしかして、帰宅してからずっと私のことを探していたんだろうか。だとしても、おじいちゃんたちに頼まれて仕方なく、だろうけど。

「とっとと帰るぞ」

「……分かってるって」

歩きだしながらもう一度海のほうを振り向くと、今度はユウさんはこちらを見上げていた。私に気づくと、笑顔でひらひらと手を振ってくれる。またね、頑張れ、と言うように。

私も小さく手を振り返しながら、ユウさんがおじいちゃんちの下宿人だったらよかったのに、と心の底から思った。

第四章　波に揺られて

「こんばんは」

小走りで駆け寄って声をかけると、振り向いたユウさんが微笑みを浮かべて「こんばんは」と返してくれた。

高校に通い始めてから、二週間が経った。家は相変わらず息苦しかったし、学校もやっぱり居心地が悪い。

クラスメイトたちは懲《こ》りずになにかと声をかけてきて、やっぱり私は上手く応えられず、そのたびに漣がやって来てなにかと口出しをしてくる。疲弊しきって帰宅したらしたで、「友達はできたね?」、「勉強にはついていけそうね?」とおじいちゃんたちから質問攻めに遭《あ》う。

それでもなんとか耐えられたのは、初登校の日以来、毎晩夕食のあとに家を抜け出して、この砂浜でユウさんと会っているからだ。昼の間をなんとか我慢すれば、ユウさんと会って話せる。そう考えるだけで、かなり気が楽になった。

ユウさんは、第一印象に違《たが》わず、とても穏やかで明るくて優しい人だった。話せば話すほど、それが伝わってくる。

そして不思議なことに、誰かに自分の話をするのが苦手な私でも、彼が聞いてくれていると、次々と言葉を生み出すことができた。直接的な関わりがないからこそ、逆に気楽になんでも話せるのかもしれない。

「誰が嫌とか、なにか言われたとかじゃないんですけど、なんか嫌なんですよ。空気が嫌っていうのかな……とにかく居心地が悪くて。自分でも理由がよく分かんないんですけど、一日中どこにいても、誰を見ても、なんだか苛々しちゃって……」

今夜もまた、私はとりとめのない、まとまりのない内容をつらつらと話す。今までどんなに嫌なことがあっても誰にも打ち明けず胸の内に秘めてきた反動か、ユウさんを前にすると、まるで堰《せき》を切ったように本音が唇から溢れ出してしまうのだ。

こんな湿っぽい話をしたら、たとえばおじいちゃんやおばあちゃんは必要以上に心配するだろうし、漣に話したりした日には「俺もお前を見てると苛々する」などと一《いっ》刀両断《とうりょうだん》されるに決まっている。

だから、「うんうん」、「へえ」、「そっかあ」などと柔らかい相づちを打つだけで、余計なことは言わずに聞いてくれるユウさんは、私にとって本当にありがたい存在だった。慣れない土地で我慢しながら過ごして溜まった日中の不満やストレスを、夜の海で一気に吐き出すことで、私はなんとか精神のバランスを保っていた。

「今日は六時間目に、バスの……あ、来月遠足があるらしいんですけど、そのときのバスの座席決めがあって、座席表見たらいちばん前の席はひとり席だったんです。私はそこの席がいいと思って。みんなが仲良しの人たちと席埋めていったらどうせ私は最後に余って自動的にひとり席になるからちょうどいいって思ってたんです。そしたら、漣のやつがいきなり『橋本さんたちは三人グループだから、真波も入れてやってよ』とか言い出して、はっ⁉ってなって。マジで余計なお世話！ってめっちゃムカつきました。ほんとあいつ、勝手なことばっかり……」

今日はこの話をしようと決めていたので、勢い込んで話してしまってから、ふと我に返った。ちらりと隣を見上げる。

「……なんかごめんなさい、いつもこんな話ばっかりで」

するとユウさんがびっくりしたように目を丸くした。

「え、なんで？」

「いや、毎晩こんな愚痴《ぐち》ばっかり聞かされたら気分悪いですよね。ユウさんって話しやすいから、思わず喋りすぎちゃって……すみません」

私が小さく頭を下げると、ユウさんがふっと笑った。

「そんなことないよ。むしろ、高校生の話なんか普段はなかなか聞かないからさ、新鮮だよ。あー懐かしいなーって自分の高校時代思い出したり」

「ユウさんの高校時代……」

私は思わず呟いてから訊ねる。

「どんな高校生だったんですか？」

ユウさんが微笑み、海のほうを見て遠い目をした。少し黙り込んでから、ゆっくりと口を開く。

「好きなもののことばっかり考えてたかな」

私は「好きなもの……」と彼の言葉を繰り返した。

「ユウさんの好きなものって？」

気になって訊くと彼は目を丸くして私を見て、それからなにかを考えるように斜め上を見て答えた。

「うーん……バスケとか」

とか、と言うので、他にも〝好きなもの〟をあげるのだろうと思って待っていたら、彼の言葉はそこでいったん途切れた。

「バスケ部に入ってて、毎日部活のために学校行ってたなあ。楽しくてたまらなくて夢中だったんだ。勉強は嫌いだったから、あんまりしてなかった。それでよく怒られてた」

いたずらっぽく笑った彼は、誰に怒られていたかは言わなかった。でも、ユウさんみたいな人も、親や先生に怒られたりしていたのかな、と思うと、なんだかおかしくて笑ってしまった。

「バスケやってたんですね。ユウさんがスポーツしてるのとか、なんか想像できないなあ」

私の中でユウさんは、いつも静かな瞳で海を見つめている儚《はかな》げな人、というイメージだったので、激しく身体を動かすのが好きだなんて意外だった。

するとと、彼のほうもどこか意外そうな顔をした。

「へえ、今の俺ってそういうふうに見えてるんだ。学生のころは、『部活バカ』とか言われてたのにな」

彼が懐かしそうに微笑む。

「子どものころは野球ばっかやってて、中学から高校まではバスケばっかやってたよ。今もたまに仕事が休みの日、友達と草野球とかストリートバスケとかやってるよ」

「えっ、そうなんですか」

さらに意外な情報だった。そういえば、彼はいつも私の話を聞いてくれているばかりで、自分の話をほとんどしない。

休日に友達とスポーツをする彼の姿を思い浮かべながら、じわじわと好奇心が湧き上がってきた。彼のいろんな顔を、もっと知りたい。

「ユウさんって、普段は……というか、お仕事はなにしてるんですか？」

思わず訊ねてから、慌ててつけ加える。

「あっ、すみません、差し支えがなければ……」

私の言葉に、彼はおかしそうに笑った。

「偉いね、そんな言葉使えるなんて」

なんだかまた子ども扱いされているようで、少し悔しい。思わず唇を尖らせたとき、ユウさんがふいにうしろを向いて腕を上げた。

「あそこの青い看板、見える？」

彼が指さした先には、海岸沿いに建つ一軒家があった。建物の脇《わき》に、街灯に照らされた淡いブルーの看板が立っている。遠いうえに夜なので、書かれている文字は読み取れなかった。

「あれ、俺の店」

えっ、と私は目を丸くして彼を見上げた。そこには少し照れくさそうな笑みがある。

「喫茶店《きっさてん》をやってるんだ。朝から晩まで、ずっとあそこで働いてるよ」

「えっ、お店やってるって、ユウさんが店長ってこと？」

「うん、こう見えてね。まあ、店長っていっても、バイトもいなくて俺ひとりなんだけど。――『ナギサ』っていう店だよ」

その店名を口にするとき、ユウさんはなんだかとても嬉しそうな微笑みを浮かべた。見ているこちらが満たされた気持ちになるくらいに。自分の店のことを心から大切に思っているんだろうな、と思った。

「店のキッチンに立って窓の外を見ると、ちょうど海が見えるんだ。いつでも海が見えるところで働きたくて、あの場所を選んだんだよ。午前中とか夜はあんまりお客さんも来ないから、だいたい景色を眺めてる」

そう言ってから、ユウさんは小さく笑って「実はね」と私を見た。

「あの日も、店のキッチンで片付けしながら何気なく海のほう見たら、真波ちゃんがここでうずくまってるのが見えて。それで気になって下りて来ちゃったんだよね」

あの日というのは、彼と二度目に会った日、私が初めて高校に行った日のことだろう。そういえば、いつもユウさんが夜の散歩をしている時間よりもずいぶん早かったのに、なぜか彼がここに現れたのだ。

あのときの私は学校のことで頭がいっぱいで気がつかなかったけれど、あれは偶然ではなく、彼がわざわざ仕事の手を止めて来てくれたのだと、今になってやっと分かった。

「そうだったんですね……すみません……ありがとうございます」

今さらながらにお礼を言うと、ユウさんは心底驚いた顔をした。

「どうして？　俺は自分が気になったから勝手に様子見に来ただけだよ。真波ちゃんが謝ることもお礼言うこともなんてないよ」

それでも、仕事の邪魔をしてしまったのが申し訳なかったし、そしてなにより、私は嬉しかったのだ。仕事中だったのに、わざわざ私のところまで来てくれたことが。

「本当に、ありがとうございます。あのときユウさんが来てくれなかったら、私……」

その先は、上手く言葉にならなかった。でもユウさんは続きを促したりすることなく、「それならよかった」と屈託なく笑った。

「ユウさんて、何歳なんですか？」

唐突に訊ねてしまった。彼の少年みたいな笑顔と、店を経営しているというギャップが気になってしまったのだ。

「俺？　今年で二十六だよ」

ということは、私の十歳上だ。改めて、ずいぶん年が離れているんだなと思った。

「でも、よく友達から『いつまで経ってもガキっぽいな』って言われる」

彼はくすくすとおかしそうに笑って答えた。

私から見れば、ユウさんの落ち着きやおおらかさは十分に大人っぽいと思うけれど、確かに彼には〝大人〟特有の近寄りがたさや威圧感は皆無《かいむ》だった。それはきっと彼の本来の性質なんだろうと思う。

「……ユウさんが鳥浦にいてくれてよかった、知り合いになれてよかった、って私は思ってます」

また唐突な言葉になってしまった。普段あまり人と会話をしないので、私はどうも適切なタイミングで適切な言葉を出すのが苦手だ。

それでもユウさんは、にっこりと笑って「ありがと、嬉しい」と答えてくれた。その笑顔が、私を妙に落ち着かなくさせた。

◇

五月も末になり、ようやく学校にも少しずつ慣れてきた。

授業についていけるかを少し不安に思っていたけれど、ここの高校はそれほど進路指導に熱心ではなく進度もけっこうのんびりとしているので、もともと勉強が苦にはならない私は、日々の予習と復習でなんとか遅れを取り戻すことができた。

もっと心配だった人間関係も、なんとか平穏を保てている。私は中学時代の苦い経験から、なるべく誰とも深い関係を築かずにいたいと考えていた。そうすれば面倒なことにならずに済むから。そんな私の内なる思いがにじみ出ているのか、最近はクラスのみんなも先生たちも、必要以上に話しかけず基本的に放っておいてくれるようになった。――ひとりを除いては。

「真波、お前、部活入らないのか？」

昼休みが始まると同時に、漣が声をかけてきた。お弁当を持って誰もいない最上階の階段に足を運び、踊り場でひとりの時間を謳歌《おうか》するのが学校での唯一の楽しみなのに、どうして話しかけてくるんだろう。

不機嫌を隠さずに「入らない」と短く答えると、彼は「なんで？」と問いを重ねてきた。迷惑だ。

「別に入りたい部活ないし」

「それなら、女子バレー部に入らないか？　今人数が足りなくて困ってるらしい」

「嫌だ。部活をやること自体が面倒くさい」

漣が苦々しい顔で「無気力人間」と呟いた。

「はあ？　部活は任意でしょ。入る入らないは個人の自由じゃん」

漣は男子バレー部に所属している。だからこそ、女子バレー部なんて私的にはいちばんありえなかった。これ以上、漣と一緒の空間にいる時間を増やしたくない。学校が終わってから彼が部活を終えて帰宅するまでの時間が、私にとっては貴重な〝漣から干渉《かんしょう》されずに済む時間〟なのだ。

「どこでもいいけど、どっかの部活に入れば友達もできるだろ」

「友達なんかいらないって、何回言ったら分かるの？」

眉をひそめて答えると、漣は「ほんと意地っ張りだな」と吐き捨てるように言った。

「なんとでも言えば。私はひとりが好きなの」

友達なんかいてもろくなことはないと、私は嫌というほど知っているのだ。

まだなにかを言いたげな漣の横をすり抜けて、私は教室をあとにした。

ひとりの解放感を満喫しながらゆっくりと昼食を終えて、予鈴が鳴ったあと、用を足してから教室に戻ろうとトイレに向かった。そうして個室を出ようとしたとき、ドアの向こうから女子の話し声が聞こえてきた。

「あの白瀬って子、なんなんかなー」

あ、と思わず声が出そうになる。私はドアノブにかけた手をそっと離した。続きを聞きたくないけれど、ここで扉を開ける勇気はない。

「ほんとそれ。なんで誰とも話さないんだろ？」

女子トイレは鬼門《きもん》だ。閉じられた空間という油断からか、噂話《うわさばなし》や陰口《かげぐち》に精を出す女子たちは少なくない。

「声かけてもまともに反応しないよね。なんか感じ悪いよねー」

「漣くんの下宿先で一緒に住んでて、漣くん面倒見がいいからいろいろ気遣ってるみたいだけど、相手があんな子じゃ大変だろうな」

「迷惑と思ってても、優しいから絶対言わないよね。漣くん可哀想《かわいそう》」

「ていうかさ、せっかく漣くんが声とかかけてあげてるのに、すごい態度悪くない？」

「わかる！　めっちゃ嫌そうな顔してるよね。ありえない」

「漣くんに失礼だよね。見ててムカつく」

容赦《ようしゃ》なく飛んでくる否定的な言葉。言われて当然の内容ばかりだし、人との関わりを拒絶しているのは本当だから仕方がないことだと自覚はしているけれど、普段は私に対する不満などおくびにも出さずにいる人たちが、私のいないところで好き勝手なことを言っているという状況が、こたえた。中二のときの苦い記憶が甦《よみがえ》り、足元が崩れていくような感覚に襲われる。

「N市に住んでたらしいし、うちらのこと馬鹿にしてんじゃない？」

「あー、田舎者とは口ききたくない！みたいな？」

「うちの親が言ってたけどさー、なんか白瀬さんのお父さんって社長らしいよ」

これだから田舎は嫌だ。個人情報保護なんて、ちっとも頭にないのだ。大っぴらにしていないことでも、いつの間にかみんなに知られていたりする。息苦しい閉塞感《へいそくかん》。

「えっ、マジ⁉　じゃあ、お嬢《じょう》様ってやつかー」

確かにうちのお父さんの肩書きは社長だけれど、お嬢様などという言葉が似合うような大企業でもなんでもなくて、ただの自営業に毛が生えたような家族経営の小さい会社だ。それなのに、社長の娘というだけで、小学校でも中学校でも、何度勝手なことを言われてきたことか。

「じゃあ、あれ？　下々《しもじも》の者と関わると品が落ちちゃう、とか思ってんのかな」

「あははっ、そうかも！　うちら品ないもんね」

「あんたと一緒にしないでよ！」

きゃはは、と笑った彼女たちは、そのあと今流行《はや》りの芸人の話題で盛り上がり、楽しげに騒ぎながらトイレを出ていった。

こんなの、どうってことない。心の中で呟く。

無責任な噂話も、悪意のある陰口も、これまで標的にされたことはある。別に直接的な被害を受けたわけではなく、うざいとか死ねとか言われたわけでも、殴《なぐ》られたり蹴《け》られたりしたわけでもないし、大したことではない。忘れてしまえばいいことだ。

頭では分かっているのに、向けられた言葉がいつまでも私の中をぐるぐる駆け回って薄れてくれないのは、どうしてなんだろう。

午後の授業の間は、ずっと下を向いていた。顔を上げてしまうと、さっきの噂話の人たちは誰なのかと探してしまいそうだったからだ。知らなくてもいいことは知らないままでいたかった。

放課後になると、うつむいたまますぐに教室を出た。早足で駅に向かい、電車に飛び乗る。

鳥浦の駅に着いてからは、わざとゆっくり歩いた。それでも気がついたら家の前に来ていた。

ただいま、と絶対に誰にも聞こえない声で呟き、玄関で靴を脱ぐ。洗面所で手を洗っていると、洗濯物を干し終えたらしいおばあちゃんがかごを抱えて入ってきた。

「あら、まあちゃん。お帰りなさい」

いつものように笑顔で声をかけられる。

初めのころは慣れなかったけれど、最近はなんとか普通に「ただいま」などと対応できるようになっていた。

でも、今日は、だめだった。我ながら強張った表情と声で「うん」と呟くことしかできない。

おばあちゃんは不思議そうな顔で少し首を傾げてからまた笑顔に戻り、「おやつのビスケットがあるよ」といつものように言う。私が帰宅すると、おばあちゃんは律儀《りちぎ》に毎日おやつを出してくれるのだ。せっかく用意してくれたのだから、と思っていつもはお礼を言って食べているけれど、今日はそんな気分にはなれなかった。

私はうつむいたまま、「ごめんなさい、食欲ないから」と洗面所を出た。するとおばあちゃんが慌てたようにあとを追ってきた。

「どうしたんね、まあちゃん。学校でなんかあった？」

私は引きつりそうな顔に必死に笑みを浮かべて、「別になにもないよ」と答える。

それでもおばあちゃんは眉を寄せて覗き込んできた。

「もしかして……お友達と喧嘩《けんか》したん？」

遠慮がちな表情から、私の中学時代のことをなにか知っているのだと悟る。もしかしてお父さんが伝えたのだろうか。言わないでほしかったのに。

私はぐっと拳に力を込めて、ふるふると首を振って否定する。

「……もう部屋に戻るね」

歩き出した私を、おばあちゃんがまた追いかけてきて、

「たまごアイスもあるよ」

と唐突に言った。予想もしなかった言葉をかけられて、思わず足を止める。

たまごアイスというのは、水風船のような半透明のゴム袋の中に、バニラ味のアイスクリームが入っている氷菓《ひょうか》だ。なんで今おばあちゃんは、わざわざそれを言ったのか。

「……いらない。せっかくだけど、お腹空《す》いてないから……」

よく分からないけれど、私は首を横に振る。それでもおばあちゃんは、取り繕《つくろ》うような笑顔を浮かべながら「でも」と食い下がるように続けた。

「ほら、あの、たまごアイスだよ？　まあちゃんが……」

おばあちゃんの言葉を遮るように、私は思わず、

「だから、いらないってば！」

と叫んだ。おばあちゃんの目が大きく見開かれる。声を荒らげてしまった自分に動揺しながらも、私は勢いを止められずにきつい口調で続けた。

「私もう高校生だよ？　そんな子ども向けのアイスなんかいらないよ」

おばあちゃんは大きく息を吸ってから、「……そうやねえ」と項垂れた。小さく縮こまった小さな肩に罪悪感を覚えたけれど、上手く言葉が出てこなくて、

「ごめん」とだけ呟いた。

「……今日は疲れたから、部屋に行くね。晩ご飯もいらない……」

振り切るようにして、部屋の戸に手をかける。でも、おばあちゃんはまだ諦めてくれなかった。

「まあちゃん、大丈夫なん？　力になれるかは分からんけど、話ならいくらでも聞くよ。ばあちゃんに話してみないね」

しつこい。心配してくれているのは分かるけれど、話したくないと気づいてほしい。

「本当になんにもないから、気にしないで」

「そんなん言うてもねえ……」

困ったように手で首を押さえたおばあちゃんが、ぽつりと呟いた。

「話してくれんと分からんからねえ……。きっとお母さんも心配しとるよ……」

お母さん、という単語が耳に入った瞬間、ぎりぎりのところで持ちこたえていた細

い糸が、ぷつりと切れる音がした。

「――そんなわけないじゃん！　もう、うるさい！　知ったような口きかないで！」

鋭く言ったそのとき、「おい！」とうしろから強く手を引かれた。驚いて振り向くと、いつの間に帰ってきたのか、漣がそこに立っていた。今日は部活がなかったんだろうか。

彼はひどく怒ったような顔をしていた。

「お前……どうしてそんなこと言えるんだよ。ばあちゃんはな……」

責めるような口調に、私はきつく彼を睨み返した。

きっと漣の目には、私はひどく恩知らずで非情な孫だと映っていることだろう。でも、家族に恵まれて、みんなからたくさん愛されてきた漣に、私の気持ちなんて分かるわけがないのだ。

なんにも知らないくせに。私がどんな思いをしてきたか、今どんな思いをしているか、なんにも知らないくせに。偉そうに口出しなんてしないで。そもそも、漣がこうやっていちいち私に構うせいで、私は女子たちに睨まれてしまったんだ。

「うるさいなあ、もう、放っといてよ！」

私は漣の手を振り払い、その肩を強く押してかたわらをすり抜けると、まっすぐに玄関に向かった。もう全部全部嫌だ、とはち切れそうな心が叫んでいた。

夕焼け色に染まる町を駆け抜けて、気がつくとあの砂浜の近くまで来ていた。

堤防に手をついて下を覗き込んでみる。オレンジ色に輝く砂の上には誰もいなかった。

顔を上げて、国道の先にある薄青《うすあお》の看板を見つめる。ほとんど無意識に足を動かして、その店の前に立った。古い建物をリフォームしたらしく、外壁はペンキで白く塗《ぬ》り直してあり、入り口のドアは真夏の海のような鮮やかなコバルトブルーに塗られていた。その上に、『ナギサ』と書かれた看板がかかっている。

ドアの脇にある小窓から覗くと、中には誰もいないようだった。

ひとつ息を吐いてからドアノブに手をかけ、ゆっくりと押し開ける。頭上にぶら下がっているドアベルがからころと鳴った。

「いらっしゃいませ！」

すぐに明るい声が飛んできた。カウンター席の奥から満面の笑みでひょっこりと顔を出したのは、白いシャツに焦茶《こげちゃ》のエプロン姿のユウさんだった。

「あれっ、真波ちゃん!?」

目をまん丸にして、キッチンからぱたぱたと出てくる。夜の海で見るどこか儚げな彼とは、ずいぶん印象が違った。太陽のように陰ひとつなく明るい。

「えーっ、びっくりした！　来てくれたんだ！」

きっと高校生がひとりで来るような店ではないのに、嬉しそうに出迎えてもらえて、もしかしたら追い返されてしまうかもしれないと不安に思っていた気持ちが急速に萎《しぼ》んでいく。それで緊張の糸が切れたのか、一瞬で目頭が熱くなった。

じわりと視界がにじみ、涙が溢れてしまっていることを知る。泣くつもりなんかなかったのに。

「わっ、大丈夫⁉」

ユウさんが私の肩をそっと押して、近くの椅子《いす》に座らせてくれた。

「どっか痛い？　転んだ？　お腹壊した？」

私の顔を覗き込み、心配そうに問いを重ねてくる。まるで泣いている子どもへの対応そのものだ。高校生にもなって、転んだとかお腹が痛いくらいで泣かないし、と心の中で言ってみるけれど、声にはならなかった。

「体調不良とか怪我ではない？」

私はこくりとうなずいた。

「そっか……うん……」

彼は私を落ち着かせるように肩をとんとんと叩いた。それで逆にたがが外れたようになってしまい、私は嗚咽《おえつ》を洩《も》らしてしゃくり上げながら、涙ににじんだ情けないかすれ声で「おばあちゃんに……」と呻《うめ》いた。

「おばあちゃんに、ひどいこと、言っちゃったんです……」

心配して気を遣ってくれているのは分かっていたのに、自分の中の苛立ちや焦燥《しょうそう》に抗《あらが》えなくて、素直にありがとうも言えず、ひどい言葉をぶつけてしまった。

「謝らなきゃって、思ったのに、なかなか、言えなくて……」

嗚咽が邪魔をして、上手く喋れない。それでもユウさんは柔らかい表情でうなずきながら続きを待ってくれている。

「そしたら、あいつが帰ってきて……偉そうに説教してくるから、今謝ろうと思ってたのにって腹が立って……。ほんといつも上から目線だし……ムカついて、そのまま飛び出してきちゃった……」

我ながら幼稚な言動だった。あとから考えたら後悔も反省もするのだけれど、そのときには自分の感情に流されてちゃんとした対応ができないのだ。私はどうしてこんななんだろう、と自己嫌悪《じこけんお》に陥る。

「あいつって、下宿してる漣って子のこと？」

ユウさんが静かに訊ねてきた。私は涙を拭いながら首を縦に振る。

「いちいち私のことに口出しして怒ってくるんです。学校でも、家でも……」

すると彼は、ふふっと小さく笑い声を洩らした。

「なんか分かるなあ、その子の気持ち。なんていうか、真波ちゃんって、ちょっと放っておけないような感じがするもんな。たぶん漣くんも、真波ちゃんがひとりで頑張ってるのを見てられなくて、サポートしたくて思わずいろいろ言っちゃうんじゃないかな」

思いもよらない言葉に、私は大きく目を瞬《またた》いた。涙が睫《まつ》毛《げ》の上で細かく弾《はじ》ける。

「……そんなんじゃないです。私のこと、いちばんムカつくって言ってたし。だから文句言いたくなるだけだと思う……」

「そうかなあ」

ユウさんは笑いを含んだ声でそう言ったあと、口調を改めて「おばあさんのことは大丈夫だよ」とうなずいた。

「大丈夫、きっと分かってるから。真波ちゃんがすごく苦しい思いをしてて、だから素直になれなくて、今は反省してることも、真波ちゃんのおばあさんは、きっと全部分かってる。……家族って、おばあさんってそういうものだと思う」

彼は海側の出窓の向こうへ視線を投げた。

「俺にはもう祖父母はいないんだけどさ、幼馴染《おさななじみ》の子のおばあさんを昔からよく知ってるから、どういう思いで孫のことを見守ってるのか、なんとなく分かるんだ。無償《むしょう》の愛っていうのかな、無条件に孫のことが可愛《かわい》くて仕方ないっていうか。本当に海みたいに広くて深い愛情で、悩んでることも、素直になれないことも、心に秘めてることも、ちゃんと理解してくれてて、どんなことでも受け入れてくれるんだと思う」

ユウさんの言うことはとても抽象《ちゅうしょう》的で、私には難しすぎた。でも、彼が私に伝えようとしてくれていることだけは理解できた。

おじいちゃんもおばあちゃんも、最初のころは、こんな面倒な私を引き取ってくれて、いつも優しく気を遣ってくれていた。口には出さないけれど本心では迷惑に思っているのではないかと疑っていたけれど、一緒に生活するうちに、優しくしてくれる気持ちはどうやら本物らしいと、ひねくれ者の私にも分かってきた。

それなのに、今日は、学校のことで気が立っていて、しかもお母さんのことに触《ふ》れられて理性を失い、あんなひどい言葉を投げつけてしまった。

どうしようもない激しい後悔が、私を内側から苛《さいな》んでいた。時間が戻せるのなら、すべてやり直したい。でも、過去に戻るなんて不可能なのだ。だから、せめて。

「……謝りたい。おばあちゃんに、ごめんなさいって、謝りたい……」

呻くように言った私に、ユウさんが「うん」と明るく答えた。

「大丈夫、大丈夫。気持ちが落ち着いてからちゃんと謝れば、大丈夫だよ」

彼の言葉を聞いていると、不思議と本当に大丈夫な気がしてくる。

家に帰ったらすぐに、ちゃんとおばあちゃんに謝ろう。ごまかしたり恥ずかしがったりせずに、心からの謝罪の言葉を伝えよう。驚くほど素直に、そう思えた。

「……明日も、来ていいですか」

思わずそう口にしてしまってから、彼の邪魔にならないか、と心配になって、慌ててつけ足す。

「あの……ちゃんと謝れましたって、報告に……」

ユウさんがにこりと笑ってうなずく。

「もちろん！　それがなくたって、いつでも、毎日だって来てくれていいよ」

「……ありがとうございます」

私はぺこりと頭を下げた。涙はいつの間にか引いていた。

ものすごく図々《ずうずう》しいことをお願いしていると自覚していたけれど、今の私にとっては彼が唯一の心安らげる存在なのだ。

「あ、そうだ」

ユウさんが突然なにかを思いついたように手を叩いた。

「玉子焼き、好き？」

唐突な問いに戸惑いながらも、私はこくりと首を縦に振る。

「よかった。じゃあ、ぜひ食べていって」

「え……いいんですか」

「どうぞどうぞ。ていうか俺、玉子焼きを食べてもらうのが好きなんだ」

「……そうなんですか」

分かるような分からないような理由だったけれど、私は「じゃあ、お言葉に甘えて」とうなずいた。

「ちょっと待っててね、すぐ作るから」

ユウさんがぱたぱたとキッチンに戻っていく。

私はホールにひとり取り残され、手持ち無沙汰に店内を見回した。

四人がけのテーブルが四つと、カウンターに四席。定員二十名ほどで、一軒家のリビングとダイニングキッチンを改装したような造りだ。カウンターの左側には大きな出窓があって、そこからも海を眺めることができる。

テーブルも椅子も、壁や建具《たてぐ》もすべて木製。ひどく静かで、そして温かくて落ち着く感じの店だった。まるでユウさんそのものだ。

なんとなく席を立って、オレンジ色の夕陽が射し込む出窓の前に立ってみる。

線対称《せんたいしょう》の空と海をぼんやりと眺めていると、出窓の天板に、コルクで栓《せん》をされた片手ほどの大きさのガラス瓶《びん》が置かれているのを見つけた。屈み込んで見てみると、中には見たこともない貝殻《かいがら》がいっぱいに詰められている。淡いピンク色に透き通った、とても綺麗な貝殻だ。

なんていう名前の貝かな、と考えていたとき、キッチンでユウさんが「できたよ」と声を上げた。振り向くと、呼ぶように手招きをしている。私は貝殻の入ったガラス瓶をもう一度ちらりと見てからカウンターに向かった。

「どうぞ、召し上がれ」

青いラインが入った真っ白な角皿の真ん中に、向日葵《ひまわり》の花びらのような鮮やかな黄色の玉子焼きが盛りつけられている。美味《おい》しそう、と思わず呟くと、ユウさんは嬉しそうに笑った。

綺麗に切り分けられたひとかけを箸でつまんで口に運ぶ。温かくて優しい味だった。なぜだかまた、引いたはずの涙が少し込み上げてきた。

「玉子焼きって、なんか元気が出るよね」

口いっぱいに広がるほのかな甘みを噛みしめながら、ユウさんの言葉に私は「はい」とうなずいた。

食べ終わったらすぐ家に帰って、おばあちゃんに謝ろう、と思った。

第五章　光に透かして

それ以来、放課後に『ナギサ』に通うのが私の日課になった。

ホームルームが終わると同時に学校を出て、家に荷物を置いて着替えるとすぐにナギサへ向かう。そして夕飯の時間ぎりぎりまで居座る。

ナギサは、田舎の小さい店のわりに、お客さんがけっこう多かった。席がいっぱいになることはないけれど、まだ日が出ている時間帯にはたいてい誰かが店にいる。初めて訪れたあの日店に誰もいなかったのはとても運がよかったのだ。

今日も、入り口のドアを開けると、四、五人の先客がいた。

「いらっしゃい」

ユウさんがいつものように笑顔で迎えてくれる。

私は定位置の、カウンターの端の席に腰を下ろした。頼むのはいつもオレンジジュースだ。恥ずかしいけれど、コーヒーは苦くて飲めない。

毎日喫茶店でお茶をするなんて高校生にしては贅沢《ぜいたく》かな、とも思うけれど、昔から趣味もなく土日にどこかへ遊びに行ったりもしない私は、お小遣いやお年玉がかなり貯まっていて、たとえ毎日喫茶店に通ったとしても当面お金が底を尽きることはなさそうだった。

ユウさんは接客で忙しいので、私も話しかけたりはせずに大人しくしている。遅い時間になってきて客足が途切れがちになるときは、何気ない会話をしたりもするけれど、あの日のように悩みや気持ちをぶちまけたりはしない。それでも、この穏やかな空間にいるだけで心が浄化されるような気がして、十分満足していた。

私がこの席を気に入っているのは、ここに座ると、出窓のガラス瓶がよく見えるからだ。窓から射し込む光に照らされて、半透明に煌めくピンク色の貝殻。

あの日は気が動転していたので気がつかなかったけれど、ナギサの店内には、至るところにこの貝殻が置かれていた。壁にかけられた額縁《がくぶち》の中で色ガラスのかけらと一緒に花の形に貼りつけられたものや、カウンターの上のガラス皿の上に何枚か集められたもの、そしてキッチンの脇にある棚にかけられた二本のネックレスの飾りもピンクの貝殻だ。

そのすべてが、海に反射して店内に満ちる光を受けて透き通り、控えめにきらきら輝いている。幻想《げんそう》的なほど綺麗な光景だった。これがこの店の温かさや優しさのもとなのかな、となんとなく思う。

「前から気になってたんですけど、このピンク色の貝殻って、本物ですか？」

注文の品を出し終えて仕事が一段落したユウさんに訊ねると、彼はやけに嬉しそうに笑った。

「これ、気になる？」

そう言って彼は、棚にかけてあったネックレスの一本を、私に手渡してくれる。細い金色のチェーンに通された、淡いピンクの貝殻。

初めて間近に見て、その美しさに目を奪われる。窓のほうに向けて光に透かしてみると、桜の花のひとひらのようだった。

「本物の貝殻だよ。桜貝《さくらがい》っていうんだ」

「桜貝……」

見た目の印象通りの名前だった。

「すごく綺麗な貝ですね。ユウさん、桜貝が好きなんですか？」

だからこんなふうにたくさん集めているのかな、と思って訊ねる。彼は「うん」と屈託なく笑った。

「桜貝はね、『幸せを呼ぶ貝』って呼ばれてるんだよ」

「幸せを呼ぶ貝、ですか」

うん、とユウさんは微笑みながら窓の向こうの海を見た。

「見つけると幸せになれるって言われてるんだ。貝殻を拾ってお守りとして身につけたりね。このあたりの海岸でもたまに拾えるよ」

「もしかして、あの中に入ってる貝殻も、ここで拾ったんですか？」

私は出窓のガラス瓶を指さした。白い陽射しの中で光を放っている、澄んだ桜色の綺麗な貝殻たち。

「うん、そうだよ。散歩のときとかに見つけたやつを拾ってきて、あの中に集めてるんだ」

ユウさんはとても優しい笑みを浮かべてうなずいた。彼にこんな眼差しで見つめられる桜貝たちを、少し羨《うらや》ましく思う。

そのとき、背後で入り口のドアベルがからんころんと音を立てた。目を向けると、白髪頭《しらがあたま》のおじいさんが店内に足を踏み入れるところだった。毎日のようにやって来る常連客だ。

「いらっしゃいませ！」

ユウさんがいつもの人懐っこい笑顔で挨拶をする。おじいさんはテーブル席に腰かけながら、「こんにちは、ユウくん」と答えた。

この店に通うようになっていちばん驚いたのが、これだった。ユウさんは、本当に〝ユウ〟という名前だったのだ。幽霊のユウさん、という失礼なあだ名をつけてしまったと思っていたのに、まさか本名と同じだとは思わなかった。

「ホットと玉子焼きで」

おじいさんが注文を入れると、ユウさんは「はーい」とうなずいてキッチンに入っていった。

喫茶店に来てコーヒーと玉子焼きを頼むなんて、普通に考えたらなんだかおかしいけれど、この店では定番の注文パターンだった。ほとんどのお客さんが、飲み物と玉子焼きを注文する。ナギサの名物は、なぜか玉子焼きなのだ。

「ユウくんの玉子焼きは、なんだかあったかい味がするんよなあ。味つけは違うはずなのに、なんでやろうなあ、亡くなった妻が毎朝焼いてくれた玉子焼きを思い出すんよ……」

おじいさんはにこにこと微笑みながら玉子焼きに箸を入れる。他のお客さんも同じようなことを言っているのを聞いたことがあった。

「うん、やっぱり美味しいなあ」

「ありがとうございます！　この玉子焼きには、愛がいっぱい詰まってるんで」

へへへ、とユウさんが照れくさそうに笑いながら言った。

「本当にうまいよ。ユウくんがナギサを始めてくれてよかったなあ。このあたりには遅くまでやってる喫茶店がなかったからね、年寄り連中はみんな喜んでるんだよ」

「俺もみなさんがいつも来てくれて喜んでますよー」

ユウさんは心から嬉しそうに答えた。

彼がこの店を始めたのは、三年ほど前のことらしい。他のお客さんとの会話に聞き耳を立てて得た情報によると、彼は高校卒業後、部活の先輩のつてを頼って隣のS市の大きな喫茶店で五年ほど働き、開業資金を貯めた。そして鳥浦に戻ってきて、町で唯一の定食屋だったけれど店主が高齢になって閉業してしまったこの店を買い取り、自分の手で改装して喫茶店にした。

ナギサは早朝から近所のお年寄りが集《つど》う憩《いこ》いの場になっているらしい。明るくて人懐っこいユウさんは、おじいさんおばあさんたちのアイドルのような人気者だという。

私も同じようなものだ。学校には相変わらず馴染めないけれど、この店にいる間は、憂鬱なことはすべて忘れてほっと安心できるのだ。

ユウさんはすごいな、と思う。店の中を忙しそうにくるくると立ち回る姿を見ていると、さらにそんな尊敬の気持ちが強まる。私と十歳しか変わらないのに、もう自分の店を持っていて、しっかり切り盛りしていて、しかもお客さんから信頼されて愛されている。本当にすごいし、かっこいいなあ、と思う。

海でふたりで話しているときは、どこか少年っぽい雰囲気を感じていたけれど、店にいるユウさんは、やっぱりものすごくしっかりした大人に見えた。

「そういえば、明日は〝子ども食堂〟の日よねえ」

ふいに反対側から声が聞こえた。入り口の右側の席に座っていた常連のおばあさんが、ユウさんに声をかけている。彼は「はい、そうです」と笑顔でうなずいた。

「最近は何人くらい来とるん？」

「だいたい十から二十人くらいですかね。小学生の子たちが多いですけど、その子らが弟とか妹も連れてきてくれるんで、けっこう賑やかですよ。本田《ほんだ》さんもよかったら顔出してみてくださいね」

「あら、こんなおばあちゃんが紛れ込んでしまっていいんかねえ」

「もちろんいいですよ！　子どもたちも喜ぶと思います。お時間あるときにぜひ様子見に来てみてください」

ユウさんは生き生きとした表情でそう言った。

「……あの、さっき言ってた子ども食堂って、なんのことですか？」

隣で海を眺めながら佇むユウさんに、私は小さく訊ねた。

私は今、閉店後の片付けを手伝ったあと、恒例の夜の散歩に行く彼について砂浜に来ている。

ユウさんは「遅くなったら家の人が心配するんじゃない？」と言ったけれど、祖父母に了解はとってあると答えた。うそをつくのは申し訳ないと思ったものの、今日はもう少し彼と一緒にいたいと思ってしまったのだ。

「あ、そうか、真波ちゃんが来るようになってからはまだ子ども食堂やってないか」

ユウさんがぱちりと手を叩いて言った。

「ナギサでは、毎週金曜日の夕方に子ども食堂を開いてるんだ。一年くらい前にテレビでそういう取り組みがあるって知って、うちでもやってみようって」

「子どもがお客さんになるっていうことですか？」

「お客さんっていうか、子どもたちにご飯食べてもらうっていう感じかな。ほら、親御さんが忙しくて晩ご飯一緒に食べられない家とかもあるから、みんなナギサにご飯食べにおいでー、っていうね」

「タダで食べさせてあげるってこと？」

「そりゃね、子どもからお金はとれないよ」

ユウさんは軽く言って笑ったけれど、何十人もの子どもに無料で食事を振る舞うというのは、なかなか大変なことなのではないかと思った。

「みんなでわいわい食べたら楽しいでしょ」

「そう、ですかね……」

私はひとりで食べるほうが好きだった。同じ食卓に他人がいるのは、落ち着かない。

「毎日ひとりでご飯食べるって、寂しいからね……」

彼はどこか遠い目をして、ひとりごとのようにぽつりと言った。

その横顔を見て、もしかしてユウさんはずっとひとりでご飯を食べているんだろうか、となんとなく思う。そういえば彼の家族の話は本人からもお客さんたちからも聞いたことがない。実は結婚とかしてたらどうしよう、と思っていたけれど、やっぱりひとり暮らしなんだろうか。

「先週の金曜日は祝日だから、子ども食堂は休みだったんだ。だから真波ちゃんはまだ見たことないよね」

「あ、そうだったんですね。……どんな感じのイベントなんですか」

「イベントなんて言えるようなもんじゃないよ。ただ簡単な軽食、サンドイッチとかおにぎりとか、玉子焼きとか唐揚げとか、あとはジュースを何種類か、ビュッフェみたいな感じにしてるだけ」

「でも、子どもは喜びそう」

「まあ、そうだね、嬉しそうに食べてくれるから俺もやりがいあるよ。でも、最近はけっこう人数が増えてきたから、料理を出すのが遅れちゃったり、あんまり構ってやれない子もいたりして、申し訳ないんだけどね」

ユウさんが少し困ったように言った。その顔を見たら、なんだか黙っていられなくて、気がついたら「あの」と声を上げていた。

「えーと……、私でよかったら、お手伝いしましょうか？」

言ってしまってから、急激に恥ずかしさが込み上げてきた。私なんかに手伝いを申し出られても迷惑なだけだろう。特別なことなんてなにひとつできない私がいたって役に立てるはずがないし、それなのにこんなことを言われたら断りにくくて、逆に困らせてしまうに違いない。口に出したことを激しく後悔する。

でもユウさんは、「えっ、いいの？」と目を輝かせた。

「ひとりだと限界かなって思ってたところだから、真波ちゃんが手伝ってくれたら、すごく助かる！」

そんなふうに言ってもらえるなんて思ってもいなかったから、私は思わずうつむいて言葉を探す。

「あの、でも私、子ども苦手なんで遊び相手とかは無理で……料理のお手伝いとかしかできないかも……」

「いいよ、いいよ！　それだけでも十分助かる」

いいんですか、と返した声がかすれてしまって情けない。

「あっ、でも」

ユウさんが急に眉を下げて申し訳なさそうな表情になった。

「バイト代、ちょっとしか出せない……それでも大丈夫？」

私は「えっ」と驚いて首を横に振った。

「いや、お金なんてもらえません！　ほんとちょっとしたお手伝いくらいしかできないし……いつもお世話になってる恩返しっていうか、ただ私がやりたいだけなんで」

そう言った自分の言葉に驚いてしまう。『やりたい』なんて積極的な言葉が私の口から出るなんて。

「え、いいの？　俺としては助かるけど……なんか申し訳ないよ」

目を丸くしている彼に、必死にうなずき返す。

「いいんです、いいんです。ほんとに！」

「そう？　じゃあ、お言葉に甘えちゃおうかな」

ユウさんがやっと笑ってくれた。

「代わりにって言ったらあれだけど、まかないとして、真波ちゃんも好きなだけ晩ご飯食べてってよ。あ、おうちの人にも伝えといてね」

私はまたうなずき、「ありがとうございます」と答えた。

じゃあそろそろ、と頭を下げてユウさんと別れて家に向かって歩きながら、気分が高揚しているのを感じた。

自分からなにか新しいことをしようと行動と起こしたのなんて初めてだ。なんだか妙にわくわくする。

「明日、楽しみだな……」

思わずひとりごちて口許の緩みを感じていたとき、道の前方に人影があるのを見つけた。

「真波」

その声で、漣だと分かった。自転車に乗って走っていた彼が、ブレーキを握ってサドルから降りる。

「お前、こんなとこでなにしてんの」

責めるような声音だ。またか、とうんざりしながら「別に」と答える。

「別に、じゃないだろ。なに考えてんだよ、こんな時間までふらふら出歩いて……。じいちゃんばあちゃんに心配かけるなって言っただろ」

「……漣には関係ないでしょ」

そっけなく返すと、彼はわざとらしくため息を吐き出した。

「ばあちゃんに聞いたけど、お前毎日、学校から帰ったらすぐ外に出て夜まで家に戻らないんだって？　めっちゃ心配してたぞ、やっぱりここで暮らすのが嫌なんじゃないかって。嫌なのはお前の勝手だし別にいいけどさ、ばあちゃんらに心配かけるようなことすんなよ」

「……ただ外に出てるだけでしょ。晩ご飯までには戻るようにしてるし」

「それでもずっと家に帰らなかったら心配するに決まってんじゃん。お前そんなことも分かんねえの？」

「……うるさい。もう帰るし」

私は漣の横をすり抜けて再び家の方向へ歩き出した。そのまま黙っていてくれればいいものを、彼は追いかけてまで話しかけてくる。

「そういう問題じゃないんだよ。てか、本当にどこでなにしてんだよ？　ずーっとどっかでぼけーっとしてんの？　それなら家にいればいいじゃん。なんでわざわざ毎日外に出るんだよ。ばあちゃんらだって真波と話したいだろうし、学校のこととかも聞きたいだろ。ちょっとは心開いて歩み寄り……」

「あーもう、ほんっとうるさいな漣は！」

次々に言葉をぶつけられて、とうとう苛立ちを抑えきれずに声を荒らげてしまった。

「なんで同い年なのにそんな偉そうなわけ？　私がどこで誰となにしてようが私の勝手でしょ！」

「だからそういうこと言ってんじゃなくて、ばあちゃんたちに余計な心配かけんなって——」

そこまで言って、漣がふいに言葉を止めた。怪訝に思って振り向くと、彼は眉をひそめて険しい顔をしている。それからゆっくりと口を開いた。

「……誰となにしてようが、って言ったな？　今。お前、誰かと会ってんのか？」

「……別に」

「いや、ひとりでいるならそんなふうに言わないだろ。毎晩誰かと会ってるってことだろうが。誰だよ？　友達か？」

私に友達なんているわけないじゃない、学校の様子見てるんだから分かるでしょ。

そんな怒りに衝《つ》き動かされて、思わず正直に言ってしまった。

「ユウさんって人と会ってるの。でも、だからなに？」

「は？　ユウさんって？」

「前に漣も会ったでしょ。私が引っ越してきたばっかりのころに、そこの砂浜で」

「あの大人の男の人か？」

「そうだよ」

答えた瞬間、漣の顔がさらに険しくなった。

「なに考えてんだよ！　危ないだろ」

その言葉に、かっと怒りが込み上げてくる。

「危なくなんかないし！　ユウさんはすっごくいい人だよ」

そんなん分かんねえだろ、と漣が小さく唸《うな》るように言った。

ユウさんのことをそんなふうに言われて腹が立ち、頭に血が昇ってしまったけれど、実際に会って話したわけではない漣には彼がどういう人間か分からないのだから、誤解する気持ちも理解できなくはない。そう考えて、私は深呼吸をしてから少し声を落とした。

「ユウさんがやってるお店に、普通にお客さんとして行って、ちょっと話したりしてるだけだから」

それで黙ってくれるだろうと思ったのに、漣はきつく眉をひそめる。

「は？　店に？　毎日か？　そんなん向こうに迷惑だろ」

ずきりと胸が痛む。自分でも心のどこかで思っていたからだ。

私なんかにつきまとわれて、ユウさんは迷惑に思っているんじゃないか。いい加減にしてほしいとうんざりしているんじゃないか。でも、彼がいつも笑顔で迎えてくれるから、そんな不安を無理矢理打ち消して、毎日通っているのだ。

「やめろよ、そんなことすんの。お前、なんかおかしいぞ」

熱くなった目頭をぎゅっと押さえてから、私はうつむいたまま「やだ」と呻いた。

「やめない……。だって、ユウさんと会えなくなったら、私、絶対、耐えられない……」

堪えていたのに声が震えてしまって、情けなさに吐きそうだった。

「それに、ユウさんは迷惑なんて、きっと思ってない、はず……。来ていいよって言ってくれてるし……」

なんで漣なんかに言い訳してるんだろう、と頭の片隅で思いつつ、必死に言葉を続ける。

しばらくして彼はふうっと息を吐き出し、分かったよ、と小さく呟いた。

「じゃあ、じいちゃんたちにちゃんと事情を説明することと、俺も様子見に行くのを条件に、許してやってもいい」

「……えっ？　は？」

予想もしていなかった返答に、私は顔を上げた。

「俺も一緒に行ってどんな人か確かめてくるって言えば、ばあちゃんたちも安心してくれるだろ」

漣はどうやら本気で言っているらしい、とその表情から分かり、戸惑いを隠せない。

「明日行くよ、ちょうど部活も先生の出張で休みだ」

嫌だった。ただでさえ苦手な漣と、貴重な放課後の自由時間にまで一緒に行動なんてしたくない。なんとかこじつけの理由を考えて口に出してみる。

「でも明日は、子ども食堂だから……」

「子ども食堂？」

首を傾げる漣に、ユウさんから聞いた説明を伝えた。無愛想な漣のことだから子どもは苦手そうだし、それならやめる、と言ってくれるかと思ったのに、

「へえ、なにそれ、楽しそう。鳥浦でそんなことやってたんだな」

と、彼は逆にわくわくしたように言った。マジか、と私は内心で項垂れる。

言葉を失った私を見つめながら、彼は少し頬を緩めた。

「まあ、喫茶店でいろんな人に会って、いろんな人と触れ合うのは、真波にとっていい影響になりそうだしな」

私にとっていい影響？　漣がそんなことを考えているなんて驚いてしまって、私は唖然と口を開いた。

「お前もいつまでも今のままってわけにいかないだろ。変わるきっかけになるかも知れないから、いいんじゃないか？　どっちにしろひとりじゃ心配だから、とりあえず明日は俺も行くよ」

漣という人間のことが、急に分からなくなった。

彼は自分と正反対な私のことが嫌いで、見ていると苛々するから、なにかと口出しをしてきてきつい言葉をぶつけてくるんじゃないのか。それなのになぜ、私のことを親身に思っていると錯覚させるようなことを言うんだろう。

そんなことを考えているうちに、ふとあることを思い出した。

初めて登校した日、教室の前で足が動かなくなって震えていた私を、驚くほどの無遠慮さで中に入れてくれたこと。ことあるごとにクラスメイトたちと関わらせようとしてくること。

もしかしたら漣は、私が思っているほど、ただ冷たくて厳しい人ではないのかもしれない。

ふいにそんな考えが浮かんで、慌てて打ち消した。期待して裏切られるのなんて、もうまっぴらだった。

第六章　心に触れて

「真波ちゃん、包丁さばきがいいね」

調理台に置いたまな板の上でサラダ用の野菜を切る私の手元を覗き込んで、ユウさんが少し驚いたように言った。

「え、そうですか？　まあ、実家では毎日ご飯作ったりしてたので……」

「へえ、そうなんだ。偉いなあ、すごいね」

にこにこしながらそう言われて、なんだか気恥ずかしくなって下を向く。偉いだのすごいだのと褒《ほ》められることには慣れていないので、どんな顔をしていいのか分からない。

「学校に行ってるのにご飯も作るなんて、大変でしょ。よくやってたね、偉いよ」

ユウさんは臆面《おくめん》もなく偉い偉いと繰り返す。彼に褒められているのだと思うだけで、なんだか胸のあたりがざわざわして、頬が熱いような気がした。

お母さんが入院したころから、炊事や掃除洗濯などの家事は母屋《おもや》に住んでいる父方の祖母がやってくれていたけれど、包丁がまともに扱えるようになってからは晩ご飯の調理は基本的に私がやっていた。祖母は『父親なんだからあなたがやりなさい』とお父さんに言っていたけれど、仕事が忙しくて帰宅は夜九時を過ぎることも多かったので、私も弟もお腹が空いてしまって、お父さんの帰りを待ちきれなかったのだ。だから、否応《いやおう》なしにやっていただけなのだけれど、おかげで料理だけはそれなりにできる。

「でもお前、そんなに料理できるのに、家だと全然手伝わないよな」

突然カウンター越しに顔を出した漣が、にやにやしながら言ってきた。せっかくユウさんから褒められていたのに、水を差されたようでむっとする。

「うるさいよ、漣！　いつもひとりで作ってたから、手伝いってどうやればいいか分からなかっただけだし」

というより、おばあちゃんと台所でふたりきりになったらなにか会話をしなくてはいけない、と思うと気が引けていたのだ。でも、あの日おばあちゃんに投げつけてしまった暴言についてちゃんと謝ってから、話をすることに対する拒否感は少しずつ薄れてきていた。

「それに最近はちょこちょこ手伝ってるし！」

「へえ？　ふうん？」

「なにそれ、腹立つなあ。さぼってないでさっさと自分の仕事しなよ」

漣は「はいはい」と逃げるようにホールへと走っていった。

「でもほんとにすごいと思うよ、真波ちゃんは。俺なんて高一のころは包丁もまともに触ったことなかったなあ。料理しなきゃと思ってはいたんだけど、いつも買ってきた弁当で済ましちゃってた」

私はトマトを切る手を止めて、思わず隣を見上げた。

「え、自分でご飯用意してたんですか？」

「うん、家族がね――」

彼が答えかけたそのとき、ホールのほうから「ユウさーん」と呼ぶ声が聞こえてきた。

「取り皿ってこれくらいで足りますか？　いちおう、聞いてる人数より多めには出しときましたけど」

漣がそう言いながらカウンターの前にやってきた。ユウさんがテーブルの上に並べられた食器類に目を向け、「うん、それだけあれば大丈夫」と笑顔でうなずく。

「了解です。じゃあ、コップも同じくらい並べときますね」

「よろしく。真波ちゃんも漣くんも働き者だなあ。助かるよ」

「いえいえ、暇人《ひまじん》なんで、なんでも言ってください」

漣は愛想よく笑って、食器棚のほうへと足を向けた。

昨夜はさんざんユウさんについて「危ない」などと失礼なことを言っていたくせに、漣はもう彼にすっかり馴染んでいた。というよりは、懐いたというほうが正確かもしれない。会って数分でにこやかに「ユウさんって、めっちゃいい人だな」と、ゆうべの自分の発言などすっかり忘れたかのように私に報告してきたくらいだ。警戒心の強い漣の懐《ふところ》にまでするりと入ってしまうなんて、やっぱりユウさんは人たらしだな、とつくづく思う。

ユウさんは私のうしろでコンロの前に立ち、大量のおかずを手際よく次々と仕上げていった。山積みの玉子焼きと、ウインナー、アスパラベーコンに唐揚げ。子どもが喜びそうなおかずばかりだ。

野菜を切り終えた私は、棚に並べられている食器を見回して、サラダに合いそうなガラスの小鉢《こばち》を見つけた。さっそく盛りつけようと手に取ったとき、ユウさんが「あ、それね」と声をかけてきた。

「ちっちゃい子も来るからさ、ガラスだと落っことしたりして危ないから、プラスチックのにしよう」

「あ、そっか、そうですね……」

そんな細かいところにまで気を遣っているのか、と感心してしまう。明るくて朗らかで気配りもできて、完璧な人だ。私には絶対真似《まね》できない。

「奥のほうに白いプラスチックの器《うつわ》があるから、それ使ってくれる？」

「はい、分かりました」

言い方もいちいち優しい。漣みたいな命令口調は、決して使わない。ユウさんが苛々したり怒ったりするところなんて、想像すらできなかった。どうしたらこんなに穏やかになれるんだろう。

料理を作り終えたころ、入り口のドアベルが鳴った。どきりと胸が高鳴る。これからたくさんの子どもたちがここにやって来る。いくら食事の提供を手伝うだけとはいえ、少しは関わりを持たないといけないだろう。でも、小さい子は苦手だ。どんな顔をすればいいのか。私は上手くやれるだろうか。

不安に襲われながら振り返ると、小学校中学年くらいの男の子が三人、勢いよく飛び込んできた。

「ユウさん、こんにちは！」

「なんかいい匂いするー！　今日はなに食べれるの!?」

「ねえねえユウさん聞いて、今日ね、学校でね……」

一斉にまとわりつく彼らを見ただけで、どれだけユウさんが慕《した》われているのか分かった。彼は「順番に話せよー」と困ったように言いつつも、嬉しそうに笑っていた。

次に入ってきたのは、低学年と幼児の小さな姉妹だった。

「おにーちゃん、遊ぼ！」

すぐに妹のほうが待ちかねたようにユウさんに抱きついた。するとお姉ちゃんのほうが「ユウ兄ちゃんは忙しいから、あとでだよ」とたしなめる。そんな様子を微笑んで見つめながら、彼は「よく来たね、あとでたくさん遊ぼう」とふたりの頭をくしゃくしゃと撫でた。

そのあとも次々に子どもたちがやって来る。みんなこの日を心待ちにしていたようで、満面の笑みで席について期待を込めた目でユウさんを見ていた。それにしても、鳥浦にこんなにたくさんの子どもがいるなんて、びっくりだった。

「すげえなあ。大人気」

いつの間にか隣に立っていた漣が、ひとりごとのように呟く。私も「すごいね」とうなずいた。すると漣は目を見開いて私の顔を覗き込んできた。

「お前、ユウさんのことになるとやけに素直だよな」

「……そう？」

「そうだよ。いっつもつまんなそうな顔して、ひねくれたことばっか言ってんのに」

「別に……いつもと変わんないよ」

なんだか図星を指されたようで恥ずかしく、うつむいて否定した。

確かにユウさんと話しているときの私は、漣に対するときと違って攻撃的なことを言わない自覚がある。でもそれは、漣が私に突っかかってくるからだ。ユウさんみたいに大人の態度をとってくれたら、私だっていちいち言い返したりしないのに。

そもそも、ユウさんののような人を相手に素直にならないほうが無理だと思う。彼を前にすると、なんだか毒気を抜かれたように、いつも張り詰めている気持ちがふわふわと柔らかくなってきて、彼を困らせるようなことは言いたくない、嫌われたくない、と思うのだ。そんなふうに感じる相手は初めてで、どうしてそんな気持ちになるのか不思議だった。

またドアベルが鳴り、私は入り口に目を向ける。そこには、困ったような顔の母親の手をぐいぐい引いて入店してくる男の子がいた。

「お邪魔します……」

母親が申し訳なさそうに頭を下げてから、店内を見渡してユウさんに声をかけた。

「すみません、ユウさん」

「あ、はい！　どうしました？」

彼はにこやかに返事をして、彼女に駆け寄った。

「ごめんなさい……息子がどうしてもって言うもんだから、今日は子ども食堂の日って知ってたんですけど、私も一緒に来てしまいました」

「いえいえ！　全然大丈夫ですよ！」

「でも……あの、実は私のパートのシフトが変わって今週から金曜日は早番になったので、『おうちでママと一緒に食べよう』って言ったんですけど、この子ったら、『ユウさんのお店に行きたい』って聞かなくて……」

「えっ、そうなんですか」

ユウさんは男の子に目を向け、「ママ困らせちゃだめだろー。でもありがとな」と笑う。

「あの、子ども食堂なんだから、親は来ちゃだめですよね……」

窺《うかが》うように言う母親に、ユウさんはにっこりと笑いかけた。

「そんなことないですよ！　別に子ども限定ってわけじゃないですので。きっとお母さんと一緒にいたいんですよ、ぜひふたりで食べていってください」

「いいんですか？」

「もちろん！　大歓迎です」

彼が大きくうなずくと、

「やったあ！」

男の子が満面の笑みで母親に抱きつき、「ママ、こっちこっち」と席に座らせた。

それを微笑ましげに見送ったあと、ユウさんが「よし！」と声を上げた。

「じゃあ、ご飯にしよう！」

彼の号令を受けて、私と漣はカウンターの上に料理を並べていった。わあっと子どもたちの歓声が上がる。

「わー、うまそう！」

「豪華だ、豪華！」

子どもたちが取り皿と箸を持って大皿の前に集結する。

「玉子焼き！　玉子焼き！」

「ユウさんの玉子焼きうまいよなー」

「おにぎりの種類いっぱいある！　すごい！」

「あー、たこさんウインナーだ！」

「あたしアスパラベーコン食べたい！」

「俺、唐揚げ、三つ取っちゃお」

一気に店内が騒がしくなった。すごいエネルギー量だ。子どもが大勢そろうとこんなにうるさいのか、と辟易して私は思わず一歩下がる。

ユウさんが楽しそうに笑いながら、

「こらこら、落ち着いて。順番に取るんだぞ。横入りすんなよ」

と言葉をかけると、子どもたちが「はーい！」と声を合わせて返事をした。

大皿料理を並べていた漣が、近くの男の子の取り皿を覗き込み、

「おい、野菜もちゃんと食べろよ」

と注意した。男の子が「うえ〜」と口をへの字に曲げる。

「なんだよ、生意気なやつだな」

漣は、ははっと笑って男の子の頭をぽこんと小突いた。

「いって！　にーちゃんは野菜食えるのかよ！」

「食えるよ、大人だもん」

「本当かよ、食べてみせろよ」

「いいぞ、見とけよ」

漣は取り皿にレタスやキュウリ、トマトをひと切れずつのせて、ぽいぽいと口の中に放り込んだ。

「あー、うまい。新鮮だから瑞々《みずみず》しくてうまい。お前も食ってみろ」

そう言って、男の子の口にキュウリを放り込む。男の子は初め嫌そうに顔をしかめたけれど、もぐもぐと口を動かしたあと、「意外といける」とませた口調で言ってうなずいた。

漣があははと笑って、私の隣に戻ってくる。

「ガキって元気だよなー。学校終わったあとなのに、なんであんな走り回れるんだろ」

私はなんと答えればいいか分からなくて、話題を変える。

「……漣って、小さい子の扱い上手だね」

「あー、そうかな。まあ、弟がふたりいるから。下の弟はけっこう年離れてるし」

「え、そうなの？　漣って弟いたんだ」

「うん。真波は？　きょうだいいる？」

「あー……」

ずきりと胸が痛む。家族のことを思い出すと、いつもこうだ。真樹の顔、お父さんの顔、そしてお母さんの顔が目に浮かんで、鼓動が妙に激しくなる。

「……いるよ、いちおう。弟、四つ下」

小さく答えると、ちょうどキッチンに戻ってきたユウさんが私と漣を交互に見た。

「ふたりとも弟いるの？　俺もいるんだ」

彼は目を細めて微笑む。

「えっ、そうなんですか？　すげー偶然、三人とも弟いるとか」

漣がやけに嬉しそうに言った。私は、別に珍しくもないでしょ、と心の中で口を挟む。

「ユウさん、弟さんとめっちゃ仲良さそうですね」

漣の言葉に、ユウさんは笑顔でうなずいた。

「まあ、仲はいいほうかな。でも、小さいころは喧嘩もしたよ」

「えっ、ユウさんが喧嘩とか、想像できない」

私は思わず目を丸くした。喧嘩という響きは、ユウさんの対極にあるように思えた。

「してたよ、それなりに。チャンネルの取り合いとか、戦いごっこの延長とかね。でもまあ、いっつも一緒に遊んでたなあ」

懐かしげに目を細めたあと、しばらく会えてないけどね、と彼は小さくつけ加えた。

「それにしても、真波に弟がいるとか意外。どんな感じで姉ちゃんやってんの？」

漣が振り返って言う。

「別に……普通」

ユウさんと漣の視線が痛くて、私はさりげなく目を逸らした。

ふたりはきっと、弟ととても仲が良く面倒見もいいのだろう。でも、私は違う。真樹を見ていると、真樹が悪いわけではないと分かっているのに、いろいろな感情が込み上げてきて上手く話せなくなる。真樹にとって、私は全く姉らしくない姉だと思う。

そんなことを考えて気持ちが沈みかけたとき、ふいにスカートの裾《すそ》をつんつんと引っ張られて、私は驚いて視線を落とした。

「おねーちゃん、おねーちゃん」

幼稚園くらいの女の子が、にこにこしながら私を見上げている。

「えっ、うん、なに……」

「ねえ、玉子焼き、取ってー」

女の子はカウンターの上に置かれた皿を指差して言った。どうやら手が届かなかったらしい。

「あ、うん、分かった。ちょっと待っててね」

「はーい」

取り箸でつまんで小皿にふたつのせてあげると、女の子は満面の笑みで、

「ありがとー！」

と無邪気に笑った。私は我ながらぎこちない笑顔で、「どういたしまして」と答えた。


ひと通り食事を終えた子どもたちが、今度は走り回って遊び始める。片付けをしながら、私はユウさんに話しかけた。

「本当にたくさんの子が来るんですね」

「ああ、そうだねえ。友達連れてきたり、あとは噂を聞いた子が来たりして、ちょっとずつ増えてるんだ」

私は「そうなんですか」とうなずき、それから少し戸惑いながら訊ねる。

「でも、あの……下世話な話ですけど、すごくお金がかかりますよね。料理もたくさん出してたし……。それなのに無料で提供とか、赤字じゃないんですか」

「ん？　まあね、常連のお客さんとか町の人たちが食材を寄付してくれたりはしてるけど、赤字といえば赤字かな。ていうか、大赤字かな」

ははっ、とユウさんは笑った。

「ですよね……。それなのに、なんでこんなことしてるんですか」

口に出してしまってから、失礼な言い方をしてしまったと気がついたけれど、彼は気にするふうもなく「実はね」と答えた。

「俺、小学生のときに家族が亡くなっちゃって、中学生のころからひとりで暮らしてたんだ」

「え……っ」

私は言葉を失い、ただじっとユウさんを見上げることしかできない。

家族が亡くなった、ということは、家族みんな亡くなったということだろうか。ひとり暮らしをしていたということは、たぶんそういうことなのだろう。弟としばらく会っていないというさっきの言葉も、亡くなってしまったからということか。

小学生のときに家族全員を失うなんて、そしてたったひとりになってしまったなんて、どんな気持ちだっただろう。

「でも俺、そのときは家事も料理もなんにもできなかったんだよね。それで、近所の人たちにたっくさん面倒見てもらって、いろんなところで支えてもらって、なんとか生きてこれた。みんなのおかげで大人になれたんだ。その人たちがいなかったら、今ごろどうなってたか分からない。だから、今やっと、鳥浦に恩返ししてる……って言ったら大袈裟だけど、そんな気持ちでやってるんだ」

ユウさんは恩着せがましさなどかけらもなく、本当に屈託のない笑顔で言った。強さと優しさを秘めた笑みだった。

彼の言葉を聞いていると、急に自分のことが恥ずかしくなった。私はなんて自分勝手で自分本位で、わがままで不平不満ばかりで、甘えているんだろう。

家や学校での自分の姿を、祖父母や漣やクラスメイトに対する態度を、ユウさんにだけは見られたくないと思った。

こんな私は、恥ずかしい。いつまでも今みたいに、幼稚で卑屈でひねくれたままの自分ではいたくない。こんなことを思ったのは初めてだった。目の奥がぎゅうっと痛くなる。

「おにーちゃん、こっち来て、遊ぼ！」

子どもたちがやって来て、ユウさんの腕にまとわりつく。彼は「はいよー」と答えてから、私に「またあとで」と笑って告げ、ずるずると引っ張られていった。

「……なに、お前、泣いてんの？」

いきなり視界の真ん中に漣の顔が現れた。驚きすぎて反応もできず、私はただ目を見開く。

漣は横から覗き込むようにじっと私を見つめて、「目が潤んでる」と言った。

私は慌てて目を逸らす。視線の先ではユウさんが楽しそうに子どもたちと遊んでいた。その姿をじっと見つめながら、

「泣いてないし。泣く理由ないし」

と漣に反論する。

「うそだ。泣きかけてる。なんで？」

私は苛々しながら「うるさいよ」と言った。そういうのは、気づいてもスルーするのが常識でしょ。なんでわざわざ口に出して報告してくるわけ？

「意地っ張りだなあ」

漣は肩をすくめた。

だめだ。こんな自分のままではいたくないと思ったばかりなのに、この口から出るのは素直じゃない言葉ばかり。これまで何年もかけて積み重ねてきた卑屈な私が、もう癖のようになっているのだ。

そのとき入り口のドアが開き、赤ちゃんを抱っこして大きな荷物を抱えた女の人が顔を出した。

「こんばんは。娘がお世話になりました。りんちゃん、帰るよー」

どうやら仕事帰りに子どもを迎えに来たらしい。

名前を呼ばれた女の子は、ぱっと顔を輝かせて母親のもとへ駆けていく。でも、急

ぎすぎたせいか、途中で思いきり転んでしまった。

「わっ、大丈夫か!?」

ユウさんが慌てた様子で近づく。むくりと起き上がった女の子は、「ふえ……」と声を洩らし、歪んだ顔で母親に駆け寄ると、ぎゅっとその腰に抱きついてわあっと泣き出した。

「あらあら、りんちゃん痛かったねー」

母親は優しく笑いながら女の子の頭を撫でる。するとユウさんが彼女に向かって両手を伸ばした。

「赤ちゃん預かっときましょうか。お姉ちゃん抱っこしてあげてください」

「え、いいんですか」

「いいですよー、むしろ赤ちゃん抱っこしたい!」

ユウさんがあははと笑いながら言うと、彼女は「ありがとうございます」と赤ちゃんを渡した。それから真っ赤な顔で泣き叫ぶ女の子を「びっくりしたねー」と両手で抱きしめる。女の子は、世界に自分の味方はお母さんしかいない、というように強く強くしがみついた。

その様子を、私は少し苦い気持ちで見つめる。

私には、あんなふうに全身で親に甘えた記憶がほとんどなかった。お母さんは私が子どものころからずっと入院しているし、お父さんは怖くて厳しくて、甘えられるような存在ではない。弟の真樹は小さいころよくお父さんの膝に座ったりしていたけれど、私は絶対にできなかった。

血の繋がった父親だけれど、お父さんのことは、同じ家に住む保護者、というくらいにしか思えなかった。お父さんのほうも私のことは、面倒を見る義務のある存在としか思っていないだろう。厄介払いをされた今では、それですらないけれど。

突然母親から引き離されてユウさんに抱っこされた赤ちゃんは、驚いたのか泣き顔になった。すると彼は、大きく目を見開いて舌を出し、「べろべろばー」とあやし始める。

その顔があまりにおかしくて、心配そうに様子を見ていた漣や、近くにいた子どもたちが笑い声を上げた。私も必死に笑いを噛み殺す。ユウさんを見ていたら、ぽつりと心に浮かんだ暗い気持ちも、いつの間にか薄れていった。

ここはユウさんの店なんだな、と思う。ユウさんが中心で、彼に会いたい人たちが集まってくる店だ。それはとても素敵なことだと思った。

「ユウさんは、いいお父さんになりそうですね」

すっかりご機嫌になった赤ちゃんを抱いて戻ってきたユウさんに、私は声をかける。

そうかなあ、と首を傾げて笑ってから、彼は「でもね」と続けた。

「俺は父親になるつもりはないから、そのぶん他の人の子を思いっきり可愛がって大切にしようと思ってるんだ」

私は、え、と思わず声を上げて彼を見上げた。でも、そこには朗らかな微笑みがあるだけで、それ以上の説明をする気はなさそうだった。

父親になるつもりはない、というのは、どういう意味だろう。こんなに子どもが好きそうだし、あやしたり遊んだりするのも上手なのに、自分の子どもは欲しくないいんだろうか。

気にはなるけれど、そんな無神経なことを訊けるはずもなく、私は黙って視線を戻す。

漣が小学校低学年くらいの男の子となにか話をしているのが聞こえてきた。

「日曜日ねー、友達と海浜公園に泳ぎに行くんだー」

「へえ、楽しみだな。海は危ないから、溺《おぼ》れないようにな」

「えー、溺れる？　大丈夫だよ。俺泳げるし！」

「そういう油断がいちばん危ないんだぞ。気をつけろよ」

「大丈夫だって！」

笑って答えた男の子に、漣は突然、やけに真剣な顔をして言った。

「海は怖いんだ。小さいときから近くにあって、慣れちゃってるのかもしれないけど、海は本当に怖い。危ないものは危ない。自分も友達もふざけて海に落ちたり溺れたりしないように、ちゃんと気をつけなきゃいけないんだぞ。分かるな？」

その表情も口調も、はたから見ているこちらが怪訝に思ってしまうほどに厳しかった。遊びに行くとはしゃいでいる子どもに、あえて脅すようなことなんて言わなくてもいいのに。

しゅんとしてしまった男の子がさすがに可哀想で、私は思わず漣に声をかけた。

「なにもそんなきつい言い方しなくてもいいんじゃない？」

すると彼は振り向き、厳しい顔つきのまま答えた。

「軽く言ったって受け流されちゃうだけだろ。子どもは楽しくなると周りが見えなくなるから、少しきついくらいの言い方しといたほうがいいんだよ」

ふいと顔を背《そむ》けて窓の外の海に目を向けた彼の横顔は、今までに見たことがないくらいに真剣だった。ただごとじゃない、という表現が頭に浮かんだ。

するとユウさんが、「うん、そうだよ」と突然口を開いた。

「海は綺麗で優しいけど、でも、すごく怖いところだ」

その顔も、とても真剣なものだった。

いつも明るく穏やかなユウさんにも、悩みごとなんてなさそうに見える漣にも、もしかしたらなにか抱えているものがあるのかもしれない。私はふいにそう思った。

夜の八時を過ぎて子どもたちが全員帰り、片付けも終わってひと息ついていたとき、「こんばんは」という声とともに入り口のドアが開いた。

「あれ、お客さんかな？」

ユウさんが首を傾げながら振り向いて、「あっ」と嬉しそうに声を上げた。

「龍《りゅう》と真梨《まり》じゃん！　いらっしゃーい」

彼が満面の笑みで駆け寄ったのは、落ち着いた感じの真面目そうな男性と、ふんわりと可愛らしい感じの女性のふたり連れだった。年は二十代半ばくらい、ユウさんと同年代に見える。

「優海《ゆう》、久しぶり」

「三島《みしま》くんの玉子焼きが恋しくなって、来ちゃった」

「えー、マジで！　ありがとう！」

彼らの口調から、どうやらユウさんの友達らしいと分かった。

龍と呼ばれた男性のほうが、ふいに店内を見渡して、

「あれ、もしかしてもう閉めてた？」

とユウさんに訊ねる。彼は首を横に振って答えた。

「いや、今日は子ども食堂の日だったからさ」

「あっ、そうか。ごめん、気づかなくて普通に来ちゃったよ」

「いいよいいよ、子どもらはもう帰ったし。残りものしかないんだけど、それでよければ」

「こちらこそ、お邪魔してもいいの？　迷惑じゃない？」

真梨と呼ばれた女性が、申し訳なさそうにユウさんに訊ねた。

「全然いいよ！　迷惑なわけないだろ」

そう言って笑った彼が、急に「あっ」と声を上げて、慌てたように彼女に椅子を差し出した。

「ほら真梨、早く座んなよ。立ってたら身体によくないだろ」

「あはは、ありがとう。でも、これくらい大丈夫だよー」

「いやいや、真梨はすぐ頑張っちゃうんだから、気にしすぎなくらいがちょうどいいんだよ」

「ふふ、ありがと、じゃあ座らせてもらうね」

そのやりとりを聞いて、私はやっと気がつく。ゆったりしたワンピースを着た真梨さんのお腹は、ふっくらと膨《ふく》らんでいた。

私の視線に気がついたのか、彼女はくすぐったそうに笑って、お腹をさすりながら言った。

「もう少しで臨月《りんげつ》なの。七月に出産予定だよ」

「あ……そうなんですか。えと、おめでとうございます」

「ありがとう。あなたたちは、もしかして、子ども食堂のお手伝い？」

私と漣は、同時に「はい」とうなずいた。図らずもハモってしまって、少し気まずい。

「今日初めてだったんですけど、すごく貴重な経験をさせてもらいました」

漣が流れるように答えた。相変わらず優等生、と私は内心で肩をすくめる。でも、そういうふうに初対面の人とすぐに流暢《りゅうちょう》に大人っぽく会話を交わせるのは、すごいなと思う。

ユウさんが私たちを手で示して、「真波ちゃんと、漣くん」と紹介してくれた。

「子ども食堂も人が増えてきてさ、ちょっと人手不足で大変って真波ちゃんに愚痴ったら、漣くんも連れて手伝いに来てくれたんだ。ふたりとも働き者で助かったよ」

それから今度はふたりを指して、

「こいつらは、俺の同級生の龍と真梨。ふたりは高校のころから付き合い出して、去年晴れて結婚！」

と、まるで自分のことのように心底嬉しそうな笑顔で、ぱちぱちと拍手をしながら言った。

「ちょっと、恥ずかしいよ、三島くん……」

「優海はどこに行ってもこんな感じだもんなあ」

龍さんと真梨さんは照れくさそうに、でも嬉しそうに微笑んでいた。

「龍は高校の体育の先生で野球部の顧問、真梨は中学の英語の先生してるんだよ。すごいだろ」

彼はまた自分のことのように誇らしげに続けた。

「飯《めし》の用意してくるから、ちょっと真波ちゃんたちと話しながら待っててなー」

そう言ってキッチンに入っていったユウさんのあとを追って、漣まで「手伝いますよ」と行ってしまったので、初対面の人たちと取り残された私は居たたまれない気持ちになる。

するとそれを察したのか、真梨さんがにこにこしながら声をかけてくれた。

「初めまして、真波ちゃん。鳥浦の子よね？　私もここの出身なの。夫はちょっと離れた町なんだけどね」

「あ、そうなんですか。あの、私は出身はN市で……母の実家が鳥浦なんです。それで、五月から祖父母の家に住んでて」

「そっか、来たばかりなんだ。田舎でいろいろ不便でしょ」

「ええ、まあ……」

正直に答えてしまってから、失礼だったかと少し後悔する。でも、彼女は気にするふうもなく、大きくせり出したお腹をすっと撫でて続けた。

「今ね、出産のために里帰りしてるの。久々に鳥浦に帰ってきたら、コンビニも早く閉まっちゃうし、ご飯食べられる店も少ないし、ちょっと日用品買うにも車使わなきゃ無理だし、やっぱり田舎だなあって。でもまあ、生まれ育った町だから大好きだけどね」

私は小さくうなずきながら、返答に迷って、彼女のお腹をちらりと見て言った。

「お腹が大きいと、買い物とか、きっといろいろ大変ですよね……」

すると真梨さんはおかしそうに笑う。

「まあね、ちょっと歩くだけで息切れしちゃうし、大変と言えば大変かな。でもね、いいこともたくさんあるよ」

私は首を傾げて、「いいこと？」と訊き返す。

「そう。もうすぐ産休に入りますって生徒に話したらね、階段上ってるときに気をつけてって声かけてくれたり、大きい荷物抱えて歩いてたら横からさっと持ってくれたりするようになって。お腹が張って苦しいとき、なんとか頑張って授業してたら、普段やんちゃで全然言うこと聞かない子が気づいてくれてね、『先生、調子悪いんじゃないの？　俺が代わりに授業してやるから、座って休んでなよ』なんて言ってくれて。

そんな優しさをたくさん知れたのも、お腹の子のおかげかなって」

そのときの様子を思い出したのか、彼女は少しうつむいてふっと笑った。

「同僚の先生たちも、負担の少ない業務に回してくれたり、立ち仕事は交代してくれたり、すごく気を遣ってくれるの。バスや電車で乗り合わせた人が、お腹に気づいて席を譲ってくれたこともあった。みんなが新しい命を温かく受け入れて見守ってくれたおかげで、無事にここまで来れたんだよね。きっと私が母のお腹の中にいたときも、こんなふうにたくさんの人の思いやりや優しさや愛情に守られて、無事に生まれて大きくなれたんだなあって……」

そう言って、大きなお腹をゆっくりと優しく上下にさする。

「親はね、無条件に子どもが可愛いのよね。自分の命に代えても子どもを守りたいって、本気で思うの。階段で転びかけたときは、気づいたらお腹を必死にかばって、頭から落ちたって構わないって思ってた。私が真波ちゃんくらいのころには、自分がこんなふうに思う日が来るなんて、こんなに誰かを無条件に愛せる日が来るなんて、想像もできなかったけど」

「え、俺は？　無条件で愛してくれないの？」

龍さんが情けない顔で真梨さんを見た。

「龍には無条件じゃないよ。私のこと大切にしてくれるから、私も大切にしようって思うんだもん」

「えっ、不意打ち……なんか照れるからやめて……」

そんな仲睦まじいふたりの様子を見ながら、ふっと心に影が差すのを感じる。胸を悪くするようなどす黒い思いが込み上げてきた。

「どうしたの？　真波ちゃん」

真梨さんが顔を覗き込んでくる。私は慌てて首を横に振った。

「あっ、いえ、なんでも」

すると彼女はぴっと人差し指を立てて、ちっちっ、というように顔の前で左右に振った。

「そんなごまかしはきかないよ。顔見れば分かるもん。だてに先生やってないからね」

すべてを見透かすような眼差しと口調だった。

「よかったら、話聞くよ？」

細められた目の穏やかさに、気がついたら素直な思いを口に出してしまっていた。

「……みんながみんな、そうとは限らないですよね」

真梨さんが「え？」と首を傾げる。

「どんな親も、みんな無条件に自分の子どもに無償の愛を注ぐ、っていうわけじゃないですよね……」

はっとしたように目を見開いた彼女が、少し悲しそうに微笑んでうなずいた。

「そうだよね。ニュースとか見てると、自分の子どもに信じられないことを言ったり、ひどいことをしたりする親も、確かにいる」

私は小さくうなずく。でもね、と真梨さんが静かに続けた。

「十ヶ月もかけてお腹の中で育てるのも、生まれてきた子を二十四時間必死にお世話して、怪我をしないように病気にならないように守り育てるのも、本当に大変なことだと思う。愛情がなければ、そんなことできない。小さいうちは危ないことなんて分からないし、いつどんなふうに命に関わるような目に遭うか分からない。だからね、無事に大きくなれた子は、周りの誰かから大切に育てられて、必死に守られてきたんだなって、何事もなく成長できたのは奇跡《きせき》みたいなことなんだなって、子どもを育てる友達の話を聞いたら思うよ」

彼女の言うことは理解できる。でも、どうしても素直に納得することはできなかった。

十年前のあの日、私には見向きもせず弟の真樹を抱きしめていたお母さんのうしろ姿。そして、いつも真樹だけを見つめているお父さんの横顔。思い出すだけで、心が冷たく凍りついて、ごりごりと削られていくような気持ちになる。頭にちらつく両親の残像《ざんぞう》が、それを邪魔するのだ。


いつもだったら、そこで『私の気持ちなんてどうせ誰にも分かってもらえない』と考えを断ち切ってしまっていただろう。でも私は、今日子ども食堂に来た子たちを思い出していた。まだ自分で上手く食べられない子には周りが食べさせてあげて、危ないことをしようとした子には大人が注意する。子どもたちはたくさんの人たちに見守られて、支えられていた。

もしかして、私の小さかったころも、お父さんやお母さんや、周りの大人たちが、あの子たちがそうされていたように私を守ってくれていたんだろうか。

周りに面倒を見てもらって、支えられたおかげで生きてこられた、大人になれた、と笑ったユウさんの言葉が頭をよぎる。

「そう、かもしれないですね……」

いくら考えても答えはすぐには出せなくて、私は曖昧な言葉だけを彼女に返した。

「お帰り、まあちゃん、漣くん」

家に帰って玄関のドアを開けると、おばあちゃんが奥から顔を出した。

「あ……ただいま」

「ただいま、ばあちゃん」

「お疲れ様やったねえ、偉かったねえ」

おばあちゃんはやけに嬉しそうに私に笑いかけてくる。

「ご飯できとるよ、ふたりとも手を洗っておいで」

そう言って、いつになく弾んだ足どりで台所へと戻っていく。

子どもたちが帰ったあと、ユウさんがまかないを出してくれたけれど、おばあちゃんが夕飯の準備をしてくれているのが分かっていたので、軽めに食べるだけにしておいてよかったと思う。

「真波が子ども食堂の手伝いに行くこと、ばあちゃんもじいちゃんもすげえ喜んでたぞ」

漣がスニーカーを脱いで上《あ》がり框《がまち》に足をかけながら言った。

「え?」

「やっと鳥浦に慣れてきてくれたんかねえ、って」

「ああ……」

そうか、ずっと心配されてたんだ、と今さらながらに気がついた。申し訳ない気持ちになりながら手を洗ってうがいを済ませ、居間に入る。

食卓には、相変わらず里芋の煮物が並んでいた。

さすがに飽き飽きしてきて、最近は手をつけない日もあったけれど、今日はちゃんと、いちばん最初に箸をつけた。

すると、おばあちゃんが嬉しそうに、

「まあちゃんは本当に里芋が好きよねえ」

と言った。

「え……ああ、まあ」

別に嫌いではないけれど、とりたてて好きというわけでもない。なんと答えればいいか分からず、私は曖昧にうなずきながら口に運んだ。

おばあちゃんが台所に戻ったとき、漣が「お前がさ」と声をかけてきた。

「引っ越してきた日の夜、里芋だけは食べたから、だからばあちゃんはずっと里芋のおかず作ってんだよ。気づいてた？」

「え……」

私は驚いて目を上げた。漣を見て、それから台所に視線を向ける。玉すだれの向こうの小さな背中が、いつもよりもずっと楽しげな雰囲気をまとっているように見えた。

なんで今まで気がつかなかったんだろう。こんなにも優しくされていることに。

答えは簡単だ。私は、自分のことでいっぱいいっぱいで、周りが見えていないから。自分に向けられる心配や思いやりに気づく余裕がないから。

そんな自分を情けないと思う。いつまでもこんなんじゃだめだ、と思う。

この町に来たことで、ようやくそんなふうに考えられるようになった。

食事の片付けを終えたあと、なぜだかいつものようにすぐに自分の部屋へ戻る気になれなかった私は、居間の横に続く濡れ縁《えん》に腰かけた。

ここに座ると、庭木の向こうに海が見える。夜の海は静かに青く、ところどころに銀色の波を散らしていた。

「なに、珍しいことしてんな」

うしろから声が聞こえて振り向くと、漣が立っていた。そのまま彼は、ふたり分ほど離れたところに腰かける。

「……今日は、まあ、なんとなく、外の空気でも吸おうかなって」

適当に答えると、彼はどこか面白がるような表情で「ふうん？」と小首を傾げた。

いちいち鼻につくやつだ。

柔らかい夜風に吹かれてさわさわと鳴る枝葉《えだは》の音に耳を澄ませていると、

「里芋だけじゃなくってさ」

と漣が唐突に声を上げた。なんの話だろう、と私は視線を戻す。黒くてまっすぐな漣の髪が、さらさらと風に揺れていた。

「真波が引っ越してくるって決まったとき、ばあちゃんはすぐにカルピス買いにいったんだよ。お前が昔ここに遊びに来たときに、カルピスを美味しそうに飲んでたからって。だから用意しとかなきゃって言ってさ」

「え……」

またも気づかなかった事実を知らされて、私は目を見開く。

ここに来たときのことは幼なすぎてあまり覚えていないけれど、そういえば幼稚園くらいのころは甘い飲みものが大好きだった。ジュースばっかり飲んで虫歯《むしば》になったらどうする、とお父さんに叱られて以来、あまり飲まなくなったけれど。

そんな昔のことを、たった数日泊まっただけの私の好みを、おばあちゃんが今もまだ覚えてくれていて、わざわざ私のために買いにいってくれたなんて。

それなのに私はあの日、目の前に出されたカルピスを見て、子どもの飲みものだと馬鹿にして呆れていたのだ。

あのとき私はどんな顔でグラスを手にしただろう。そしてそんな私を、おばあちゃんはどんな思いで見ていたのだろう。

「引っ越しの日も、じいちゃんは腰が痛そうで、ばあちゃんは膝の調子が悪かったのに、ふたりとも『駅まで迎えにいく』って言うから、なんとかなだめて、俺が代わりに行ったんだ」

「え……なんでそれ、もっと前に教えてくれなかったの?」

気がつかなかった私が悪いのだけれど、思わず漣を責めるような言い方をしてしまった。言い直そうと口を開いたとき、彼が「だって」とどこか呆れたような表情を浮かべた。

「教えたって、お前は素直に受け取らなかっただろ」

「……………」

否定できなかった。口ごもった私をおかしそうに見て漣が続ける。

「でも、今のお前なら、ちゃんとまっすぐに受け取って、ちゃんと心が動くかなって、なんとなく思った。だから言った」

そう、と私はうなずいた。それから、よし、と心の中でかけ声を上げて決意する。

「……ありがとう、教えてくれて」

たったこれだけのことを口にするのに、ずいぶんと勇気がいった。でも、ちゃんと言えたことにほっと安堵する。

漣が意外そうに目を見開いて、それから「どういたしまして」と笑った。

「まあちゃん、漣くん」

おばあちゃんがグラスをのせたお盆を持ってやって来た。

「カルピス作ったんやけど、よかったら飲まんね？」

あまりのタイミングのよさに、私と漣は思わず目を見合わせて、同時に噴き出した。

「えっ、どうしたんね」

戸惑っているおばあちゃんに、笑いを堪えながら「ごめん」と謝る。

「ちょうどカルピスの話してたから、びっくりしちゃって」

「あら、そうなの。ちょうどよかったんやねえ」

「うん。飲みたいと思ってたんだ。いただきます」

私は手を伸ばしてグラスを受け取る。それから、どきどきする胸を押さえて深呼吸をすると、おばあちゃんに笑いかけて言った。

「ありがとう」

おばあちゃんが目を丸くして「え？」と私を見た。よく聞こえなかったのかもしれないと思い、もう一度口を開く。

「おばあちゃん、いつもありがとね」

ゆっくり、はっきりと告げると、おばあちゃんはさらに目を大きく見開いて「あらあら、まあまあ」と声を上げ、それからふわりと花が咲くように笑った。

「どういたしまして」

なんだか恥ずかしくなってきて、もうひとつのグラスを漣に手渡したあと、自分のぶんを両手で包み込んでグラスの中を見つめる。

夜の中に優しく浮かび上がる乳白色。からころと鳴る氷。口の中に含むと、舌にまとわりつくような濃い甘みがふわりと広がった。

「……美味しい」

思わず呟くと、おばあちゃんはひどく嬉しそうに頬を緩めた。

私なんかのひと言で、こんなにも喜んでくれるなら、いくらでも言おう。心からそう思った。

「うん、うめえ」

隣で漣がひとりごとのように呟く。美味しいね、と私は返した。

海から吹いてきた風が庭を抜けて、濡れ縁まで届き、そっと頬を撫でていった。

ぎしりと床板が鳴ったので目を向けると、蚊取《かと》り線香《せんこう》を手に持ったおじいちゃんがこちらへやって来た。

「そろそろ蚊が出てくるころだからね、線香を焚《た》いとこうね」

「わあ、ありがと、じいちゃん」

漣が笑顔で受け取り、かたわらに置く。私も「ありがとう」と声をかけた。

「ゆっくりしなねえ」

おじいちゃんは鷹揚《おうよう》にうなずいて、風呂場のほうへと歩いていった。

「真波は幸せだな。こんな優しいじいちゃんとばあちゃんがいて」

漣の言葉に、私はこくりとうなずいた。

夜風に吹かれてカルピスを飲みながら、今日のことを思い返す。とても長くて、そしてとても濃い一日だった。

こんなにもたくさんの心に触れたのは初めてだった。私が知らなかった、気がつかずに見逃していた、たくさんの心に。ユウさん、真梨さんと龍さん、おじいちゃんとおばあちゃん、それと漣、それぞれの思い。

じわりと込み上げてきた涙をなんとか堪えながら、変わりたい、と強く思った。

変わりたい。少しずつでも、ちゃんと変わっていきたい。

心を解放して、もっと自分の気持ちをちゃんと口にして、そうしたらきっと相手の思いをちゃんと受け取れるようになるから。

第七章　風に吹かれて

「おじいちゃん、おばあちゃん、行ってきます」

玄関で靴を履きながら声を上げると、ふたりが居間から顔を出した。

「行ってらっしゃい、まあちゃん。気をつけてね」

「はい。あ、今日は委員会の集まりがあるから、ちょっと遅くなるかも」

「はいはい。頑張ってね」

「ありがとう、行ってきます」

外に出ると、海に白く反射した朝の光が目を射た。七月に入って、景色はすっかり夏だ。

背後で「行ってきます」と声がして、見ると漣が玄関から出てきた。

「なに、俺のこと待ってたの？」

にやにやしながら言われて、「馬鹿じゃない？」と軽く受け流す。

「へー照れちゃって」

私は無言で駅に向かってすたすたと歩き出した。「待てよ」と漣が自転車を押してついて来る。部活のあと暗くなってから下校する彼は、帰りは駅から自転車で走るのだ。それなら行きも自転車に乗ればいいのに、いつも私と並んで押して歩く。

すっかり歩き慣れた道を進みながら、もう二ヶ月も経ったのか、とふいに思った。その間に、私の状況も気持ちも驚くほど変わった。

最初のころは心を閉ざして殻《から》にこもり、なるべく誰とも接触しないようにしていたけれど、ナギサの子ども食堂を手伝うようになったのをきっかけに変わろうと決意してからは、おじいちゃんやおばあちゃんとの会話も徐々に増えた。学校では、クラス会議で話し合ってもなかなか決まらなかった図書委員におそるおそる手を上げて立候補したりもして、私にしてはずいぶんと頑張っていると思う。

図書委員会に入ってもいいかなと思った理由は、金曜日が閉室日で活動がないからだった。金曜日は子ども食堂の日だ。

それ以外の曜日も本当はナギサに行きたかったけれど、委員の当番や、六月から始まった進学補習があるので、なかなか行けなくなっていた。

でも、思っていたよりは平気だった。前ほどユウさんに依存しなくても、なんとか毎日をこなせている。

ただ、その分ユウさんに会える金曜日が、自分でも驚くほど待ち遠しかった。

学校に着いて教室に入ると、新しく隣の席になった女子から「おはよ」と声をかけられ、私も「おはよう」と挨拶を返した。

自分から話しかけるのはやっぱりまだ難しいけれど、せめてうつむかずに顔を上げて、誰かから声をかけられたらちゃんと答えるようにしている。

下を向くことで予防線を張ってシャットアウトするのはやめよう、と決めてからは、自然と周りから話しかけてもらえる機会も増えた。まだ友達と呼べるような人はできていないけれど、孤立しているというほどでもなくなった。

そんな私の変化はおじいちゃんやおばあちゃんにもなんとなく伝わるらしく、「最近いい顔をしとるねえ」と嬉しそうに言われた。

頑張れば変われるんだ。自分から歩み寄る努力をすれば、相手も近づいて来てくれるんだ。そんな当たり前のことに今さらながらに気がついた私の目には、やけに世界がきらきらと輝いて見えた。

一時間目は体育で、バスケの授業だった。

準備運動を終えて軽くパスとシュートの練習をしたところで、ゲームを始めます、と先生が言った。まずは男子が先にコートに入り、女子はそれぞれに壁際で休憩を取りながら観戦する。

試合が始まってすぐにみんなの注目を一身に浴びたのは、漣だった。

彼が相手チームのボールを素早くカットしたり、狭い隙間を縫う難しいパスを通したり、意表を突くフェイントでディフェンスをくぐり抜けたり、軽く飛び上がって鮮やかなシュートを決めたりするたびに、女子たちから拍手と歓声が上がった。

私は周りに合わせて小さく拍手をしながら、バレー部のくせにバスケまで軽々できちゃうわけね、と思わず心の中で突っ込んでしまう。

そんなことを考えながら見ているうちに、相手チームのひとりが不穏な動きをしていることに気がついた。体育の授業は二クラス合同なので、他クラスの人は私にはまだ顔しか分からないけれど、彼は先生から見えないように、自分の身体の陰で相手の腕をつかんだり服を引っ張ったりして、プレーを妨害《ぼうがい》しているのだ。

表情を見ると、顔を歪めてかなり躍起《やっき》になっているようだった。負けを意識して焦っているのだろうか。

もちろんみんなも気がついているようで、ちらちらと視線を送ったり、ひそひそ話をしていたりするけれど、誰も先生に指摘することはない。たかが体育の授業だから告げ口をするほどのことではないとか、雰囲気を壊して険悪になりたくないとか、みんなそういうふうに考えているんだろう。

でも嫌な感じだな、と思いながら彼の動きを目で追っていると、攻守交代になってコートの中の人たちが一斉に移動し始めた。不正をしている男子もこちらへ向かって走ってくる。彼はまた先生の目を盗んで相手の進路を塞ぐように横から強く身体をぶつけた。ぶつかられた男子がよろけて転びそうになる。

「うわ、危ない」

「ひどいね」

周りの女子たちも呆れたように言っている。

そのとき、向こうから漣が駆けてきた。そして追い抜きざまに、「おい」と彼に声をかける。

かなり小さい声だったけれど、ちょうど私の目の前だったので、聞き取ることができた。

「そんなんで勝って嬉しいか？　自分が情けなくなるだけだから、やめとけよ」

たぶん彼のプライドを守るために、他の生徒には聞こえない音量で言ったのだと思う。でも、その言葉自体は、容赦のない厳しいものだった。

言われた男子ははっと目を開いて漣を見てから、悔しそうに唇を噛んで走り去っていったけれど、それ以降はぱったりと大人しくなった。

前までは、こういう漣の振る舞いを見ると、なんて冷たくて嫌なやつなんだ、と思っていた。相手が傷つくようなことでも真正面から口にする、人の気持ちを考えることができない人間なんだと思っていた。

でも、今なら分かる。漣の言葉は、ユウさんの穏やかな優しさとは違う、厳しさと表裏一体《ひょうりいったい》になった優しさなのだ。みんなのために、相手のために、あえて自分が憎まれ役を買って出て、毅然《きぜん》と真実を告げるのだ。

漣はうそをつかない。というか、つけないのだと思う。嫌なら嫌と言うし、不愉快に思ったらムカつくと言う。それは普通に考えたら、人間関係を上手く築いていくうえでは、あまりよくないことかもしれない。

でも私にとっては、そういう彼のまっすぐさは、助かる面もあった。

私は中学生のころ、友人関係で痛い目に遭った。大して珍しくもない出来事だと頭では分かっていたけれど、それでもひどく悲しくてみじめで悔しくてつらくて、それ以来、表に見えている他人の表情や言動を全く信じられなくなった。人は笑顔の裏にどす黒い感情を秘めていることもあるのだと知ってしまったのだ。

周囲が向けてくる優しい言葉や明るい笑みの奥に隠されたものを読み取ろうと疑心《ぎしん》暗鬼《あんき》になり、いつの間にかそれが癖になっていて、常に相手の言動を疑っていた。ユウさんに対しては笑顔の裏を読むことはないけれど、それは彼が家族やクラスメイトのように私と密接な関係を持っていないからだ。彼は別に自分をごまかしてまで私への悪意を隠す必要がないと分かっているから、私も安心して目に見えるものだけを信じていても大丈夫だと思っているだけ。

でも、漣は違った。彼はいつも自分の気持ちに正直で、苛立ちも不愉快もすべて顔や声に出す。それが分かっているからこそ、彼といるときには隠された気持ちを探る必要がなくて、それがとても私の気を軽くした。

鳥浦に越してきたとき、他人に対して一線を引いている私の中にずかずかと入り込んできて、言いたい放題に言葉をぶつけてきた。それを私はひどく苦々しく思っていたけれど、彼がいなかったら、私は今もまだ殻にこもったままだっただろう。

漣はすごい、と私は心の中でひっそりと呟いた。

「漣くんって、すごいよね」

まるで心を読まれたような言葉を唐突にかけられて、一瞬で我に返った私は、慌てて声の主を見た。ふたり分ほど離れたところに座っていた橋本さんだった。どうやら彼女の耳にも、漣の囁《ささや》きが届いたらしい。

「あ……うん、そうだね」

「ああいうことぱっと言えるのって、尊敬しちゃう」

「まあ、なかなか言えないよね、普通」

「しかも勉強も運動もできて、性格がよくて気配りができて、他の男子とは全然違って大人っぽいしね。白瀬さんって、一緒に住んでてときめいちゃったりしない？」

ときめく、という予想外すぎる言葉に、私は「はっ⁉」と目を丸くした。

「いやいや、ないよ……」

「えー、本当に？」

「ないない、本当にない」

顔の前で思いきり手を振ってみたけれど、橋本さんはいまいち信じていないように見えた。

「私、恋愛とか、よく分からないから……」

苦し紛れにそう言うと、今度は彼女が目を見開く。

「分からないって、好きな人いたことないってこと？」

「うん、まあ……」

そんなにおかしいかな、と思いながら首を縦に振る。

「好きになるってどんな感じなのか、分からない」

素直な思いを口にすると、橋本さんは「うーん」と小首を傾げて言った。

「会えると思うと楽しみで落ち着かないとか、その人の顔見られただけで嬉しいとか、用はないけど話したいとか、でもいざ話したらどきどきしちゃう、とか？」

「……なるほど」

私にとっては、それに当てはまるのは、ユウさんだ。会える日は朝からわくわくするし、ナギサに足を踏み入れて彼が笑顔で出迎えてくれると嬉しい。どきどき、というのはよく分からないけれど、彼に会って何気ない話をしていると、とても心が安らぐ感じがする。

私はユウさんに恋をしているのだろうか。なんだかぴんとこない気もするけれど、そう考えると、今までの自分の気持ちに説明がつく気がした。

ひねくれ者の私が、ユウさんに対しては素直になれること。夜に家を抜け出してまで彼に会いに行っていたこと。人と接するのが苦手なくせに、自ら子ども食堂の手伝いを申し出たこと。彼に会える日が、いつも楽しみで仕方ないこと。

すべて、ユウさんのことが好きだからなのだ。

◇

自分の気持ちを自覚してから、私はずいぶんと落ち着かない毎日を過ごしていた。

やっと金曜日になって、ユウさんと会えたときには、心臓がそわそわしているような妙な感覚だった。

子ども食堂が終わったあと、ユウさんの夜の散歩についていった。今日はどうしても彼とゆっくり話がしたかったので、朝家を出るときおばあちゃんに「少し遅くなるね」と言っておいた。

「もしかして、なんか悩みごと？」

なんとなく居たたまれなくて、潮風に吹かれながら黙って海を見ていたら、ふいにユウさんが訊ねてきた。

「えっ？　いや……」

「今日はなんか物思いに耽《ふけ》ってるみたいに見えたから、もしかしたら家か学校でなんかあったのかなって」

彼は小さく笑って言った。

「あ、いえ、それは大丈夫です。最近はちょっと馴染んできました」

首を振って答えつつ、私の様子がいつもと違うと気がついてくれたことに喜びを覚える。

「そっかそっか、それはよかった」

ユウさんがほっとしたように笑顔でうなずく。

些細な変化に気づいてくれたことも、自分のことのように安心してくれたことも、とても嬉しい。もしかして彼は私を特別に気にかけてくれているんじゃないか、という身のほど知らずな期待がむくりと湧き上がってきた。彼のような人が私なんかを好きになるはずがない、という思いと、でももしかしたら、という思いが同時に胸をいっぱいにする。

揺れる気持ちに言葉も出せずにいると、ユウさんが首を傾げて覗き込んできた。

「ってことは、もしかして、恋の悩みとか？」

「えっ！」

まさかこのタイミングでユウさんの口からその単語が出るとは。下心を見透かされているんじゃないかと思うと、心臓が破裂《はれつ》しそうなほど激しく跳ね始めた。

「い、いやいや……そんな……」

反射的にごまかしてしまいそうになり、でもこれはチャンスかもしれない、と自分を励ます。

「……あの、ユウさんって、好きな人とか、いますか？」

声はかすかに震え、鼓動がおかしいくらい高鳴っていた。緊張でどうにかなりそうだ。うつむきそうになる顔をなんとか上げてユウさんを見つめる。

彼は少し眉を上げて「ん」と私を見てから、にっこりと笑った。

「いるよ。ずっとずーっと好きな人」

「え……」

頭を鈍器《どんき》で殴られたような、というのは、こういう感じなんだろうか。ショックというありきたりな言葉なんかでは表せない、目の前が急速に真っ暗になっていく感覚。

ユウさんに好きな人がいる。しかも、曇りひとつない眼差しできっぱりと、『ずっとずーっと好き』と言い切ってしまえるほどの人。

あまりの衝撃に言葉さえ失ってしまったけれど、このままじゃ変に思われる、と無理やり笑みを浮かべた。

「……へぇ！　そんなに好きな人がいるんですか」

子どもっぽい純粋な好奇心を、必死に装う。

「気になるなー。どんな人ですか？　私が知ってる人？　ていうか、鳥浦の人ですか？」

ユウさんはおかしそうに笑って、うん、とうなずく。

「真波ちゃんは知らないけど、鳥浦の人だよ」

自分で訊いておいて、彼の答えにぐさぐさと胸を突き刺される。

本当に、好きな人がいるんだ。しかも、この町に。もしかして、実は付き合っていて一緒に住んでるとか？　勝手な想像をして、勝手に苦しくなる。

「そうですか……鳥浦の……」

「うん、小さいころから近所に住んでて、ずっとここで一緒に過ごしてきたんだ」

「それって、幼馴染ってことですか」

「そうだよ」

ユウさんはなんだかすごく嬉しそうににこにこ笑っていたけれど、でもね、と続けた声が、少し色を変えた。

「今は、あっちにいるんだ」

あっち、という言葉に合わせて彼が指差したのは、真上だった。

目で追うと、そこにあるのは、遥《はる》か遠い夜空。

町の明かりが少ないので、無数の星がくっきり見える空を見つめながら、私は息を呑む。

「え……」

「それって……」

私はおそるおそる視線を戻す。ユウさんは少し首を傾げて、力の抜けたような笑みを浮かべていた。

「そう。死んじゃったんだ」

ぐっと喉を絞められたような息苦しさに襲われる。

まさかこんな話になるとは、思ってもみなかった。訊かなければよかった。彼にこんな顔をさせることになってしまうなんて。

言葉に詰まってただじっと彼の顔を見つめていると、ふいに思い当たることがあった。

「……もしかして、ここに毎晩来るのって……」

夜になると幽霊が出る砂浜。この場所を、なぜか毎晩訪れて、ただ海を見ながら長い時間を過ごすユウさん。ただの散歩だと思っていたけれど、もしかして、目的があったんじゃないか。

そんな私の想像を肯定するように、彼は悲しく寂しげな微笑みを浮かべた。

「……うん、そうだよ。本当に幽霊が出るなら、もしかしたらいつか姿を現してくれるかもしれないって……思って」

ああ、と声にならない吐息が唇から洩れた。

ユウさんの言葉を聞いただけで、その声音だけで、どれほどの想いで彼が待ち焦《こ》がれているのか、痛いほどに伝わってきた。

「……幽霊でもいいから、もう一度会えたらいいなって……会いたいんだ」

ユウさんが海へと視線を向ける。胸が痛むほどにまっすぐな眼差しだった。

その後しばらく、彼も私も黙り込んでいた。ただ波の音だけが鼓膜《こまく》を揺らす。

永遠のように長く感じられる時間のあと、私はそっと口を開いた。

「……どんな人ですか？」

ユウさんがそんなにも、亡くなっても想い続ける相手は、どんな人なんだろう。無神経かもしれないとは思ったけれど、訊ねずにはいられなかった。

彼は少し考えるように首を傾げてから、ゆっくりと口を開く。

「ひと言で言うのは難しいなあ……。子どものころからずっと一緒にいて、長い長い時間を一緒に過ごして、本当にたくさんの彼女を見てきたから、ひと言で言うのはすごく難しい」

ユウさんは、ふふっと小さく笑い声を上げた。彼女と過ごした時間を思い返したら、そうせずにはいられないというように。

「でも、そうだな、うん……すごく、すごく優しい人だよ。死ぬ間際に、『優海の幸せだけを祈ってる、私のぶんの幸せを全部優海にあげる』って言っちゃうくらいに」

──私のぶんの幸せを、全部あげる。

なんて言葉だろう。心の底から愛している人にしか、きっと言えない言葉だ。彼女は本当にユウさんのことを愛していたんだ、とその言葉だけで痛いくらいに伝わってくる。

「本当に優しいんだ、凪沙《なぎさ》は」

私は目を見開いた。

「ナギサ……ナギサさんって、いうんですか」

かすれる声で訊ねると、ユウさんが深くうなずいた。

「そうだよ。あの店は、凪沙から名前をもらったんだ」

彼が振り向き、堤防の向こうにひっそりと立つ自分の店に目を向けた。

「ちなみに、店の名物の玉子焼きも、俺と凪沙の大切な思い出の料理なんだ」

ユウさんは少し照れくさそうに笑った。

彼の幸せだけを祈ると言い残して亡くなったナギサさん。そして、彼女の名前をつけた店を守り続けているユウさん。これ以上ないくらいに想い合い、愛し合っているふたり。

「だから俺は、もう恋はしないよ。凪沙のことだけ想って生きていくって決めてるんだ」

深い決意をたたえたその顔を見て、父親になるつもりはない、と言った彼の言葉を、思い出した。

ナギサさんのことが心にあるから、彼はもう誰とも恋愛をせず、結婚もせずに、ひとりで生きていくことを決意しているのだ。

それはとても寂しくて悲しいことだと、私には思えた。もう恋はしない、なんて言ってほしくなかった。

「でもナギサさんは、ユウさんに幸せになってほしいって思ってたんですよね？　ナギサさんのことは忘れられないかもしれないけど、誰か他の人を好きになって、いつか結婚して、お父さんになって、そうやってユウさんが幸せになることを、ナギサさんは願ってたんじゃないのかな……」

そう言いながら、私は昔映画かドラマで聞いた言葉を思い出していた。何年も前に病気で死んだ恋人を思い続けていつまでも立ち直れない女性を励ます友人の台詞《せりふ》。

『亡くなった恋人のためにも、前を向いて、新しい恋をして幸せにならなきゃ。あなたが笑顔で生きること、幸せになることを、天国の彼も望んでいるはず』

きっとナギサさんもそう願っていたんじゃないかと思う。自分の愛した人が、ずっとひとりで生きていくのを天国から見ているのは、とても悲しいことなんじゃないか。

でも、ユウさんは微笑んだままゆっくりと首を横に振った。

「恋愛して結婚して子どもをもつことだけが人生の幸せじゃないと、俺は思うよ」

確信に満ちた表情だった。私は息を呑み、黙って彼を見つめ返す。

「恋愛なんてしなくたって、俺の作った料理でお客さんや子どもたちに喜んでもらって、友達とうまいもん食べにいったり飲みにいったり、たまに草野球したりバスケしたりできるだけで、俺は今、十分満ち足りてるし、すっごく幸せだから」

彼は言葉通り、本当に幸せそうに笑っていた。

「結婚とか家族とかは、来世《らいせ》でいいや。生まれ変わったら今度こそ凪沙と結婚するからさ。そんで子どもと犬と猫に囲まれた、賑やかで幸せな家庭を築くんだ」

遥かな未来を思い描くような遠い目をして、ユウさんは言う。

「だから、とりあえず俺の今回の人生の恋愛は、これで終わり。凪沙に出会えたから、もうこれで大満足なんだ」

一点の曇りもない眼差しと、迷いのかけらもない言葉だった。

なにも言えずにいる私をちらりと見て、ユウさんが「実はね」と少しおかしそうに笑って続けた。

「凪沙は死ぬ前に、『私のこと忘れてもいいから幸せになって』って言ってたんだ。でもあれ、本心じゃないんだよな、きっと。凪沙はすごく強がりで意地っ張りだから。本当は忘れてほしくないはずだよ。俺には分かる。だから俺は忘れない。絶対に忘れない」

いつの間にか潮がずいぶん満ちてきて、不規則に形を変える波が爪先《つまさき》をさらっていった。スニーカーがしっとりと湿っていく。

それでも、ナギサさんのことで頭がいっぱいで思考停止状態の私は、馬鹿みたいに足元を見つめながら立ちすくんでいた。するとユウさんが私の手を引き、波が届かない場所まで移動させてくれた。

その優しさが、今は痛い。唇をぎりりと噛む。

「正直さ、凪沙が死んだばっかりのころは、俺ってもう死んでもいいよなって思ったこともあったよ。俺は家族もいないし、別に俺が死んだところで、そりゃちょっとは悲しんでくれる人もいると思うけど、困る人はいないし。それに、死んだら凪沙に会えるし。だから、もういいかなって……」

馬鹿だよな、とユウさんは笑った。

「でもさ、思い直したんだ。凪沙は俺のことすごく大事にしてくれてたから、俺も自分のこと大事にしなきゃ、って。俺が適当に生きたりしたら凪沙が絶対怒るし、悲しむし、たぶん泣くし。だから俺は、せいいっぱい全力で生きようって思ってる。俺は凪沙になにもしてやれなかったから、せめて凪沙が最後に願ってくれたこと、俺が幸せに生きるってことだけは、叶えてやりたいんだ……」

胸の奥底から熱いものが込み上げてきた。今にも洩れそうな嗚咽を必死に堪える。

でも、いつの間にか涙がひと筋こぼれ落ちていた。

頬からあごへと伝う涙を、手の甲を押しつけるようにして拭っていると、ユウさんに気づかれてしまった。わ、と彼が声を上げる。

「なんで真波ちゃんが泣くの」

困ったように笑い、それから慰《なぐさ》めるように肩をそっと叩いてくれた。とたんに、ぎりぎりのところで持ちこたえていた堤防が崩れるように、涙が溢れ出した。

「凪沙のために泣いてくれてるの？　ありがとう……」

ごめんなさい、違うんです。私は心の中で謝る。

ごめんなさい。私はそんなに出来た人間じゃないんです。

私は、私のために泣いてるんです。気持ちを伝えることさえできないまま希望を失ってしまった私の恋のために。

むしろナギサさんに対して、死んじゃってるなんてずるい、勝ち目ないじゃん、なんてひどいことを思ってしまいました。ごめんなさい。

自分の心の醜《みにく》さと、ユウさんとナギサさんの想いの美しさがあまりにも対照的で、笑えるくらいだった。

「ごめんなさい……大丈夫です」

私はなんとか笑みを浮かべて顔を上げた。ユウさんはまだ心配そうな顔をしてくれていたけれど、「本当に大丈夫です」と告げて、両手でごしごしと顔を拭う。

「なんか、あれですね、海って感傷的になっちゃいますよね」

ユウさんは一瞬目を丸くしてから、「そうだね」と笑った。

私たちはそれきり口を閉じて、肩を並べてただ海を見つめる。

月明かりに煌めく深い青の海と、無数の星が輝く同じ色の空。鼓膜に忍び込んでくるさざ波の音。美しい夜の海の景色が、少しずつ涙の衝動を抑えていく。

ユウさんに幸せになってほしいというナギサさんの願いと祈り、そしてナギサさんのために幸せに生きるというユウさんの誓《ちか》い。悲しくて切なくて、でもとても温かくて優しくてきらきら輝く想いたちが、果てしない海へと吸い込まれていくような気がした。

そして、生まれたばかりであっけなく終わった私の恋も、この海へと流してしまおう、と思った。叶わない想いをいつまでも抱えていられるほど、私は強くはなかった。

それに、どうしたって、ナギサさんには勝てそうにもない。勝ち負けではないのかもしれないけれど、ユウさんの幸せだけを祈りながら亡くなったという彼女の話を聞いてしまったら、自分の淡い想いなど、口に出す気にもなれなかった。

ユウさんは、海風に柔らかく髪をなびかせながら、どこかうつろな瞳に夜の海を映している。いつも明るく屈託のない笑みを浮かべている彼も、実は心の中に私には想像さえできないくらいに大きなものを抱えていたのだ。人の心の深淵《しんえん》のようなものを、初めて知った気がした。

人はみんな、たとえ順風満帆《じゅんぷうまんぱん》で悩みなどなさそうに見えても、その心の奥深くに、誰にも言わない、誰にも見えない思いを秘めて生きているのかもしれない。だから、外側から見ただけでその人のことを判断するなんて、きっと不可能なことなのだ。

湿った夜風の中、涙の味がする唇を噛みしめながら、私はそう思った。

「——なんかあった？」

家に帰ったとたん、廊下で行き会った漣が訊ねてきた。

泣いてしまったせいで熱を持った目は夜風で冷やしてきたつもりだけれど、もしかして赤くなっているのだろうか。少しうつむいて前髪で目元を隠すようにしながら首を横に振る。

「別に……なんで？」

「なんかいつもと違う」

漣が顔を覗き込んでくる。「やめて」と顔を背けて、

「コンタクトがずれただけだから」

と適当にごまかした。彼は小さく噴き出して、

「鉄板《てっぱん》の言い訳だな」

と笑った。

「……そういうのは、思っても言わないものでしょ」

私は呆れ返って言った。漣は「なんで？」と眉をひそめる。本当に分からないらしい。

「言い訳っていうのは、本当のことを知られたくないからするものでしょ。それをわざわざ指摘しなくていいじゃない、気づかないふりしてスルーしてくればいいの！ほんっとデリカシーないんだから……」

私がぶつぶつ言いながら居間に向かって歩きだすと、漣は「ふうん、そんなもんか」と肩をすくめながらついて来た。それから「ところで」と続ける。

「ユウさんと話してたよな、砂浜で」

私は一瞬耳を疑い、それから「はっ？」と目を見開いて振り向いた。

「見てたの!?」

「たまたま通りかかったんだよ、自販機に行く途中で」

漣はなんでもなさそうな口調で言った。なんてタイミングが悪いんだ、と頭を抱える。

「もしかして、ユウさんに泣かされたの？」

「ユウさんがそんなことするわけないでしょ……」

「じゃあ、振られたのか」

「は……っ、はっ？」

私はさっきよりもさらに大きく目を見開いた。唖然とする私に、彼はやっぱりなんでもなさそうに言う。

「だってお前、ユウさんのこと好きなんだろ？」

「な、なんで……」

「見てりゃ分かるよ。お前みたいなあまのじゃくがすぐに懐いて、ユウさんにだけは素直で、いっつもきらきらした目で見てるじゃん」

私自身でさえ自覚していなかった気持ちに漣が気づいていて、こんな形で突きつけられるなんて思いもしなかった。

「……忘れて。もう終わったから……」

「終わった？」

私はのろのろと濡れ縁に腰かける。彼もなにも言わずに隣に腰を下ろした。

「……ユウさん、ずっと好きな人がいるんだって。でも、その人は――」

自分だけの胸に秘めておくには重すぎた話。誰かに聞いてほしくて、思わず口を開いた。でも、少し考えた末に、ナギサさんがすでに亡くなっているということについては、話すのをやめた。勝手に人にべらべら話していい内容ではない。

「……その人のことがこれからもずっと好きだから、その人だけって決めてるから、新しい恋愛をするつもりはないって言われた」

「……ふうん、そっか」

漣は小さくうなずいて、それきりなにも言わなかった。

普通なら慰めたりするところだろうけど、そっけない相づちだけで終わらせるあたりが、いかにも漣らしい。それに私としても、ただ誰かに話したかっただけなので、下手にあれこれ言われるよりは気が楽だった。

それから私たちは、おばあちゃんに「そろそろ中に入らんと風邪引くよ」と声をかけられるまでずっと、ひと言も喋らずにただ並んで縁側に座っていた。

溢れた海の水が少しずつ引いていくような、とても静かな時間だった。

第八章　雨に濡れて

せっかくの休日なのに、明け方からずっと雨が降っていた。

昨日のニュースの気象予報では晴れだったけれど、海辺の町の天気は不安定で、予報が外れることも多いのだ。

文房具を買いに隣町まで出かけようと思っていたものの、窓の外を灰《はい》色に染める雨景色を見ていたら気が重くなり、来週でいいか、と考え直した。

こんな天気なのに漣は早朝から部活に出かけていき、おじいちゃんは町内会の用事で外出していたので、家には私とおばあちゃんだけだった。

少し遅めの昼食のあと、居間のテレビでふたりでワイドショーを観ていたとき、玄関のチャイムが鳴った。立ち上がろうとしたおばあちゃんに、「私が出るよ」と声をかける。

最初のころは、こういうなにげないやりとりもなかなか上手くできなかった。なにかを手伝おうと思っても言い出せなくて、結局やってもらってばかりになっていた。でも今は、自然にできるようになった。頑張れば、努力すれば、私も変われるのだ。そのことを少し誇らしく思いながら、がらりと玄関のドアを開けた瞬間、息を呑んだ。

太い眉、鋭い眼光、真一文字に結ばれた口、無表情な顔、ぴんと伸ばされた背筋、暗い色のスーツ、真っ黒なこうもり傘《がさ》。

「え……お、お父さん……!?」

そこに立っていたのは、紛れもなく私の父親だった。お父さんはじろりと私を見て、

「久しぶりだな、真波」

と低い声で言った。

相変わらずだった。口調も態度もひどく威圧的で、こちらが息苦しくなるくらいに重い。これまでの私だったらきっと、挨拶もそこそこに尻尾《しっぽ》を巻いて逃げ出していただろう。

でも、私は変わると決めたのだ。

「……うん、久しぶり」

心の片隅で小さくなって震えていた勇気を奮《ふる》い立たせて、なんとか口にする。お父さんはぴくりと片眉を上げてうなずいた。

「おじいさんたちはいるか？」

「あ、おじいちゃんは出かけてるけど、おばあちゃんはいるよ。呼んでくるね」

そう答えた瞬間、うしろで「あらっ」とおばあちゃんの声がした。

「まあ、隆司《たかし》さん……どうなすったの？」

ぱたぱたと玄関にやって来たおばあちゃんに、お父さんは慇懃《いんぎん》無礼《ぶれい》に頭を下げた。

「お義母《かあ》さん、ご無沙汰しております。突然の訪問をお許しください。取引先との仕

事の関係で急きょ近くまで来る用事ができまして、せっかくならと寄らせていただきました。真波がお世話になっております」

「あら、そうだったの。あ、どうぞどうぞ、上がってください」

「では、失礼いたします」

お父さんとおばあちゃんが話すのを初めて見た。小さいころ鳥浦に来たときはお母さんと真樹と三人で、お父さんはいなかったのだ。ふたりはこんな感じで会話するのか、と驚いてしまう。義理とはいえ親子なのに、まるで他人のようだった。私も人のことは言えないけれど。

「隆司さん、なにか飲みますか」

「いえ、お構いなく」

「麦茶でいいかねえ」

「ああ、では、お願いします」

おばあちゃんが台所に入っていったので、私はお父さんに「こっち」と声をかけて居間に導いた。

無言のまま向かい合って座る。なにか話をしたほうがいいかな、とも思ったけれど、なにも思いつかない。

しばらくすると、おばあちゃんがお盆に麦茶の入ったコップを三つのせて入ってきた。

お父さんの前に麦茶を置きながら、おばあちゃんは小さく呟くように言う。

「あの、洋子《ようこ》の……容態《ようだい》はどうですか」

洋子というのは、お母さんの名前だ。どきりとして、私もお父さんを見る。

「……変わりありません」

お父さんは無表情のまま答えた。ふっと肩の力が抜ける。

「そう……そうやねえ、もう十年も経っとるもんねえ……」

おばあちゃんは微笑んで言ったけれど、とても悲しそうだった。それから「羊羹《ようかん》でも切ってこようね」と立ち上がって台所へと戻っていった。

再び居間に沈黙が落ちる。お父さんがコップを持ち上げて、麦茶をひと口飲んでから、ゆっくりと口を開いた。

「真波、ちゃんと学校には行ってるのか」

「行ってるよ」

私はうなずいて答える。

『そうか、偉いな、頑張ってるな』……そんな答えが返ってくると期待していたわけでもないけれど、ただ小さくうなずき返すだけのお父さんの反応に、思っていたよりずっとショックを受けた。

私がどれほどの決意で学校に足を踏み入れたのか、どれだけ頑張って通い続けているのか、お父さんには想像もできないのだろうか。

「部活には入ったのか」

私の気持ちなんて気づく様子もなく、お父さんはさらに問いを重ねた。

「……部活はやってないけど、図書委員会に入った」

それだけでも、私にとってはかなりの進展なのだ。どうにか伝わってほしくて、じっとお父さんの目を見る。

「委員会?」

でも、お父さんはぐっと眉をひそめて、低く唸るように続けた。

「そんなもの、なんの意味がある? 大学受験のことを考えたら、部活にこそ入るべきだろう。ただでさえお前は入学から一ヶ月も休んで、マイナスからのスタートなんだ。せめて部活に入って真面目に活動して、内申点を上げておかないと、推薦《すいせん》を考えたときに痛い目を見るぞ。真樹は成績も順調に上がっていってるし、校外のボランティアにも積極的に参加して頑張ってる。真波も見習わないといけないぞ」

かっと頭に血が昇った。なんでそういうこと言うの?と叫びそうになる。

ずっと不登校で、学校が怖くてどうしても足が向かなかった私が、高校生になってやっと通えるようになったばかりで、大学受験のことまで考えられるわけないじゃない。委員会に入っただけでも、大進歩なのに。

でも、そりゃそうだよね。お父さんが大好きな真樹は、学校を一日も休まず、塾でも優秀な成績で期待されて、先生や友達からの評判もよくて、将来有望だもんね。お父さんは大事な跡継ぎの真樹のことしか目に入ってないもんね。私みたいな出来損ないの気持ちなんて分からないよね。

鳥浦に来てから少しずつ明るいほうへと浮上していた気持ちが、一瞬にして暗い暗い沼の底へと沈んでいく。

お父さんに対する不平不満や、真樹に対する劣等感《れっとうかん》、そしてなにより自分の情けなさへの嫌悪感が、とめどなく湧き上がってくる。

やっぱり、だめなんだ。私なんかがいくら努力したって、少しくらい変われたところで、お父さんにとっては〝面倒ばかりかける恥ずかしい娘〟でしかないのだ。

張り詰めていた緊張の糸がぷつりと切れ、全身の力がしゅるしゅると抜けていく。

今まで頑張ってきたすべてが、無意味なものに思えてくる。

この感覚を、私は確かに知っていた。

口を開く気力さえ失くしてうつむいたとき、玄関のドアが開く音がして、雨音が強まった。

「ばあちゃーん！　ごめん、濡れてるから、タオルとか持ってきてくれない？　あ、真波いるなら、真波お願い」

漣の声だった。部活が終わって帰宅したのだ。

私は無言で立ち上がり、洗面所に行きバスタオルを取って玄関に向かう。

「なんか革靴《かわぐつ》あったけど、誰かお客さん来てんの？」

ありがと、とタオルを受け取りながら、漣が首を傾げて訊ねてきた。

「父親が来た」

短く答えると、彼は目を見開く。

「え、真波のお父さん？」

私はこくりとうなずき、踵を返して居間に向かう。

正直なところ、このまま自分の部屋にこもってしまいたかった。もうお父さんの顔は見たくない。でも戻らないとあとでなにを言われるか分からない。

「なに、お父さんが来てくれたのに、お前なんでそんな暗いの？」

「……お父さんが来ても、嬉しくないもん」

思わず正直に答えると、漣が一瞬黙って、「そっか」とぽつりと答えた。

てっきり理由を問いただされたり、親に向かってそんなこと言うな、と怒られたりすると思っていたので、少し拍子抜けする。

漣は居間に入ると、お父さんを見つけてぺこりと頭を下げた。

「こんにちは」

　お父さんは少し眉をひそめて、「君は？」と訊ねる。

「二階に下宿させてもらってる美山漣といいます」

　丁寧に挨拶をした漣に、お父さんが「なんだって？」と声を上げた。それから立ち上がって台所に顔を出し、「お義母さん」と呼びかけた。おばあちゃんが小皿を持ったまま「はい」と目を丸くして出てくる。

「どういうことですか。年ごろの娘と男をひとつ屋根の下で生活させるなんて、なにを考えているんですか。万が一間違いが起こったらどうしてくれるんです」

　まさかそんなことをおばあちゃんに言うなんて想像もしていなくて、驚いた私は慌ててお父さんの腕をつかんだ。

「ちょっと、やめてよ！　なんでそんなこと言うの？」

　お父さんが険しい顔で振り向く。

「なんでだと？　当然のことを言ったまでだ。家族でもない若い男女が一緒に暮らすなんて、どう考えてもおかしいだろう。分からないほうがおかしいんだ。お義父《とう》さんもお義母さんも、どうして実の孫にこんな危険な生活をさせているのか……」

「おばあちゃんたちのこと、そんなふうに言わないでよ！」

　思わず声を荒らげた私の肩を、おばあちゃんがぎゅっと抱いた。

「まあちゃん、まあちゃん。いいんよ、ばあちゃんらが悪かったんだから」

それからおばあちゃんはお父さんに深々と頭を下げた。

「隆司さん、ごめんなさい。事前に漣くんのことを言っておくべきでした。漣くんがいい子ってことは私らはよく分かっていたから、隆司さんがそんなふうに心配なさることを思いつかなかったんです。でも女の子を持つ親なら当然の心配だと思います。私らの配慮が足らんかったです、ごめんなさい」

おばあちゃんにこんな深刻な顔で謝らせてしまっていることが心苦しくて、泣きたくなってくる。

なんで私のお父さんはこんな人なんだろう。頭が固くて、なんでも決めてかかって、自分の判断や意見だけが正しいと思っている。

「君はこの家から学校に通っているのか」

お父さんが今度は漣に目を向けた。彼は少し困ったような顔でうなずく。

「はい……そうです」

「実家からは通えないのか」

「遠方なので……」

「そうか」

険しい顔のままうなずいたお父さんは、振り向いて私を見た。

「真波、うちに戻ってきなさい。転校先は父さんが探してやるから」

「……は？」

突然思いもよらなかったことを言われて、私は唖然と声を上げた。

「ちょっと待ってよ……なんで急に、そんな……」

「彼が下宿をするしかないというなら、真波が引っ越すほかないだろう」

驚きのあまり言葉を失ったとき、漣が「ちょっと待ってください」と間に入ってきた。

「それなら俺がここを出ます。真波のじいちゃんちなんだから、俺のせいで真波が引っ越すのはおかしいでしょう」

「君は黙っていてくれ、うちの問題なんだから。君が出ていくことはない。そんなことをされても迷惑だ」

遮るように言われて、漣は眉をひそめて言葉を呑み込んだ。

お父さんが私に視線を戻す。

「安心しろ、高校なんていくらでもある。お前が通える学校もちゃんとあるはずだ。資格が取れて手に職をつけられるような学校もいいな、将来就職の心配がない」

私本人の意志を無視して、お父さんは勝手に話を進める。

「ねえ、ちょっと待って、お父さん。私は転校なんかしたくない。やっと今の高校に慣れてきて、これから頑張ろうって思ってたところなの。それに、お父さんが考えてるみたいに危ないとかないから。そんなこと言うの漣に失礼だよ……」

かたわらで固唾《かたず》を呑むように私たちを見ている漣に、申し訳なくて仕方がなかった。

彼はどんな気持ちで聞いているのだろう。

「そうやって油断させておいて、っていう卑怯《ひきょう》な男もいるんだ」

「だから、漣はそんな人じゃないってば！」

きついことも言われたけれど、漣には何度も助けられた。感謝することはあっても、警戒するようなことなんてひとつもないのに。お父さんの口を塞いでしまいたい。

私の気も知らず、お父さんが呆れたようにため息をついた。

「なにも漣くんがそういう人間だと断定したわけじゃない。でも、気をつけるに越したことはないだろう。真波は引きこもってた期間が長いから世間知らずだし、まだ子どもだから、よく分かってないんだ。親の言うことは素直に聞いておけ。なにかが起こってから後悔したって遅いんだぞ」

無力感に包まれた。

だめだ。いくら訴えても、なにも変わらない。お父さんの考えを変えることはできない。

「……もういい！　お父さんなんか知らない！！」

気がつくと、鋭い叫び声を上げていた。お父さんに対してこんな大声を出して反抗したのは初めてだった。

驚きに目を見開いたお父さんを突き飛ばすようにして居間から飛び出した私は、そのままの勢いで玄関から外へ駆け出した。

雨が容赦なく打ちつけてきて、全身がびしょ濡れになる。

頭は空っぽだった。ただがむしゃらに海に向かって走る。

どうせ私はだめなんだ、という絶望感が込み上げてきた。今までずっとだめな娘だったから、自分の意見をどんなに訴えても信用してもらえないし、自分からなにかしたいと言っても、やる前に道を断たれてしまう。どんなに頑張ってもお父さんに分かってもらえないし、愛してもらえない。

目頭が熱くなったけれど、頬を濡らすのが雨なのか涙なのか、自分でもよく分からなかった。

雨のせいでいつにも増してひと気のない町の中を無我夢中《むがむちゅう》で走り続けて、今まで来たことのない海岸に辿り着いた。

なにも考えられないまま足を動かし、船着き場を通り抜けて防波堤の上を進み、先端に腰を下ろす。

天気が悪いせいか、海は荒れていた。大きな波が飛ぶように押し寄せてきて、防波堤に打ちつけ、足下で白く弾けて飛沫《しぶき》を散らす。

下手をしたら波にさらわれそうだな、と他人事のように思ったあと、別にいいや、と自嘲《じちょうてき》的な笑いが込み上げてきた。

こんな人生、生きていたってどうせ先が知れている。きっと永遠に今と変わらないまま、だめな自分のまま、愛してくれない親に自分の意見も希望もつぶされて、無為《むい》に生きていくだけだ。

もしも海に呑み込まれたとしたら、それが私の運命だったというだけのこと。

むしろ、そうなったら、お父さんは罪悪感を抱いてくれるだろうか。お母さんも、少しくらい……そんなわけないか。

雨雲に覆われた暗い空と灰色の海の境をぼんやりと眺めていたとき、突然、うしろから強く手を引かれた。

「おい、真波！」

漣だった。まさか彼が追いかけてきていたなんて思わなくて、唖然として見つめ返す。

「なにしてんだよ、お前……危ねえだろ」

漣は怒っていた。雨に濡れているせいか、その顔はどこか青ざめて見える。

「こんな天気の日に大荒れの海に出るなんて、なに考えてんだよ。落ちたらどうするんだ」

ひどく真剣な眼差しだった。私は目を逸らして、ふっと無気力に笑う。

「別に、私が死んだって誰も困らないし……」

そう呟いた瞬間、

「馬鹿か!!」

と怒鳴られた。空気を切り裂くほどの悲痛な叫びだった。

漣のそんな声は初めて聞いた。驚いて視線を戻すと、そこには、怒りに燃えた、それでいて悲しげな目があった。

「簡単に……そんな簡単に、死ぬなんて、口にするな!!」

ものすごい剣幕《けんまく》だった。こんな怖い顔をしている漣は、見たことがなかった。

気圧《けお》されてしばらく黙り込んでしまった私は、かすれた声で「漣は」と呟く。

「私がどんな気持ちで……死んでもいいって思ってるのか分からないから、そんなこと言えるんだよ。だって……」

勉強も運動も人間関係も、なにもかも上手くこなせる漣みたいな人間には、私のような出来損ないの気持ちなんて、分かるわけがない。だからそんなふうに事もなげに、死という言葉を否定できるのだ。死が一縷《いちる》の望みになっている人の気持ちなんて、彼には到底理解できないから。

「……どうせ漣は、死にたいなんて思ったことないでしょ？」

「ねーよ！」

私の言葉を遮るように、漣は即答した。やっぱりね、と私は思う。

「あるわけないだろ。死にたいなんて、思えるわけねえよ。そんな、そんな失礼なこと……」

震える声で漣が口にした、失礼、という言葉に、引っかかりを覚える。まるで、死にたいと思うことは誰かに対して失礼だ、と言っているようだった。

そんな単語を選んだ意図が分からなくて、じっと見つめ返す。でも、彼はうつむいたまま、口をつぐんでしまった。

ふたりして防波堤の上で雨に打たれている。私も漣もびしょ濡れだ。はたから見たらひどく滑稽《こっけい》な光景だろう。

私は雨粒の伝うこめかみを手のひらで拭い、ぽつりと口を開く。

「……私は、何回もあるよ。学校に行けなかった間、毎日のように、別に死んだっていいなとか、今死んでもなにひとつ未練なんかないとか、死ねたら楽だなって思ってた。友達は最低だし、家族も最悪だし、こんなんなら死んじゃったほうがずっと幸せだって思ってた」

漣が目を上げる。雨に濡れて貼りつく前髪の奥にある瞳は、さっきまでの激情が息をひそめ、今は凪の海のように静かだった。

「理解のある家族がいて、いつも友達に囲まれてて、幸せに平穏に恵まれた人生を生きてきた漣には、きっと私の気持ちなんて、一生分かんないと思うよ」

　すると彼は、ふっと鼻で笑った。

「じゃあお前は、そうやっていつまでも、自分だけが可哀想、世界でいちばん自分が不幸って顔してるつもりなのか」

　鋭い言葉がぐさりと胸を射た。悔しさに任せて反論する。

「だって、しょうがないじゃない。私がこんな性格になったのは、親のせいだよ。お父さんもお母さんも、私のことなんてどうでもいいって思ってるんだから、明るく楽しく幸せに生きるなんて無理に決まってるじゃん。どうしようもないよ。変わりたくても変われないもん……あの親のもとに生まれた時点で、そう決まってるんだよ……」

　言っているうちに目の奥がぎゅっと痛くなり、声が震えた。堪えきれずに涙が溢れてくる。

　漣はふいに手を伸ばして、私の手をつかんだ。

　とても熱い手だった。触れた部分から熱が伝わってきて、私は思わず身震いする。

　漣が、「馬鹿だな」と呟いた。

「お前はほんと馬鹿だよ。誰かのせいにしてたって、結局その性格で損するのはお前自身だろ。いくら心の中で親を責めたって、それで毎日暗い顔してたって、親は痛くも痒《かゆ》くもねえじゃん。お前だけが嫌な思いして終わりだよ。それなら、人のせいにしてる暇あったら、その卑屈な性格直したほうが得だろ」

正論だと思う。でも、そんなに簡単にはいかないのだ。幼いころから植えつけられ続けた自己否定感と劣等感は、そんなに簡単に拭い去ることはできない。

「自分のことを大切にしてくれて、必要としてくれて、愛してくれる親のもとに生まれた漣には分かんないよ……」

絞り出すように言うと、漣がふっとため息をついた。

「……じゃあ、教えろよ。お前の気持ちなんか分かんない俺にも分かるように、お前がどうしてそんなふうに考えるようになったのか、話してみろよ」

私の手を引いて立ち上がらせると、漣は防波堤をまっすぐに歩いて、近くの倉庫の軒下《のきした》に座らせた。

雨の音を聞きながら、私は生まれて初めて、これまで秘め続けてきたすべての思いを打ち明けた。

◇

子どものころの私はたぶん、今のようにひねくれた卑屈な性格ではなかったと思う。物心がついて間もなかったので記憶は断片的であやふやだけれど、当時の私はお母さんのことが大好きだったし、お母さんから愛されていることをちっとも疑っていなかった。

お母さんはいつも優しい笑顔を浮かべていて、私は四六時中お母さんにまとわりついていた。いくらでもお母さんに話したいことがあったし、何時間一緒にいたって足りないくらいに思っていた。

真樹が生まれたとき私は四歳で、まるでお人形を世話して遊ぶような気持ちで生まれたての小さな弟の面倒を見たがったような覚えがあった。

お父さんはあのころから仕事で忙しく、帰宅も遅いのでなかなか遊んでもらったりはできなかったけれど、たまの休みには公園などに連れていってもらっていた記憶がうっすら残っていた。私はお父さんのこともそれなりに好きだった。いつもより早く帰ってきたり、今日は一日休みだと言われたりしたら、一緒に過ごせることを嬉しいと思っていた気がする。

そんなふうに私は、家族の愛情を信じきって、満ち足りた幼少期を送っていた。でも、なんの変哲もない穏やかな日々は、唐突に終わりを告げた。

六歳のある日、私はお母さんと真樹と三人で、近所のスーパーへ向かっていた。私は覚えたての自転車に乗り、まだ幼い真樹の手を引いて歩くお母さんと並んだり追い抜いたりしながら、いつもの道を進んでいた。

道の途中には車通りの多い交差点があり、危ないからよく左右を確認してから横断歩道を渡りなさい、とお母さんにいつも言われていて、私はその日もちゃんと右、左、右と顔を向けてから自転車を漕ぎ出した。でも、半分ほど過ぎたあたりで突然車のエンジンの爆音が迫ってきて、驚いた私は反射的に後ろを振り向いた。そこには、少しもスピードを落とさずに曲がってくる車と、はっとしたように車のほうを見てから強く真樹を引き寄せるお母さんの姿があった。私はとっさに自転車を投げ出してふたりに駆け寄った。

けれど、あっと思ったときには、すでに宙に浮いていた。そのままの勢いで突っ込んで来た車に跳ね飛ばされたのだ。

スローモーションで流れる景色の中、私の目は、真樹を守るようにきつくきつく抱え込むお母さんの姿をはっきりととらえた。

お母さん、と口から声が飛び出した。真樹だけを抱きしめている背中に向かって。

でも、お母さんは振り向かなかった。

次の瞬間、全身に激しい衝撃を感じて、私の記憶はそこで途切れた。

次に目を覚ましたときには、病院のベッドの上だった。かたわらには、泣き疲れた様子で眠る真樹を抱いたお父さんがいた。事故から三日が経っていた。

『……おかあさんは？』

かすれる声で訊ねると、お父さんは無言で首を横に振った。

お医者さんと警察の人が来て、いろいろなことを訊かれたり、教えてもらったりした。携帯電話を見ながら運転していた男の車が、歩行者に気づかず交差点を左折してきて、横断歩道を渡っていた私たち親子に衝突したということ。私は車に跳ね飛ばされて落下したものの、自転車用のヘルメットやプロテクターをつけていたおかげで、幸いそれほどの怪我にはならず、一週間ほどで退院できそうだということ。でも、お母さんに守られた真樹も、脚《あし》にかすり傷を負っただけですんだということ。お母さんは無防備な状態で車に轢《ひ》かれてしまったため、頭を強く打って意識不明の重体になってしまったのだということ。

『お母さんは大怪我をしてしまって今は眠っている。いつ目を覚ますかは分からない』とお医者さんが沈痛《ちんつう》な面持《おもも》ちで私に言った。

説明された事故の経緯とお母さんの容態は、幼かった私には難しくてよく理解できなかったけれど、子どもながらに大変なことが起こってしまったということだけは分かった。

それから私の苦しみが始まった。怪我による高熱でうなされながら眠ると、真樹だけを大切そうに抱きしめて私を振り向きもしないお母さんの背中が、何度も何度も夢に出てきたのだ。

熱い悪夢の中で、私は悟った。お母さんがいちばん大事にしているのは、真樹だということ。私のことはどうでもいいと思っているのかもしれない、私は愛されていないのかもしれない、だから守ってもらえなかったのかもしれない、という考えが頭を支配し始めた。

私の心はじわじわと真っ黒な絶望に塗りつぶされていった。

十日もしないうちに私は退院したけれど、その間にお母さんが意識を取り戻すことはなく、そのまま十年近く、今もまだ意識のないまま眠り続けている。

退院したあとは、お母さんがいない家での生活が始まった。でもお父さんは相変わらず朝から晩まで仕事で忙しくて、私たちの世話をする余裕などなかった。それで、私たちはもともとお父さんの実家の離れに住んでいたこともあり、私と真樹は母屋に住むお父さんの両親に面倒を見てもらうことになった。

父の実家は昔から続く家系の本流だとかで、祖父母はお父さんと同じく口数の少ない厳格《げんかく》な人たちで、生活習慣や食事のマナーなどのしつけを厳しくされた。それまでほとんどの時間をお母さんと過ごし、たまには叱られたりもするけれど、明るく優しく接してもらって甘えていた私と真樹にとっては、かなりの心理的な負担があった。幼い真樹は、それでも持ち前の人懐っこさと純粋さで祖父母との距離を縮めていったけれど、私は反発心を抑え込むだけでせいいっぱいだった。突然始まった新しい暮らしは、私には全く楽しいと思えなかった。

お母さんに愛されていなかったのかもしれない、という疑念に苛まれていた私は、成長して周囲の物事がはっきり理解できるようになるにつれて、さらに自分の存在の軽さを実感するようになった。

お盆や正月のたびに、祖父母の家に集まってきた親戚《しんせき》たちが、『真樹くんが助かってよかった』、『本家なのに女の子が先に生まれたからずっと心配していた』、『真樹くんは待望《たいぼう》の跡継ぎだから、お母さんがいなくてもみんなでしっかり育てないといけない』などと話しているのを、何度も聞いたのだ。

言われてみれば、祖父母もお父さんも、真樹ばかりに目をかけ、大切にしているように思えた。真樹がテストでいい点数をとってくると褒め称《たた》えていたけれど、私の場合はさほど興味がなさそうだった。それまでのほほんとしていた私は気づかなかったけれど、自分は誰にとってもいらない子だったのだと思い知らされた気がした。

でも、そのころの私はまだ純粋で、『それなら、必要だと思ってもらえるように、大切にしてもらえるように頑張ろう』と思った。だから学校の勉強も家の手伝いも、なにも言われなくても積極的に取り組んだ。晩ご飯の支度は私がする、と言い出したのも、そのころだったと思う。

祖父母や親戚にはどう思われても我慢できるけれど、せめてお父さんからは、いい子だと、自慢の娘だと、褒められたかった。愛されたかった。

それでも、私がお父さんから褒められたり認められたりすることはなかった。むしろ、夜遅くまで宿題や復習をしていたら、『女の子なんだから、すぐに家庭に入るんだ。そんなに勉強は頑張らなくていい、早く寝ろ』と無表情に言われた。私のことには関心がない、なにも期待などしていないと言われたようで、私は布団にくるまって隠れて泣いた。

祖父母も、私の成績を知っても軽い相づちを打つくらいで、『女の子は勉強よりも礼儀と愛嬌《あいきょう》が大事、もっとにこにこしていなさい』と逆に小言を言われてしまった。

頑張っても無駄なんだ、と悟り、全身の力が抜けていった。

それでも私は、中学生になってもずっと、まるで癖のように惰性《だせい》で〝優等生〟を続けていた。勉強も部活も頑張る。祖父母からの忠告を念頭に、『いつも笑顔で』いるように心がける。相手を傷つけるようなことは言わないように細心の注意を払う。みんなが嫌がる仕事にも率先して手を挙げる。なんのために頑張るのか分からないまま、それまで私がそういう人間だと思われていた通りの人物像を演じ続けた。

たとえ褒められないとしても、自慢に思ってもらえないとしても、せめて恥ずかしい娘ではないと認めてほしかったのだ。クラスのみんなに信頼されているのが伝わってくることも、私を安心させていた。

そんなある日、張り詰めていたものがぷつんと切られてしまうような出来事が起こった。小学生のころからいちばん仲の良かった友達が、陰で『真波っていい子ぶりっこ、うざい』と言っているのを聞いてしまったのだ。

その瞬間、悲しいという感情よりも、まず怒りが沸き上がってきた。とにかくものすごく腹が立った。いつもにこにこしながら『真波、大好き』と抱きついてきていたくせに、あれは全部うそだったのか。

許せないという思いが抑えられなくて、聞かなかったふりなどできず、私は彼女を呼び出して話をした。

『言いたいことがあるなら、面と向かって言えば？　陰口とか卑怯だよ』

そんなふうに思ったことを歯《は》に衣着《きぬき》せずに相手にぶつけたのは初めてだった。でも、自分でも驚くほどきつい口調で、演技をしていない私は本当はすごく気が強くて嫌なやつなんだな、と知った。

私に陰口を聞かれていたことに気がついて、彼女はひどくばつの悪そうな顔をしたあと、

『……でも、真波が悪いんだよ』

と言った。私はそれまで仲がよかったはずの彼女を傷つけたり怒らせたりするようなことをした覚えがなかったので、『どういう意味？』と訊ねた。彼女は眉をひそめて私を睨み返し、無言のまま立ち去った。悔しまぎれの捨て台詞だったのかと解釈して、私はもやもやした思いを抱きつつも、なんとか怒りを抑えて帰宅した。

その翌日から、彼女の仕返しが始まった。

私がクラスのある男子に一方的な好意を向けていて、しつこくつきまとっている、という根も葉もない噂を、クラスの女子たちの間に流したのだ。勉強も運動も得意で、明るく気さくな彼はクラスの人気者だったので、私は女子全員から疎《うと》まれ、無視されるようになった。空気のように扱われるのに、教室のいたるところから一日中ちらちらと視線を送られ、そしてSNS上ではあからさまな陰口を叩かれるようになった。

あとから知ったことだけれど、彼女はどうやら彼に好意を寄せていたようで、たまたま彼と話す機会の多かった私に対して嫉妬《しっと》や憎悪《ぞうお》を募らせていたのだという。

その男子とは、ただ係が同じで席が近くなったから他の人よりもよく話をしていただけで、別にお互い特別な感情なんて抱いていなかった。そもそも私は当時、家のことや家族のことで頭がいっぱいで恋愛どころではなかったのに、彼女の目には私が彼に近づこうと媚《こび》を売っているように映ったらしかった。

そんな勘違いが原因で、何年もかけて築いたはずの信頼関係が崩れてしまうことがあるなんて、思いもしなかった。女子同士の関係に恋愛感情が絡《から》むとろくなことはない、と思い知らされた瞬間だった。だから私は、高校で女子たちから好意的に見られている漣が私に構うことに拒否感を覚え、女子たちからまた疎まれてしまうのではないかと警戒したのだ。

容赦ない彼女の攻撃は、クラスの男子や先生たちには決して気づかれないように巧《こう》妙《みょう》に仕組まれていた。クラス中の女子を巻き込んで、毎日繰り返される陰湿な嫌がらせと陰口。味方は誰もいなかった。

ずっと仲良しだった彼女が、明るい笑顔の裏で実は私のことをそれほど憎んでいたのだと知り、私は足下の地面ががらがらと崩れていくような感覚に陥った。

お父さんも真樹も祖父母も、裏で私のことを悪く言っているのかもしれない。私の前では口に出さないけれど、邪魔な存在だと思っているのかもしれない。そんな思いが胸をいっぱいにした。

そのときから、世界中の誰も信じられなくなった。邪気のない言葉や笑顔の裏に、誰もが私に対する不満を隠しているかもしれないと思うと、会話をすることさえ怖くなった。

孤立した中で、それでもなんとか学校には通い続けていたけれど、ある日の病欠をきっかけに、だめになってしまった。朝起きて家を出る時間になると、激しい腹痛に襲われて動けなくなった。

体調不良を理由に欠席を続ける私に、お父さんは険しい顔で『どうして学校に行かないんだ』と訊ねてきた。親友と思っていた子に裏切られたことや、クラス中の女子から無視されていることを知られたら、失望されて、今よりもっと〝いらない子〟だと思われてしまうだろうと思った。

『本当に具合が悪いから』

そう答えると病院に連れていかれ、当然『なにも異常はない』と診断された。お父さんは怒りを隠し切れない様子だった。

『学校をさぼっているのか。どうしてだ』

もちろん本当の理由など言えるわけがなく、何度訊かれてもなにも答えない私に、お父さんはさらに苛立ちを募らせていった。一ヶ月が経ったころには、かなりきつい口調で叱られた。

『いつまで甘えてるつもりだ？』

甘えと言われても仕方がないとわかっていても、その冷たい言葉は痛かった。

『真樹に悪影響が出るだろう』

やっぱりお父さんにとって大事なのは真樹だけで、不登校になった私を心配していたわけではなく、ただ真樹まで休んだりするようになっては困ると思っていただけだったのだ。

自分は大事にされていないのだと、はっきりと目の当たりにして落胆した。

真樹は悪気なく何度も『お姉ちゃん、学校行かないの？　学校楽しいよ』と言ってきて、その無邪気さが当時の私にはかなりこたえた。お父さんの言葉への不満もあり、ずいぶん冷たい態度をとってしまっていたと思う。

今までどうして、なんのために頑張ってきたのかまったく分からなくなってしまった私は、すべてに対して無気力になってしまい、そのまま中学校を欠席し続けた。お父さんも数ヶ月経つころには諦めたのか、なにも言わなくなった。

なんとか鳥浦の高校に合格したときも、春からまた学校に通わなくてはならないと考えただけで眠れなくなった。きっとまた同じようなことになる、としか思えなかった。

そして春休みになり、引っ越し予定の前日に、私はわざと階段を踏み外して、最上段から転がり落ちた。足首に激痛が走った。

病院に連れていかれて、重症の捻挫《ねんざ》で全治一ヶ月、という診断が下ったときは、怪我を理由に登校を一ヶ月先延ばしにできると、心からほっとした。

でも、一ヶ月はあっという間で、怪我が治ってしまったので言い逃れができなくなり、とうとうお父さんに言われるがまま鳥浦に引っ越してきた。

そして、母方の祖父母と再会し、ユウさんと漣に出会ったのだ。

◇

長くまとまりのない話を、漣は黙って聞いてくれた。

雨風は次第に弱まり、波の音が耳に届くようになっていた。濡れた肌が不愉快だったけれど、気温が高いので寒くはなかった。

でも私のせいで漣が風邪を引いたら嫌だな、と思っていたら、彼が海を見ながら「俺はさ」と口を開いた。

「俺はお前の親も、そっちのじいちゃんばあちゃんのこともちゃんと知らないから、あれだけど……」

少し口を閉ざしてから、また続ける。

「お前の言うように、お前の親が本当にしょうもない親だとして、本当にお前のことを大事に思ってないとして……」

漣が振り向き、そのまっすぐな瞳に私を映した。

「それは、もう、どうしようもないことだろ。そのしょうもない親がお前の親なんだから、しょうがないだろ」

まさかそんなふうに言われるとは思っていなかったので、私は目を丸くする。ありきたりな綺麗事が返ってくると予想していたのだ。

でもさ、と漣が続けて、いきなり強く私の手を握った。

「そんな親に、自分の人生まで壊させんなよ。しょうもない親のせいで、『私なんかだめだ』って自分のことないがしろにしちゃったら、どこまでも親の呪縛《じゅばく》から逃れらんねえじゃん」

漣の手のひらが、火傷《やけど》しそうなくらいに熱い。私は大きく息を吸い込み、彼を見つめ返した。

「当てつけに死ぬよりも、お前がお前を大事にすることが、いちばんの仕返しだよ。お前がめちゃくちゃ幸せになるのが、いちばんの運命への反撃だよ」

「幸せになるのが、反撃……？」

そうだよ、と漣がうなずいた。きっぱりと、迷いなく、確信に満ちた眼差しで。

「真波の人生は、真波のものだろ。親なんかにお前の人生、左右されるな。壊されるな、つぶされるな、奪われるな。ここまでの人生が親のせいでむちゃくちゃだったって言うなら、これから先の人生は、思いっきりやりたい放題やって、お前の好きに生きてやれよ」

——なんて強い言葉だろう、と思った。こんな考え方、私は知らない。

だって、子どもの世界は親がすべてだ。親が子どもを否定したら、子どもは自分を否定するしかない。愛してくれない親のもとに生まれたら、不幸になるしかない。親からは逃げられないし、運命からも逃れられない。私はずっとそう思っていた。

でも、違うのだろうか。親に愛されなくても、幸せにはなれるのだろうか。ぐちゃぐちゃに壊されてしまった私の人生は、直すことができるのだろうか。

分からない。確信もない。でも、漣のまっすぐな瞳を見ていたら、そうなのかもしれない、と思えるから不思議だった。

彼の言葉には、うそがないから。裏表がなくて、いつだってまっすぐで、その場しのぎの慰めなんて言わない。

きっと今の言葉は、彼が心の底から信じていることなのだ。だから、こんなに心に響くのかもしれない。

「……うん。ありがとう……」

言いたいことはたくさんあったけれど、湧き上がってきた思いが胸をいっぱいにして、込み上げてきた涙が邪魔をして、それだけしか言えなかった。

漣もそれ以上なにも言わず、ただ手を握ってくれた。痛いくらいに強く、強く。

第九章　闇に呑まれて

夏休みになった。

部活も補習もない私は、図書委員の当番がある日以外はナギサに行くのが日課になっていた。長い長い夏休みの時間を持て余した子どもたちが遊びにやって来るので、忙しそうなユウさんを手伝うという名目で。

正直なところ、ユウさんに失恋してしばらくは、彼の顔を見るのもつらいという気持ちが確かにあった。でもそれ以上に私は、自分が変わるきっかけをくれたナギサという店のことを大切に思っていて、ユウさんとお店のためにできる限りのことをしたいという気持ちが強かったのだ。

それに、ナギサさんとの思い出が詰まっているのだと、この前こっそり教えてくれた桜貝を、一日に何度も見つめているユウさんの横顔に気づいてしまったら、ふたりの間に私の入る隙間なんかないと痛いほどに思い知らされて、日に日に自分の気持ちと折り合いがついていった。今はただ、親しくしてくれている兄のような存在だと思うようにしている。

くるくると動き回るユウさんの背中を見ながらそんなことを考えていると、ふいにスマホが音を鳴らした。見るとお父さんから、【いつ帰ってくる?】と相変わらず愛想のない短いメールが届いていた。

あの雨の日、漣と一緒に家に戻ると、お父さんはすでにいなかった。嫌みのひとつでも言ってやろうと意気込んでいた私は拍子抜けしてしまった。

あれほど漣との同居に難色を示していたお父さんがなぜあっさり引いたのか不思議に思っていたら、私と漣が家を出たあとにちょうど帰宅したおじいちゃんが説得をしてくれたのだと、おばあちゃんが教えてくれた。

漣はちゃんとした身元の知人の息子だということ、今まで一緒に暮らしてきて人に危害《きがい》を加えるような人間ではないと確信できるということ、それでも不安なのは分かるのでおじいちゃんたちが責任を持ってしっかり様子を見るということ。それらのことを保証するから信じて任せてほしい、と話してくれたという。普段は無口なおじいちゃんがそんなふうにお父さんと対峙《たいじ》する姿を、ぜひ見てみたかったなと思った。

とはいえ、次の日の朝、お父さんからメールで、

【今後の進路についてちゃんと話がしたいから、夏休みに一度帰省《きせい》するように】

と連絡が来たので、まだ納得はしていないようだ。私は【気が向いたら】とだけ返した。漣の言うように、親の言葉や意見に縛《しば》られるのはやめにしようと思ったのだ。別に親の言うことは絶対ではないし、納得できなければ反論していい。それでも分かり合えなければ、自分の人生は自分のものだと割り切ってもいいのだと、考えられるようになった。

今日も短く【まだ分からない】と返信して、カウンターでお絵描きをしている小学

生の女の子ととりとめのない話をしていたとき、龍さんと真梨さんがやって来た。

「こんにちは……あっ」

彼女の腕に小さな赤ちゃんが抱かれているのに気がついて、私は思わず声を上げた。

「わあ……生まれたんですね」

「うん、今日で生後一ヶ月。初めてのお出かけはナギサに行くって決めてたんだ」

おくるみに包まれてすやすや眠っている赤ちゃんの頬を撫でる真梨さんと、それを隣で見つめる龍さんの顔は、眩《まぶ》しいくらいに輝いていた。

「あっ、龍、真梨、いらっしゃい」

ユウさんがキッチンから出てくる。そして赤ちゃんに気づいて、「わあっ！」と声を上げた。

「連れてきてくれたんだ！　こんにちはー、初めましてー！」

嬉しそうに赤ちゃんを覗き込んで話しかけるユウさんの肩を、龍さんが軽く小突く。

「優海、起きちゃうだろー」

「あっ、そうかごめん！　いやでも、嬉しすぎて声のボリューム抑えらんないって……！」

ユウさんが自分の口を塞ぎながら、でもやっぱり興奮を堪えきれないように笑った。

「そうかあ、龍もとうとう父親かー。頑張んないとな！」

ユウさんはひそひそ声で言いながら、龍さんの背中をばしんと叩いた。龍さんは「うるさいし、痛いし」と言いながらも、「頑張るよ」と笑った。

「コーヒーと玉子焼きでいい？」

ユウさんがキッチンに向かいながらふたりに訊ねる。

「あっ、でもあれか、真梨はカフェインだめか。栄養つくからバナナジュースとかにする？」

「あ、うん、ありがと。じゃあバナナジュースお願い」

「はいよー、ちょっとそこ座ってゆっくりしててな」

テーブル席に腰かけた真梨さんの腕の中を、私も思わず覗き込む。

「赤ちゃん、見てもいいですか……」

「うん、どうぞ」

「うわあ、小っちゃーい……」

目も鼻も口も、顔の横でぎゅっと握りしめられている手も、作りものみたいに小さかった。真樹が生まれたときも、こんなに小さかっただろうか。あまり覚えていないけれど、自分も小さかったからそれほど小さいとは思わなかったのかもしれない。

「そうだよね、生まれたての赤ちゃんってこんなに小さいんだーって、私もびっくりしちゃった。こんなに小さいのにちゃんと生きてるなんて、不思議な感じがするよね」

真梨さんが小さな手をそっと指先でつつきながら言う。

「この子の寝顔を見てたら、無事に生まれてきてくれただけで本当にありがとうって思う。勉強ができなくたって、運動が苦手だって、立派な仕事につけなくたって全然いい。とにかく大きな怪我も病気もしないで、無事に生きていってくれたら、それだけで嬉しい」

囁くように語った彼女の目は、少し潤んでいた。

「うん、俺も本当にそう思う」

隣で龍さんもうなずいている。

「この気持ちを、忘れないでいたいね」

彼の言葉に、真梨さんは優しく微笑みながら「そうだね」と答えた。

「こんにちは」

声がしたので振り向くと、ドアを開けて入ってきたのは、制服姿の漣だった。部活帰りに直接寄ったらしく、大きなスポーツバッグを肩にかけている。

「うわっ、赤ちゃん！」

真梨さんたちの姿に気づくと同時に駆け寄ってくる。

「生まれたんですね、すげぇ！」

ユウさんに負けないくらいきらきらとした目で言う漣の肩を慌てて叩き、私は

「しー」と人差し指を立てて小声で言う。

「漣、声が大っきい。赤ちゃん起こしちゃうから、ボリューム落として」

「あっ、そっか！」

彼はうなずいて赤ちゃんから少し顔を離した。

「なんか、ふたり、仲良くなった？」

訊ねてきたのは、龍さんだった。すると真梨さんも、「私も思った」と笑う。

「真波ちゃんと漣くん、前はちょっとぎこちない感じだったのに、すごく距離が縮まった感じ」

「だよな、やっぱり。いやー、いいなあ、若いって」

「青春だねえ」

「俺たちにもこんなころがあったよなあ」

私たちを置き去りに盛り上がるふたりの会話に入ることができなくて、私は口をぱくぱくさせた。なぜか一気に顔が熱くなり、慌てて下を向く。

「なに、照れてんの？」

漣がおかしそうに顔を覗き込んできた。

「お前も可愛いとこあんじゃん」

「は、はっ!? なにそれ、ていうか照れてないし！」

なぜか裏返ってしまった声で急いで否定する。前も漣から同じようなことを言われたことがあったはずなのに、どうして今回はこんなにも心臓がうるさいんだろう。焦る私をよそに、彼はさっきの私と同じように唇に人差し指を当てて言った。

「声でけーぞ、赤ちゃん起きたらどうする」

そう言われると黙るしかなくて、言葉を引っ込めたせいかさらに頬に熱が集まるような気がした。私はうつむいたまま、勢いよく席を立つ。

「……なんか、あれだね、暑いね。窓開けようかな」

誰にともなくそう言って、反対側にある窓に向かった。こんな顔を見られたら絶対に漣に馬鹿にされる。

音を立てないように窓を開けたとたん、風にのって、遠くからかすかに太鼓のような音が聞こえてきた。

真梨さんにも聞こえたらしく、「あ、太鼓」と呟く。

「そういえば、もうすぐ龍神祭《りゅうじんさい》だもんね。練習が始まるころだよね」

耳慣れない単語に私は動きを止めて振り向く。すると、漣が隣にやって来て、窓の外に目を向けながら「八月の頭にある鳥浦の祭りだよ」と教えてくれた。

「鳥浦の海に住む神様の祭りなんだってさ。夜にみんなで灯籠《とうろう》持って町内を回ったあと海岸まで行って、灯籠を燃やすらしい。そうしたら願いが叶うって言われてるんだって」

　そう説明してから、

「まあ、俺もまだ見たことないけどさ。引っ越してきたばっかりだし」

　と笑った。その顔を見てふと思いつき、気になっていたことを訊ねてみる。

「漣って、前はどこに住んでたの？」

「N市だよ」

　その答えに、私は目を見開いた。

「えっ、そうなの？　私と一緒ってこと？」

「実はな」

「ええー、そうだったんだ、知らなかった……」

　ということは、漣はわざわざN市から、身内のいない鳥浦へと引っ越してきたわけだ。

　親の転勤というわけでも、私のように不登校という事情があるわけでもなく、親戚の家があるわけでもないのに、なぜなんだろう。

「なんで漣は、ひとりで鳥浦に引っ越してきたの？」

　思わず疑問を口に出すと、彼は少し唇を引き結んでから、ゆっくりと口を開いた。

「……会いたい人が、いて……」

初耳だった。鳥浦に誰か会いたい人がいて、そのためにわざわざ引っ越してきたということか。そこまでして会いたいなんて、一体どんな人なんだろう。

「……それって、誰？」

「恩人」

漣は短く答えた。

「じゃあ、その人に恩返しとかするために、わざわざここに下宿してるってこと？」

「まあ、な。どこにいるか分かんないから、とりあえずこのあたりに住みたくて、父さんに頼んでつてを探してもらって、真波のじいちゃんに行き着いたんだ。事情があってどうしても鳥浦に住みたいって相談したら、快く引き受けてくれてよかった」

「そうなんだ……それで、その人には会えたの？」

何気なく訊ねると、彼の顔がぴくりと強張った。

「……怖くて捜《さが》せてない。でも、ここに住むことが、償《つぐな》いだと思うから」

怖い？　償い？　恩人という言葉とはかけ離れた単語に、私は眉をひそめた。

でも、張り詰めたような彼の横顔を見ていると、なぜだか言葉を失ってしまい、訊き返すことができなかった。

「……ちょっと俺、外出てくるな」

急に漣がそう言って、店を出ていった。いつもより小さく見えるうしろ姿を、私は呆然と見送る。

追いかけてなにか声をかけたほうがいいだろうか、でももしかしたらひとりになりたいのかもしれない、と思いあぐねているうちに数分が過ぎたころ、慌ただしい足音とともに、漣が戻って来た。

「誰か！　子どもが溺れてる！」

悲鳴のような声に、店内にいた全員が驚いて腰を上げた。

「俺、泳げないんだ！　子どものとき溺れてから水が怖くて泳げない、助けられない！　誰か助けて、誰か……！」

漣は今にも泣き出しそうな声で叫んだ。

お客さんたちが動揺したように顔を見合わせ、窓の外に目を向けながら携帯電話を手に取ったりしている。

ユウさんがキッチンから駆け出してきた。手には、ロープのついた浮き輪とバスタオル数枚、ＡＥＤと白く印字された真っ赤なバッグを持っている。

「どこ!?」

ユウさんが漣に訊ねる。

「海水浴場……！」

答えを聞くと彼は大きくうなずき、

「真梨、一一九番！　龍、ついて来て！　あと走れる人みんな！」

きびきびと指示を出しながら、ものすごい勢いで店を飛び出していった。私と漣、そして龍さんも慌ててあとを追う。

外に出ると、ユウさんは遥か先を走っていた。その速さに目を疑う。店を飛び出したときも、ひとつも無駄のない動きだった。

「大丈夫、きっと大丈夫」

隣で龍さんが、不安そうな漣を安心させるように声をかけていた。

「優海はこういうときのために、ちゃんと準備してるから。それに昔から誰よりも足が速かったんだ。絶対に間に合うよ」

漣は青ざめた顔で何度もこくこくとうなずいた。

私たちが海水浴場に着いたときには、すでにユウさんが子どもを浮き輪に乗せて、泳いで岸に向かっているところだった。砂浜の波打ち際には、一緒に遊んでいたらしい子どもたちが泣きそうな顔で集まっている。

龍さんが腰まで海に入って浮き輪を引き寄せ、あとに続いた漣が子どもを抱き上げる。そして砂浜まで走って横たわらせた。ユウさんが海から上がって追いかけてきて、かたわらに膝をつく。

溺れた男の子は意識がないようで、ユウさんが肩を叩きながら耳元で話しかけても反応はなかった。全身が怖いくらいに青白くて、ぞっと背筋が凍る。

ユウさんは男の子のあごをつかんで顔をあお向かせると、口許に耳を当てて呼吸を確認した。すぐに心臓マッサージを始め、全身を使って強く胸を押しながら、てきぱきと私たちに声をかける。

「龍、ＡＥＤのふた開けて。真波ちゃん、服脱がせてバスタオルで上半身拭《ふ》いて。漣くん、上に行って、救急車が来たら場所案内して」

「分かりました……！」

漣は全速力で走っていった。

ユウさんが次に人工呼吸を始める。その間に私は男の子のシャツのボタンを外し、ユウさんが持ってきたタオルを拾って胸のあたりの水気を丁寧に拭き取った。

ＡＥＤの機械が起動して、なにかを喋っている。龍さんがその指示に従って準備を始めた。

「ここtoそこにパッド貼って」

ユウさんが心臓マッサージを続けながらも手早く場所を教える。

「分かった。ここでいいか？」

「うん、大丈夫」

パッドを貼ろうとしたそのとき、男の子の身体が痙攣《けいれん》するように大きく震えて、ごほっと咳《せき》き込みながら水を吐いた。しばらく激しい咳が続く。

ユウさんが今度は子どもを横向きに寝かせ、背中をさする。

「大丈夫？　苦しいよな、もうすぐ救急車来るからな」

しばらくむせながら水を吐き出したあと、男の子は力なく地面に横たわった。まさかと不安になったけれど、肩で大きく息をしているのを見て、ほっと安堵する。

しばらくするとサイレンの音が近づいてきて救急車が到着し、担架《たんか》を持った救急隊員が漣に導かれてやって来た。

男の子の顔色が少しよくなり、受け答えも少しできているのを見て、ふっと全身の力が抜けていく。

「よかった……」

漣がうずくまり、かすれた声で呟いた。私も隣に腰を下ろし、「よかったね」と言う。漣の肩は震えていた。

ユウさんが男の子に付き添って救急車に乗っていったあと、私たちはナギサに戻った。

「大丈夫だった？」

入り口の前に立って待っていたらしい真梨さんが、心配そうな顔で訊ねてくる。龍さんがうなずき返すと、彼女は腕の中の赤ちゃんをぎゅっと抱きしめて頬を寄せた。

もしも自分の子どもだったら、と考えているのかもしれない。

「ユウさん、すごかったです。なんか、慣れてるような……」

少しずつ落ち着きを取り戻した店内で、椅子に座って思わず呟くと、龍さんと真梨さんが目を見合わせた。

少し沈黙が流れたあと、真梨さんが静かに口を開いた。

「実はね……昔、三島くんの恋人が、海で亡くなったの」

「え……」

私と漣は同時に息を呑んだ。

真梨さんの顔に、悲しげな笑みが浮かんでいる。

「このお店と同じ名前……、凪沙っていう子。三島くんの幼馴染で彼女で、私の親友でもあった。三島くんはね、子どものときに家族を一度に事故で亡くしちゃって、でもそのときに凪沙がずっと支えてくれて、そのおかげで三島くんは元気になったの。中学生になったら、ふたりは自然に付き合い出した」

どくどくと心臓が暴れていた。前にユウさんから聞いた話と、どんどん繋がっていく。

「でも、高校生のとき凪沙は、海で溺れて……」

真梨さんの声がかすれて小さくなり、龍さんが彼女の肩を抱いた。ふたりとも、泣いていた。

「俺も高校で同じクラスだったんだ。期間は短かったけど、大事な友達だった」

嗚咽を洩らす真梨さんに代わって、龍さんが話を続ける。

「優海と日下《くさか》さんは、本当に仲が良くて、いつもふたりでひとつみたいに、本当にずっと一緒にいた。日下さんが亡くなったとき、優海は脱《ぬ》け殻《がら》みたいになってたよ。俺たちの前では明るく振る舞ってたけど、立ち直れてないのは見てれば分かった。でも、何ヶ月かして突然、『凪沙みたいな人を助けるために水難《すいなん》救助の勉強をする』って言い出して、講習を受けたり資格を取ったりし始めた。それ以来ずっと、いざというときにすぐに行動できるように、全部準備してるんだ」

龍さんが真梨さんの背中を撫でながら、「すごいよな」と呟いた。

「そのおかげで、今日、あの子を救えたんだ。すごいやつだよ、優海も、日下さんも……」

言葉にならなかった。ただ、涙が溢れ出した。

手の甲で顔を拭いながら、隣に目を向ける。漣もきっと同じような顔をしているだろうと思った。

「え……」

でも漣は、乾ききった目を呆然と見開いていた。

「高校生……ナギ……サ……」

上の空でそう呟いた彼の顔は、ぞっとするほど色を失っている。私は驚いて声をかける。

「漣、どうしたの？　大丈夫？」

すると彼が、聞き取れないほどの小さな声で、「なんでもない」と呻いた。

どう見ても、普通ではなかった。言いようのない不安が込み上げてくる。

でも、そのときの私は、まるで言葉を忘れてしまったみたいに、なにも言えなかった。

◇

漣がおかしい、と確信したのは、翌朝だった。

いつもは私よりかなり早起きで、身支度を終えた私が居間に行くとすでに朝食の準備を手伝っている彼が、なぜかいつまで経っても起きてこない。

「どうしたんかねえ、漣くんは。珍しくお寝坊《ねぼう》さんかねえ」

おばあちゃんが料理を並べながら首を傾げている。昨日の夜ナギサから帰ったあともどこか様子がいつもと違った。妙に口数が少なくて元気がなかった。溺れた男の子を救助したあとだったので、疲れているのだろうと私もあえて話しかけたりしなかったけれど、今思えば、いくら疲れていたにしてもおじいちゃんたちに声もかけずに部屋に上がった姿は、いつもの彼とは全く違っていて異様だった。

私は「様子見てくるね」とおばあちゃんに告げて二階に上がった。

「漣、起きてる?」

彼の部屋の前に立ち、声をかける。反応がなかったので、もう少し強めにノックをした。すると中から呻くような声が聞こえてきて、しばらくしてふすまが開いた。中はまだカーテンが閉まっていて薄暗い。

「……ごめん」

姿を現した漣が、うつむいたままぽつりと呟く。なにに謝っているんだろう、と思いながら彼を見て、息を呑んだ。

「ちょっと……なんで着替えてないの!?」

漣は、昨日海で男の子を抱き上げたときに濡れた制服を着たまままだったのだ。半日以上経っているのですでに乾いてはいるけれど、濡れたまま寝たのか服はしわくちゃになっていた。いつも自分できちんとアイロンをかけて身綺麗《みぎれい》にしている彼からは考えられないことだ。

「……昨日帰ってから、ずっとそのままだったの？」

私の問いかけに、漣は自分の身体を見下ろして、今初めて気がついたというように「ああ」と声を上げた。

「漣……」

なんと声をかければいいか分からない。一体どうしちゃったの、なんて気軽に訊ける雰囲気ではなかった。

「着替える」

片言《かたこと》のようにぎこちなく言うと、彼はのろのろとふすまを閉めた。

「おばあちゃん……漣が、なんか、変なの」

一階に下りてすぐにおばあちゃんに声をかけた。

「変？　あらまあ、風邪でも引いてまったんかねぇ」

「うん……どうかな……」

でも、ただの体調不良には見えなかった。かといって、それを口にするとおばあちゃんに余計な心配をかけてしまうかもしれない。

「ちょっと台所使うね」

私がそう言うと、おばあちゃんが嬉しそうな顔をして「あらっ」と声を上げた。

「漣くんになにか作ってあげるんかね」

「……まあ、うん」

そう言われると、なんだか急に恥ずかしくなってくる。

「あらあ、いいねえ、いいねえ。好きな食材なんでも使っていいからね」

「ありがとう」

私はそそくさと台所に入り、炊いてあったご飯を使って、細かく刻んだシイタケと、ショウガとネギをたっぷり入れた玉子雑炊《ぞうすい》を作った。

お盆にのせてれんげを添え、居間に持っていこうとしたものの、二階からなんの物音もしないので、そのまま階段を上がった。

「漣、ご飯持ってきたよ」

また反応がない。「入るよ」と声をかけてふすまを開けた。

漣はTシャツと短パン姿で布団の上に転がっていた。脇にはさっきまで着ていた制服が乱雑に脱ぎ捨てられている。いつも必ず洗濯かごに入れているのに。

「……食べれそう？」

枕元にお盆を置いて訊ねると、彼はのろのろと身体を起こし、雑炊の入った小鍋を見て「ありがとう」と呟いた。

「無理しなくてもいいからね」

彼は小さくうなずき、布団の上にあぐらをかいてれんげを手に取った。そんな仕草も、いつもきちんとしている漣らしくない。

「……これ、お前が作ったの？」

「あ、うん。口に合うといいんだけど」

ひとくち含むと、漣は小さく笑った。

「やっぱ、ばあちゃんの味に似てるな。うまいよ」

かすかな笑顔と何気ない言葉が、ひどく嬉しかった。少しでも元気が出たのなら、作ったかいがあった。

でも、ゆっくりと三分の一ほど食べたところで、彼は急に口許を手で抑えた。それから勢いよく立ち上がり、部屋を飛び出して隣のトイレに駆け込む。

驚いてあとを追うと、中から嘔吐《おうと》する音が聞こえてきた。

「漣、大丈夫⁉」

しばらくして、漣が口許を拭いながら出てくる。

「……ごめん」

申し訳なさそうに謝られて、たぶん私が作ったものを吐いてしまったと気に病んでいるのだろうと思い、「気にしないで」と返した。

漣は弱々しくうなずいて、よろよろと部屋に戻っていく。

「やっぱり具合が悪いんだね。今は無理して食べないほうがいいね。なにか飲みもの持って来ようか?」

「大丈夫、水ならあるから……」

かすれた声で答えて、彼は力尽きたように布団に倒れ込んだ。

私はお盆を持って部屋を出て、階段を下りる。台所で、漣がいつも部活に持っていっているスポーツドリンクをコップに入れて、二階に戻った。

でも、漣はもう声をかけても反応してくれなくて、枕元に置いてそっとふすまを閉めた。


その日を境に、漣は家から出なくなった。あんなに真面目に頑張っていた部活もずっと休んでいて、ナギサにも行かない。

それどころか、食事にもほとんど手をつけず、トイレやお風呂など最低限のことをするとき以外はずっと部屋にこもっている。自分から話しかけてくることはなく、こちらがなにかを訊いても、小さくうなずいたり首を振ったりするだけで、まともな会話にならない。

おじいちゃんとおばあちゃんも漣の異変に気づいて、しきりに気を揉《も》んでいた。居ても立ってもいられなくなったおばあちゃんは、「実家に連絡しようか」と漣に訊ねた。でも彼は実家と聞いたとたんに顔色を変え、そのときだけはきっぱりと「それは絶対にやめてほしい」と答えた。

別人のように沈み込んでしまった漣のことが心配でたまらなかったけれど、どうして彼がこうなったのか原因が分からないし、どうすればいいのかも分からない。

今まで自分のことばかり考えて生きてきた私は、誰かを励ましたり、慰めたり、優しくしたりする方法を知らなかった。ただ様子を見て、答えは期待できなくても声をかけて、食事を用意するくらいしか、できることが見つからない。

漣のことが心配でナギサに行く気分にもなれず、三日目の朝に私はユウさんに電話をかけた。

『お電話ありがとうございます、ナギサです』

受話器からいつもと変わらない明るい彼の声が聞こえてきた瞬間、安心感に包まれた。このところ家の中はずっと異常な状態だったので、普段通りの声を聞けただけでもひどくほっとした。

「ユウさん、おはようございます。真波です」

『あ、真波ちゃん？　どうしたの、珍しいね電話なんて』

「突然すみません……。あの、しばらく店のお手伝いに行けそうになくて」

私の言葉に、電話の向こうでユウさんが首を傾げるような気配を感じた。

「ごめんなさい、自分から言い出したことなのに」

『いや、それは全然いいんだけど。……なにかあった？』

ユウさんが声を低くして訊ねてきた。やっぱりいつもと様子が違うことに気づかれてしまったか、と思う。子どもみたいに無邪気なようでいて、実は常に周りをよく見て相手の感情に敏感な彼をごまかすのは難しそうだった。

いいえ、と否定しかけた言葉を呑み込み、「あの」と口を開く。

「……実は、漣がちょっと……」

『え、漣くん？　漣くんがどうかしたの？』

「あの、体調を崩してるっていうか、具合が悪いっていうか……」

あまり説明しすぎても余計な心配をかけてしまいそうなので、曖昧な言い方になってしまった。

「そういうことで、ちょっと、なるべく家にいたくて」

『そっかあ、大変だね……。急に暑くなったからなあ。うん、側にいてあげたほうがいいと思うよ。店のことは全然大丈夫だから、真波ちゃんは漣くんがよくなるまでついててあげて』

「ありがとうございます。……また連絡しますね」

そう言って電話を切ってから三十分ほどが経ったころ、突然チャイムが鳴った。

誰だろうと思いながら出てみると、驚いたことに、ユウさんが玄関先に立っていた。

「え？　ユウさん!?」

「こんにちは。突然ごめんね」

彼はにこにこしながら少し首を傾けて言った。

「ど……どうしたんですか」

「うん、ちょっと渡したいものがあって」

彼が紙袋からタッパーを取り出して、こちらに差し出した。呆気にとられたまま受け取り、ふた越しに中を見てみると、黄色いものが入っている。

「もしかして、玉子焼きですか？」

「うん。体調悪いときにどうかなと思ったけど、漣くんに。食べられそうだったら食べてって伝えてくれる？」

「わあ、ありがとうございます……」

それから私は「ちょっと待っててください」とユウさんに告げて、タッパーを持ったまま慌てて二階に駆け上がる。

「漣、入るね」

どうせノックをしてもまともな反応はないと分かっていたので、声だけかけてドアを開ける。

彼は布団の上にだらりと座り、窓の外の海を見ていた。

「今ちょっと大丈夫？」

答えはないまま、彼の目がのろのろとこちらに向けられる。ぽっかりと穴が開いたような瞳。

初めて漣に会ったとき、なんて強い瞳なんだろう、と思った。あまりにも強くてまっすぐで、私には眩しすぎて、直視できなかった。

でも、今は、こんなにも暗くうつろな目をしている。

こんなの漣じゃない、と胸が苦しくなった。

「ねえ漣……できたら、下に来れない？」

「……なんで」

漣がぽつりと答える。私はタッパーを見せながら言った。

「今ね、ユウさんがこれ持って来てくれたの。まだ玄関にいるから、挨拶だけでも……」

もしかしたら、ユウさんと会うことで漣の気持ちも少しは浮上するかもしれない、と思ったのだ。

でも、その予想は外れた。私が彼の名前を口にした瞬間、漣ははち切れそうなほどに目を見開き、まるで喉を絞められたように激しく息を呑んだ。

「え、漣……？」

強張った顔がみるみるうちに青ざめ、色を失っていく。

まさかこんな反応が返ってくるなんて思ってもいなかった。むしろ喜んで、笑顔を見せてくれるのではないかと思っていた。

私は動揺して漣のかたわらに腰を下ろす。

「漣、大丈夫？」

すると彼はなぜか怯《おび》えたような目で私が持っている玉子焼きを見つめ、じりじりと後退《あとずさ》りをしながら首を横に振った。

「……かない」

震えた声をよく聞き取れなかったので、私は「え？」と訊き返す。漣は顔を歪めて苦しげに言った。

「行かない……行けない」

それだけ言うと、膝を抱えてうなだれ、ぴくりとも動かなくなってしまった。

突然の変貌《へんぼう》に唖然とした私は、しばらく彼の背中を見つめたあと、「ごめん」と謝って部屋を出た。

玄関に戻り、待ってくれていたユウさんに「すみません」と頭を下げる。

「漣を呼んで来ようと思ったんですけど、あの……寝てました。せっかく来てくれたのにすみません……」

彼はあははと笑って、

「そんなのいいよ、気にしないで」

と顔の前でひらひら手を振った。

「元気になったらまた顔見せて、って漣くんに伝えといて」

「分かりました。ありがとうございます」

ユウさんはいつものようににこにこと笑って、「じゃあまた」と帰っていった。

彼のうしろ姿が見えなくなってからも、私はしばらく玄関に立ち尽くして、動くことができなかった。

ユウさんが来てくれたことを告げたときの漣の様子を反芻する。

どう見ても尋常《じんじょう》ではなかった。突然の来訪に対する驚きや動揺とは思えず、むしろ怯えているようにしか見えなかった。

どうして漣がユウさんと会うことを怖れるのだろう。あんなに彼に懐いていたのに、どうして急に？　いくら考えても分からない。分からないけれど、でも、なにかとても重大な理由が隠されていることは分かった。

ユウさんは全くいつも通りだったけれど、漣は明らかに様子がおかしかった。

一体ふたりの間になにがあったのだろう。漣はどうしてこんなふうに変わってしまったんだろう。なにが起こっているのだろう。

答えの見つからない疑問について考えれば考えるほど、得体の知れない不安と恐怖が私を包み込んだ。

その不安感がさらに色濃くなったのは、翌日の夜のことだった。

夕食のあと、近所の人からもらったすいかをおばあちゃんが切り分けてくれて、これなら漣も食べられるかも、と思った私は、皿にのせて二階へと向かった。

まだそれほど遅い時間ではないのに、ノックをしても反応がない。なんとなく不安になって、「ごめん、入るね」と声をかけてふすまを開けた。

漣は布団に横になっていた。動かないので、寝ているらしいと分かる。

少し迷ったけれど、目が覚めたら食べてくれるかもしれないと考えて、すいかを枕元に置いた。

そのとき、漣が身じろぎをした。起きたのかと視線を向けると、瞼《まぶた》は固く閉じられている。

寝返りを打った拍子にタオルケットが肩からずり落ちてしまったので、かけ直そうと手を伸ばしたとき、突然、「うう……」と漣が唸った。見ると、目を閉じたまま苦しげに顔を歪めている。なにか悪い夢を見ているのかもしれない。

起こしたほうがいいかどうか迷っているうちに、漣の額に脂汗《あぶらあせ》がにじみ始めた。

驚いて、やっぱり起こそうと肩に手をかけたとき、薄く開いた唇の隙間から、

「……なさい」とかすかな声が洩れた。

「ごめんなさい……許して……」

どくりと心臓が音を立てる。あまりにも悲痛な声だった。

「漣……漣？」

肩を揺さぶって声をかけるけれど、彼はうわごとのように「ごめんなさい」と繰り返している。

「ごめんなさい……ゆ、さ……、なぎ……さん……」

ユウさん、ナギサさん、と聞こえた気がした。どうして漣がふたりに謝るのだろう。

「ごめんなさい、ごめんなさい、ごめんなさい……」

ナギサさん。今から十年ほど前、高校生のときに、鳥浦の海で溺れて亡くなった人。ユウさんの恋人。その彼女に、彼に、すがるように謝り続ける漣。

そういえば、彼の様子がおかしくなったのは、真梨さんたちからナギサさんの話を聞いたときからだ。そして彼は、『子どものとき溺れて、水が怖くて泳げない』と言っていた。初めて子ども食堂の手伝いをしたとき、びっくりするほど真剣で深刻な顔で、『海は怖い、危ない』と何度も繰り返していた。

どくどくと鼓動が速まり、胸が苦しくなった。頭が真っ白になっていく。

考えたくないけれど、まさか、という嫌な予感が、私の心を支配していた。

荒い呼吸をなんとか整えてから、私は一階に下りた。おばあちゃんが気づいて声をかけてくる。

「漣くんの様子はどうだったね？」

私は首を横に振り、それから「ねえ、おばあちゃん」と呼びかけた。

頭の中で計算する。ユウさんは私の十歳上だから、彼が高校生のときということは。

「だいたい十年くらい前に……このあたりの海で、女子高生が溺れて亡くなったって話、聞いたことある？」

おばあちゃんが目を見開き、何度か瞬きをしてから、「そういえば」と声を詰まらせた。

「そんな悲しい事故があったねえ……。溺れとる子どもを見つけた女の子が海に飛び込んで、子どもはなんとか助かったんやけど、女の子は力尽きてまってねえ、そのまま……。たしか、助けられたのは幼稚園くらいの子だったかねえ……」

頭の中で、点と点が繋がっていく。でもそれは少しも嬉しいことではなくて、胸がぎりぎりと痛んで、苦しくて、吐きそうだった。

「亡くなったのは、たしかおばあさんとふたり暮らしをしとった女の子やったって聞いたよ。たったひとりの大事な大事なお孫さんを若くして亡くして、おばあさんはどんな気持ちやったかねえ……」

おばあちゃんの言葉で、あの日のことを思い出した。お父さんが訪ねて来て、自分のすべてを否定されたような気がして、激しい雨の中、投げやりな気持ちで荒れた海に行き、死んでもいい、と思ったこと。もしもあのとき漣が来てくれなかったら、今ごろどうなっていたか分からない。

そして彼に連れられて帰った私の濡れた身体を、おばあちゃんが泣きながら強く強く抱きしめてくれたこと。おじいちゃんも、「心配しとったよ」と頭を撫でてくれたこと。あのときふたりは、どんな気持ちだったんだろう。

「自分の子どもや孫に先立たれるゆうんは、本当に、考えただけで胸がつぶれるくらい、悲しいねえ……」

涙をにじませるおばあちゃんを見ていて、ふいにお母さんの顔が浮かんできた。

お母さん――おじいちゃんとおばあちゃんのひとり娘。お母さんが事故に遭い、意識不明になったと聞いて、ふたりはどれほど絶望しただろう。

自分のことばかりだった私は、そんな当然のことにも考えが及ばなかったのだ。

涙が溢れそうになるのを、必死に堪える。訊かなくてはいけないことが、もうひとつある。

「……亡くなった女の子の名前は、分かる?」

なんとか声を絞り出すと、おばあちゃんは首を横に振った。

「違う町内の子やったから、名前までは……」

そっか、とうなずいてから、「ありがとう」と呟く。

「ありがとね、おばあちゃん。本当に、いろいろ、ありがとう……」

上手く言葉にならない思いを込めて告げたあと、私はなにかに追い立てられるような気持ちで家を飛び出した。

私になにができるか、なにをどう訊くか、なにを言うべきか。なにひとつ分からないけれど、私は無我夢中で足を動かした。どうすればいいかなんて全く分からないけれど、とにかく走らずにはいられなかった。

漣は私にたくさんのことをしてくれた。たくさんのことを言ってくれた。心を閉ざして殻に閉じこもっていた私には、あまりにも辛辣《しんらつ》で厳しい言葉ばかりだったけれど、でも、それは確かに優しさだったのだと、今なら分かる。漣が教えてくれなかったら、きっと私は今でも気づけずにいたことがたくさんあった。

今度は私が彼のためになにかをする番だ、と思った。

ナギサの店内には、まだ明かりがついていた。

窓から中を覗いて、奥のテーブル席にユウさんが座っているのを確認すると、入り口のドアをノックする。

「こんばんは。夜遅くにすみません」

声をかけると、すぐにユウさんがドアを開けてくれた。

「真波ちゃん。どうしたの、こんな時間に」

「すみません……どうしても、ユウさんと話したいことがあって……」

彼は目を見開き、それから「どうぞ」と中に入れてくれた。

店内に足を踏み入れると、テーブルの上に置かれた四角柱のような形の木枠《きわく》と、丸められた和紙の束《たば》が目に入った。私の視線に気づいたのか、ユウさんが説明してくれる。

「明日は龍神祭だからね、灯籠を作ってたんだ」

「そうなんですか。忙しいのに、ごめんなさい」

「いいよ、いいよ。もうほとんど終わってるから。それで、話って？」

促されて、私はなにを伝えればいいのか逡巡《しゅんじゅん》する。ただとにかくユウさんに会わなきゃ、という思いだけで走ってきたので、なにを訊くのか考えていなかった。

どう話せばいいのかと迷いながら目を泳がせて、キッチンの戸棚に飾られた桜貝のネックレスを視界にとらえた。

「あのネックレスって……」

思わず呟くと、彼は「ああ」と微笑んだ。そして、愛おしげな眼差しをネックレスに向けながら口を開く。

「凪沙と俺の桜貝だよ。子どものころに海岸で拾った貝殻を、ふたりで分けて持ってたんだ、ずっと……」

ナギサさんの名前を聞いた瞬間、ぎゅっと心臓をつかまれたような気持ちになった。

「……あの、急にすみません。よかったら、でいいんですけど……」

「うん？」

唐突な私の言葉に、ユウさんは首を傾げて軽く目を見張った。

「……ナギサさんが亡くなったときのこと、聞かせてもらえませんか……」

どこまで話していいのか分からず、ひどく不躾な質問になってしまった。それでも彼は、ぱちぱちと瞬きをしてから、「うん、いいよ」と笑ってくれる。

「凪沙は、高校一年の夏休み……龍神祭の前日、海で溺れて亡くなった。……ちょうど今日が十回目の命日《めいにち》なんだ」

彼は目尻に優しい笑みを浮かべながら言った。

「海に落ちてしまった男の子を見つけて、助けようと飛び込んで……ちゃんと男の子を父親に引き渡したあと、自分は力尽きて、溺れちゃったんだ」

ああ、やっぱり、と目の前が暗くなる。想像が当たってしまった。絶対に当たってほしくなかったのに。

「そして、俺の目の前で、亡くなった……」

ひゅっ、と喉が鳴った。呼吸を忘れたまま、これ以上ないくらいに目を見張り、言葉を失って彼を見つめる。

「俺は遠くから、溺れた子を助けるために海に向かう凪沙を見つけて、必死に追いかけた。そして凪沙が溺れて海に沈んだあとすぐに追いついて、なんとか引き上げたんだ。でも、凪沙はもう意識がなくて……」

ユウさんの目に、じわりと涙がにじんだ。ゆっくりと溢れて、頬に伝い落ちる。微笑みながら、泣いていた。

目の前でたったひとりの大切な人の命が失われていくのを見届けるのは、どんな気持ちだったろう。私には想像することすらできない。

「でも、救急車の中で、一瞬だけ意識が戻ったんだ。目を開けて少し喋ってくれて……。でも、すぐにまた意識を失って、そのまま二度と目覚めなかった」

ユウさんは幾筋《いくすじ》もの涙をこぼしながら続けた。

「あのとき俺があと一分でも早く追いついてたら。そしてちゃんとした救助の方法を知ってたら、ちゃんと心肺蘇生《しんぱいそせい》をやれてたら、凪沙は死ななくて済んだかもしれない……何度も何度も何度も、そう思った。でも、今さらそんなこと思ったって、遅いんだ。……俺は全部、なにもかも、間に合わなかった」

静かな口調だったけれど、その奥には、どうにもならない激しい後悔と、大きすぎる悲しみが秘められているのが分かった。

私はもうなにも言えなくて、唇を噛みしめていることしかできない。

「……真波ちゃんは、今日、きっと、大切な誰かのために、そんなに必死な顔をして、息を切らしてここに来たんだよね」

しばらくして涙を拭ったユウさんが、じっと私を見つめて言った。

私は声も出せないまま、こくりとうなずいた。

「俺は凪沙を……すごくすごく大切な人を守れなかった。絶対に俺がなんとかする、絶対に助けるって思ってたのに、できなかった。失敗した」

彼はひとつ息を吐き出して、切なくなるほど静かに続ける。

「……死ぬほど後悔したよ。今もずっとしてる」

あまりにも重い言葉が、私の胸に深々と突き刺さった。ユウさんの痛みが伝わってきて、息が苦しい。

だからね、とユウさんが優しく微笑んだ。

「真波ちゃんには、そんな思いをしてほしくない。自分にできる限りのことを全部やって、後悔しないようにしてほしい」

私は堪えきれずに嗚咽を洩らしながら、何度も何度もうなずいた。

ユウさんは涙に潤んだ声で、「頑張ってね」と囁いた。

第十章　光に包まれて

翌朝、目を覚ました私はすぐに漣の部屋に行き、「おはよう」と勢いよくドアを開けた。

彼は昨日と同じ姿勢で寝転がっていた。服もそのままだ。生きているのに、死んでいるみたいに見えて、背筋が寒くなる。

それを振り払いたくて、わざと強い声を出した。

「漣、話をしよう」

相変わらず反応はない。次はもっと声を大きくする。

「漣、起きて。話がしたいの」

かたわらに膝をついて肩を揺すると、彼はやっとわずかに身じろぎをした。

ねえ漣、と呼びかけた声は、まるですがるような声音になった。

「漣の話を、つらさを、聞かせて……」

そう呟いたとき、彼がゆっくりと顔を上げた。青白く生気のない、憔悴《しょうすい》しきった顔だった。

「……ひとりじゃ抱えきれないことも、誰かに話すだけで、楽になることもあるんだよ……漣が私の話を聞いてくれたみたいに」

私の言葉でなにかを悟ったのか、彼は大きく目を見開いて身体を起こした。

「――なにか、知ってるのか？」

怯えたような声色だった。

怖がらないで、と伝えたくて、刺激しないようにそっとその手を握る。

「はっきりとは知らないけど、たぶん……私の考えが正しいなら」

触れた部分から、漣の身体の力が抜けたのが分かった。

「……そうか。知られちゃったか……」

なにかを諦めたように、彼は言った。

きっと、誰にも知られないように、自分の心の中だけに秘めてきたことだったのだろう。これからも誰にも打ち明けずに背負い続けるつもりだったのだろう。

でも、もう限界が来ているのだと、その様子を見れば分かった。抱えきれないほどに大きく膨らんでしまった荷物を下ろさないと、そのまま倒れて、二度と立ち上がれなくなってしまいそうだった。

だから私が、漣を助け出さなきゃいけないんだ。

その気持ちを上手く言葉にできる気がしなくて、握った手に力を込める。思いよ伝われ、と祈りながら。

しばらく呆然としたように黙り込んでいた漣が、ゆっくりと口を開いた。

「……俺が、ユウさんから、ナギサさんを、奪った」

絶望に塗りつぶされたような声だった。

「ナギサさんを愛していた人たちから、俺が、ナギサさんを奪った。ナギサさんが死んだのは、俺のせいだ……」

ああ、とうとうすべてが繋がってしまった。目の前が真っ暗になる。

どうか私の思い違いでありますように、と心から願っていたのに、推測が当たってしまったのだ。

言葉を失った私に、漣がぽつぽつと語り始めた。

「六歳のとき……父親と弟と一緒に、鳥浦の港に来たんだ。父親は釣《つ》りをしてて、俺と弟は近くで遊んでた。父親からは、海に落ちたら危ないから絶対に離れるなよ、って言われてた。でも、しばらくしたら俺も弟も飽きてきて退屈になって、追いかけっこを始めたんだ。最初は気をつけてたんだけど、だんだん夢中になって……気がついたら、海に落ちてた。泳げないわけじゃなかったのに、足が着かないからパニックになって、そのまま溺れた」

漣は感情を失くしたように淡々と言葉を続けた。

「……まだ子どもだったし、ショックが大きかったからか、溺れたときのことはほとんど記憶がないんだ。どうやって助けられたのかも分からないし、救急車で運ばれてるときのことも、意識はあったはずなのに、断片的にしか覚えてなかった。病院で目が覚めたとき、両親が泣きながら『お姉さんが助けてくれたんだよ』って教えてくれた。そのときは、優しい人がたまたま近くにいてよかったな、ってくらいにしか思ってなかった」

　ひとつひとつ確かめるようにゆっくりと話す漣。

　私はただ、それを聞くことしかできない。

「でも、退院した日に、『実は助けてくれたお姉さんは死んじゃったの、今日がお葬《そう》式《しき》だから、お礼とお別れを言いに行こう』って言われて、鳥浦に来たんだ。なにがなんだか分からないうちに、親に言われるがまま棺桶《かんおけ》の中の女の人に『ごめんなさい、ありがとう』って声をかけた。そのときのことも記憶はぼんやりしてるけど、ナギサって名前と、父親と母親が土下座《どげざ》して泣きながら謝ってたことと、棺《ひつぎ》の前に小さいおばあさんと、壊れた人形みたいにへたりこんでた男の人がいたのは、なんとなく覚えてた」

　漣がふっと息を吐く。そして、震える声で呟いた。

「……今思えば、あれは、ナギサさんのおばあさんと、ユウさんだったんだよな」

　私はなにも言えなくて、ひたすら涙を堪えていた。漣が頑張って話してくれているのに、私が泣くわけにはいかないと思った。

「小さいうちはそれくらいしか分かってなかったんだ。でも……成長して物事が分かるようになってきたとき、ある日突然、自分のせいで人が死んだんだ、っていう事実が、どうしようもないくらい重くのしかかってきて、忘れられなくなった」

漣が唇を噛み、ゆっくりと瞬きをする。

「心配かけるから親には言わなかったけど、家にいても学校にいても、なにをしてても、その人のことが頭から離れなくなった。でも、もう何年も経ってて今さらその人にできることなんかないと思ったから、せめて、『こんなやつ助けなければよかった、無駄死《むだじ》にだった』なんて思われないように、いい子だと思ってもらえるようにしようって、勉強も部活も人間関係も全部全力で頑張ろうって思ってた……」

その言葉が胸に突き刺さり、ちくちくと痛んだ。

誰もが認める優等生で、文武両道で、誰からも信頼されている漣。そんな姿を見て私は、生まれながらに恵まれているだとか、悩みなんてなさそうだとか、勝手なことを思っていたし、本人にもそう言った。

でも、それは誰よりも誠実に頑張ってきた漣の努力の賜物《たまもの》だったのだ。彼の行いの裏に、まさかこんなにも苦しく切実な思いが隠されていたなんて、思いもしなかった。考えなしに本当にひどいことを言ってしまった。過去の自分を殴りたい。

「中学三年で受験が近づいてきたとき、鳥浦に行かなきゃ、って急に思いついた。俺のせいで亡くなった人が生きてた町に行って、その人の家族にちゃんと謝って、それで海の近くでその人に感謝と謝罪をしながら祈り続けることくらいしか、俺にはできないと思った……」

　そこで一度口をつぐんだ漣が、ふいに自嘲的な笑みを浮かべた。

「……でも、いざここに引っ越してきたら急に怖くなって……その人の家族を捜す決心がつかなかった。あの子を返してって責められるかもしれない、どんなに謝っても許されないかもしれない、って思ったら、怖かったんだ」

「それは、当然だよ」

　私は初めて彼の話に口を挟んだ。

「誰だってきっとそう思うよ。私だって、漣と同じ立場ならきっと、怖くて動けない。たぶん、なかったことにしよう、忘れよう、って考えちゃうと思う。だから、漣はひとりでこの町に来て、今も暮らし続けてるってだけで、本当に本当に、すごいことだと思うよ……」

　なんとか慰めようと思って必死に語りかけたけれど、漣は小さく笑っただけで、また苦しみに満ちた顔に戻ってしまった。

「でも、俺がユウさんの大事な人を、誰かの家族を奪ったことには変わりないよ。そもそも、人を死なせた俺には、幸せになる資格も、笑って暮らす権利もなかったんだ。今までのうのうと生きてきたけど、今さらそのことに気づいた……」

　だから漣はこんなふうになってしまったのか。自分の幸せや笑顔を許せなくなってしまったのか。

なんでそんなふうに考えるの、と叫びたかった。でも、きっと今の漣には、部外者の私の言葉なんて届かない。

だから、私は言った。

「漣、ユウさんに会いに行こう」

その瞬間、彼の顔がさっと血の気を失った。

「嫌だ」

ほとんど聞き取れないくらいにかすれ、震えた声だった。

「どんな顔して会えって言うんだよ！」

恐怖と不安に満ち、怯えきったような表情だった。それは、彼が初めて見せた弱さだった。

みんなから信頼され、慕われ、いつも自信に満ちていて、常にまっすぐに強く生きているように見えた漣の裏側に、私は初めて触れた。

「それでも、行こう。このままじゃ、だめだよ……」

私は漣の手をつかみ、言葉にならないすべての思いを込めて、ぎゅうっと握りしめた。

昼過ぎにユウさんに電話をかけると、今日はナギサの定休日ということで、彼が買い出しを終える夕方に会ってくれることになった。

待ち合わせ場所の砂浜に私と漣が佇んでいると、ユウさんは約束の時間より十分も早くやってきた。

「こんにちは」

いつも通りの人懐っこい笑顔で、私たちにそう声をかけてくれたけれど、漣は凍りついたようにぴくりとも動かず、うつむいたまま顔を上げない。

「今日は龍神祭ですね。私、初めてでなんで、けっこう楽しみです」

少しでも場の空気を和《やわ》らげたくて、私はとりあえず世間話をしてみる。

「そうだよね、真波ちゃんは越してきたばっかりだもんね。灯籠行列も、最後の篝火《かがりび》も、すっごい綺麗なんだよ。乞うご期待」

ユウさんも、きっと漣の様子がいつもと違うことには気づいていると思うけれど、なにも言わずに話を合わせてくれる。

「真波ちゃん、灯籠は作った？」

「あ、はい、おばあちゃんに教えてもらって。でも、絵付けはまだやってないんですけど……」

龍神祭で使う手作りの灯籠には、絵や文字を書くのが習慣になっているらしい。おばあちゃんと一緒に灯籠作りをしていたときに、『まあちゃんもなにか書いたら？願いごとを書く人もいるよ』と言われたけれど、いろいろと悩んでいるうちに時間が経ってしまい、結局今も真っ白なままだった。

「そっかそっか。まあ、なにも書かない人もいるからね。願いは自分だけの秘密にするってのもいいと思うよ」

「いや、そういうわけでもないんですけど……」

そんな会話をしていたとき、私の隣でうつむいて立ち尽くしていた漣が、唐突にユウさんのほうを向き、勢いよく頭を下げた。

「──ごめんなさい！」

ユウさんが驚いたように「わっ」と声を上げる。

「えっ、急にどうしたの、漣くん」

身体を深く折り曲げ、膝をつかんで頭を下げ続ける漣の肩は、小刻みに震えていた。

「……俺なんです」

呻くように言った彼を、ユウさんは不思議そうに首を傾げて見て、「え？」と訊き返した。

漣がごくりと唾《つば》を飲み込む音が聞こえる。私は思わず彼の背中に手を置いた。少しでも力を送ってあげたかった。

しばらくして、漣が意を決したように大きく息を吸い込んで、口を開いた。

「……ナギサさんに助けてもらったのは、……俺なんです」

「……！」

ユウさんが息を呑み、目を大きく大きく見開く。

「凪沙に、助けられた……？　もしかして、海で溺れた……？」

漣がうつむいたままこくりとうなずいた。

私は固唾を呑んでユウさんを見る。その口からどんな言葉が出てくるのか、怒りか、恨《うら》みか、予想もできない。

しばらくの間、まるで時が止まったかのように硬直していたユウさんが、ふっと目元を緩めて呟いた。

「そうか……。漣くんが、あのときの子だったのか……」

囁くように言ったユウさんが、ふいに漣に向かって足を踏み出し、同時に両手を伸ばした。

漣の肩がびくりと震える。もしかしたら、殴られると思ったのかもしれない。

でも、ユウさんは、彼の身体に両手を回して、きつく抱きしめた。

今度は漣が、これ以上ないくらいに大きく目を見開く。

「……ありがとう。教えてくれて、嬉しい」

「え……？」

その瞬間、漣の両目から、ぼろぼろと涙が溢れ出した。喉から苦しげな嗚咽が洩れる。

「ごめ、ごめんなさい……！」

ほとんど声にならない悲鳴のような声で、漣が謝り続ける。

「ごめんなさい、ごめんなさい、俺のせいで……ナギサさんが……」

するとユウさんは、ふふっと小さく笑った。

「漣くんはなんにも悪くないんだから、謝らなくていいよ」

包み込むような優しい声で囁きかけ、落ち着かせるように漣の背中をとんとんと叩く。

驚いたように目を丸くした漣が、でも必死に否定するように首を横に振る。

「違います、俺のせいなんです。あのとき俺が、親の言うこと聞かずに、馬鹿なことして溺れたりしなければ……。俺が、ナギサさんを、死なせてしまったんです……」

聞いているだけで胸が苦しくなる。彼が今までどれほどの後悔と罪悪感を抱えて生きてきたのか、その表情から、言葉から、震える身体から痛いくらいに伝わってきて、苦しかった。

「……きっと俺のこと恨んでる……」

漣が両手で顔を覆い、絞り出すような声で言った。

すると、ユウさんが「ねぇ、漣くん」と彼の手をつかんで顔から引き剥《は》がし、その目を真正面からまっすぐに見つめた。

そして、漣に言い聞かせるように、ゆっくりと言葉を紡《つむ》ぐ。

「凪沙が漣くんのせいで死んだなんて、思わなくていい。漣くんが悪いんじゃない、漣くんが死なせたわけじゃない」

ユウさんがきっぱりと言った。

確信に満ちた口調と、迷いひとつないまっすぐな眼差し。

「凪沙は絶対に、漣くんを恨んだりしてない。漣くんのせいだなんて、絶対に言わないし、思ってもないよ。俺が保証する。ただ、凪沙は、目の前で苦しんでる子を助けずにはいられなかっただけ。見過ごすなんて絶対にできなくて、自分の命も危ないって分かってても、飛び込まずにはいられなかっただけ」

そう言いながら、ユウさんは本当に愛おしそうに微笑んだ。

「……そういう子なんだ、凪沙は。優しい、本当に……優しすぎるくらい優しくて、自分を犠牲《ぎせい》にして人を助けちゃえるくらい、深い深い愛をもってる子なんだ」

まるで彼女がまだ生きているかのような口調で、ユウさんは語る。

だからね、と彼は漣の手を強く握りしめた。

「漣くんがそんなふうに自分を責めながら生きてたら、凪沙はきっと悲しむ――」

そこまで言って、ユウさんはふいに口をつぐんだ。それから、おかしそうにくすりと笑って、「いや」と言い直す。

「きっと、怒るよ」

「……えっ。怒る？」

私は思わず声を上げて訊き返してしまった。するとユウさんは噴き出して私を見る。

「そう。めっちゃくちゃのめったためたに怒るよ。激怒する。凪沙は、怒らせるとすっごく怖いんだ」

激怒するとか、怖いとか、私が思い描いていた〝ナギサさん〟の聖母《せいぼ》のようなイメージとはあまりにも違って、唖然としてしまう。

俺もよく怒られてたよ、とおどけて、ユウさんは懐かしむような目つきで微笑んだ。

「バランスのいい食事をしろとか、部活ばっかりじゃだめ、ちゃんとテスト勉強しろとか、しょっちゅう怒られてた。全部俺のためだったけどね。凪沙は自分のために怒ったことなんて一度もなかったよ」

ユウさんが漣を見て、突然、怒ったような表情を浮かべた。

「漣、あんた、なにいつまでも大昔のこと気にしてうじうじしてんの！　私はそんなこと望んでない、馬鹿みたいに笑って楽しく生きろ！　そしてちゃんと幸せになれ！」

私は固唾を呑んで彼を見つめる。

「――って怒り狂うよ、きっと凪沙は。そういう子なんだ」

どうやら、ナギサさんの口真似をしてくれたらしい。

今までぼんやりとしていた彼女の姿が、ユウさんの話を聞いてどんどん形をはっきりさせ、生き生きと輝きだした。いつも優しく穏やかに微笑みながら、すべてを許して受け入れる聖母のイメージはどんどん霞《かす》んでいき、代わりに、なにものにも臆せずはきはきとものを言う、しっかり者で生気に溢れた少女の姿が立ち上がってくる。

――ああ、ナギサさんは、生きていたんだ。

そんな当たり前のことを今さらながらに実感して、胸がいっぱいになった。

私は目を閉じて、ナギサさんのことを思う。ユウさんを叱り、でも自分のためには怒らず、目の前で溺れる子どもを助けるために危険も顧《かえり》みず海に飛び込んだ人。

なんて、なんて優しい人なんだろう。海のように深い優しさ。この気持ちを表す言葉が見つからない。ただただ、胸が熱くなった。

きっと彼女は本当に、自分が助けた子どもがいつまでも罪の意識に苛まれることなんて、少しも望んでいないだろうと思えた。

かたわらの漣に目を向ける。彼は項垂れたまま、ひとりごとのようにかすかな声で囁いていた。

「でも、俺は……、幸せになる資格なんかない、許されない……だって、ナギサさんは俺のせいで……」

　この期《ご》に及んで、まだそんなことを言っているのか。そう思った瞬間、

「——いい加減にしなよ、漣！」

　そんな言葉が口をついて出た。

　漣とユウさんが示し合わせたように、目をまん丸にして同時に私を見た。

「……ナギサさんはきっと恨んでなんかない。ユウさんがそう言うんだから、絶対にそう」

「真波……」

「相手が許してくれてるのに、いつまでもぐじぐじ自分のこと責めてたって仕方ないじゃん」

　唖然としたように私を見つめる漣の瞳に、きっと今までしたこともないような表情をしている私が映っていた。

「漣の気持ちは分かるけど、いや、私は同じ立場じゃないから想像するしかないんだけど、きっとすごくつらいだろうし、責任感じるだろうし、後悔するのも分かるよ、でも……そんなことは、きっとナギサさんは、全く望んでない。せっかく助かった命だから、笑って幸せに生きてほしいって思ってるはずだよ。だったら、きっと……」

呼吸を整えて、決意を固める。

きつい言葉になってしまうという自覚はあった。

口下手な私が選んだこの言葉が最適なものかどうか分からないけれど、でも、言わなきゃいけない言葉だと思った。

ユウさんはすごくすごく優しいから、きっと言えない。ナギサさんも、もう自分の口から思いを伝えることができない。おじいちゃんもおばあちゃんも、漣にこんなきついことは絶対に言えないだろう。漣の家族も、家族だからこそ、きっと言えない。

他の誰にも言えない。私にしか言えない。

だから、私が言わなきゃいけないんだ。

「……漣の罪悪感や後悔は、たぶん、ただの自己満足でしかないんだよ。だって、そんなの誰も求めてないんだから」

その瞬間、漣の顔が大きく歪んだ。それを見られたくないのか、彼は苦しげな吐息を洩らしながら海へと視線を向ける。

つられて目を向けると、そこには、一面の夕焼けが広がっていた。

色鮮やかに燃え上がる空と海。その境界線に、炎の塊《かたまり》のように濃いオレンジの大きな夕陽が、じりじりと沈んでいく。

ふいにユウさんが「俺はね」と静かに口を開いた。

「漣くんに会えて、すべて打ち明けてくれて、嬉しかったよ」

漣が息を呑み、ユウさんに目を向ける。彼は本当に嬉しそうに笑っていた。

「凪沙が命を懸《か》けて救った子が、こんなに大きくなって、こんなにいい子に育ってくれて、自分を責めずにはいられないくらい優しい子になってくれて、それを知ることができて、本当に嬉しかった」

ユウさんの声が、じわりとにじむ。向かい合う漣の顔も、くしゃりと歪んだ。

「漣くんが鳥浦に来てくれてよかった。漣くんに会えてよかった」

「……あ、」

「漣くん。生きててくれて、ありがとう」

漣も、ユウさんも、泣いていた。

止めどなく流れて頬を伝い落ちるふたりの涙が、燃えるような夕焼け色に輝いている。

「……まあ、欲を言えば、漣くんが毎日楽しく笑顔で暮らして、めいっぱい幸せな人生を送ってくれたら、もっともっと嬉しいけどね」

いたずらっぽく笑ったユウさんが、突然、弾かれたように動き出した。

波打ち際に向かって、まっすぐに駆けていく。途中でスニーカーを脱ぎ捨て、オレンジ色に染まる砂を裸足《はだし》で踏みながら走り、ざぶざぶと海に入っていく。

膝のあたりまで水に浸《つ》かったとき、彼は足を止めた。

「凪沙――!!」

ユウさんが両手を口に当て、一面の夕焼けの海に向かって、愛する人の名前を大声で呼ぶ。

「凪沙!!」

私と漣も彼のあとを追って、そして彼の隣に並んだ。

「凪沙が守った子が、会いに来てくれたぞー！　もう高校生だってさ！　すげえよな！　ちゃんと無事に大きくなってくれてるよ！　しかもさ、めっちゃしっかり者で優しくて本当にいい子なんだぞ！　やったな、嬉しいな！　なあ、凪沙!!」

ユウさんは笑顔だった。でも、涙は流れ続けている。

「……凪沙、凪沙……」

すがるように呼ぶ声は、ひどく優しく、切なく潤んでいた。涙を手で拭った彼が、ふいに空を仰《あお》いで口を大きく開けた。

「……ああ――!!」

声の限りに、空へ叫ぶ。

すると、漣も一歩前に出て、海に向かって声を張り上げた。

「ああ――!!」

胸に鋭く突き刺さるような、空気がびりびりと震えるほどの声だった。

「うあ、あああ——!!」

泣き叫びながら、漣はがくりと崩れ落ちた。波の中にへたり込み、ぼろぼろと涙を流し、それでも声を上げ続ける。

「あ——っ!!」

「ああ——!!」

慟哭《どうこく》するふたりの声が重なり、海に溶《と》けていく。それを見ている私の頬も、いつの間にか涙に濡れていた。

誰かのために流す涙がこんなにも熱いだなんて、私は今まで知らなかった。

「わあああ——!!」

「うわああ——!!」

泣きわめくユウさんと漣の、意味をなさない叫びが、私の耳には確かに、ナギサさんへと贈る言葉——『大好き』『愛してる』、そして『ありがとう』、『ごめんなさい』に聞こえる気がした。

この胸に溢れる気持ちを、痛いくらいに締めつける思いを、どんな言葉で表わせばいいのだろう。

苦しくて、切なくて、やるせない。

どうして彼らの身に、こんなにもひどい、悲しいことが起こったのだろうと思うと、悔しくてたまらなかった。

家族のいないユウさんが、誰よりも愛していたナギサさんを亡くしたこと。

自分の身を顧みずに他人を救ったナギサさんが、亡くなってしまったこと。

誰かの命と引き換えに助かった漣が、その罪悪感で苦しみ続けたこと。

そのすべてが、神様の仕業《しわざ》と言うには、運命の悪戯《いたずら》と言うには、あまりにも残酷だった。

でも、漣の、ユウさんの、ナギサさんの思いを知ったことで、私の心は確かに、まるで潮が満ちてくるように、とても柔らかくて温かいものでいっぱいになっていた。

オレンジ色の光に包まれながら、私たちはいつまでも海を眺めていた。

あたりがすっかり夜闇に沈んだころ、龍神祭が始まった。

青い砂浜に佇む私たちのもとに、太鼓の音とともに灯籠行列が近づいてくる。

海沿いの道を見上げると、人々が手に持つ灯籠の明かりが、海の中を漂う光のようにゆらゆらと揺れていた。

行列が砂浜にたどり着くと、篝火が焚かれた。みんなが自分の灯籠を火にくべていく。たくさんの灯籠を呑み込んだ炎は大きく燃え上がった。

ごうごうと音を立てながら夜空へと立ち昇る炎と、雪のように舞い落ちてくる火の粉をぼんやり眺めていたとき、ふと爪先がなにかに触れて、かさりと音が鳴った。見ると、貝殻のようだ。

しゃがみ込んで拾い上げ、火にかざしてみると、ピンク色に透き通っていた。桜貝だ。ユウさんが教えてくれた、幸せを呼ぶ貝。

今にも壊れそうなほど薄くて華奢《きゃしゃ》な貝殻を、私はそっと手のひらで包んでポケットに入れた。

最終章　海に願いを

「それじゃあ、行ってきます」

玄関で靴を履いた私は、上がり框に並んで見送ってくれるおじいちゃんとおばあちゃんに声をかけた。

「まあちゃん、気をつけてね。今日は暑いから、こまめに水分摂《と》って、なるべく日陰を歩くんよ」

「うん、気をつける。ありがとう」

そのとき、鞄を持った漣が二階からやって来て、「真波」と声をかけてきた。

「なに？」

「俺も行くわ」

「えっ、え？　私、お母さんの病院に行くんだけど……」

「知ってるよ。俺もついてく」

「え……なんで」

「別に、気が向いたから。久しぶりに地元の空気でも吸おうかなと」

「ふうん……」

そっけなく答えたものの、正直なところ、それは心強いな、と思ってしまった。

なんせ、お父さんと、今後のことについて話をするために行くのだ。自分で決めたこととはいえ、どんな話し合いになるだろうと考えると、やっぱり足は重かった。漣が来てくれるなら、少しは気が紛れそうだ。

「あら、漣くんも一緒に行ってくれるん」

おばあちゃんが嬉しそうに声を上げた。

「実はね、隆司さんとまさくんに手土産《てみやげ》を持っていってもらおうかと思っとったんやけど、荷物が重くなってまうかなと思ってやめたんよ。よかったら、漣くん持ってあげてくれんね」

「うん、いいよ、持ってく」

「よかった！　じゃあ、ちょっと取ってくるから待っとってね」

台所に入ったおばあちゃんが、しばらくして大きな紙袋を持って戻って来た。

「お菓子とお酒と、あとタッパーにおかずが入っとるから、倒さんようにね」

漣が「うん、分かった」とうなずいて受け取る。

「それと、これも」

おばあちゃんが今度は私に保冷バッグを手渡した。

「中にカルピスが入っとるからね」

「わ、ありがとう」

ずしりと重いバッグを受け取る。

「それと、アイスも入っとるから。景気づけに食べながら行きんさい」

「景気づけって……」

笑いながら中を覗くと、ペットボトルが二本、そして大きな保冷剤とたまごアイスがふたつ入っていた。

「うわ、たまごアイスだ、懐かしい！　ガキのころ好きだったな。ばあちゃん、ありがと！」

漣の言葉を聞いて、唐突に思い出した。そうだ、私も子どものころ、このアイスが大好きだった。

昔鳥浦に遊びに来たとき、おばあちゃんが出してくれた見慣れないアイスに気が進まなかった私は、「たまごアイスはないの？　たまごアイス食べたい」とわがままを言ったのだ。おばあちゃんは申し訳なさそうな顔で、「ごめんね」と謝っていた。

十年以上前のそんな些細なことを、おばあちゃんはずっと覚えてくれていて、私がこの家に住むことになったときに、きっとカルピスと一緒に買っておいてくれたのだ。たぶん、子どものころに好きなアイスを食べさせてあげられなかったから、今度こそはと思って。

そして、私が学校のことで落ち込んでいたあの日、励まそうとしてたまごアイスをすすめてくれたのだろう。

ああ、私は本当に馬鹿だな。人の優しさは目に見えないから、ちゃんと自分で気づかないといけないのだ。

　黙ってたまごアイスを見つめる私に、おばあちゃんがぽつりと言った。

「まあちゃんが小さいころに、ちゃんと食べさせてあげられたらよかったんやけどねえ」

　後悔しているような口調だった。私は慌てて「そんなことないよ」と首を振る。

「あれはただの私のわがままだったんだから、気にしないで」

なんとかおばあちゃんを慰めたくて言ったけれど、その顔はやっぱり曇ったままだ。

それからおばあちゃんは眉を下げて目を細め、「実はね」と呟いた。

「ずっとねえ、謝らんといかんと思っとったことがあるんよ」

「え……、なに？」

「……あのねえ、今までまあちゃんとまさくんに、なかなか会いにいかれんくて、悪かったねえ」

　申し訳なさそうに力なく微笑むおばあちゃんの隣で、おじいちゃんも「すまんかったなあ」と言った。

　鳥浦とN市は、県内とはいえ離れているし、おじいちゃんたちにとっては移動も大変な場所だ。だから、会いに来てくれなかったことにまったく疑問も不満もなかった。

それなのに、なぜ謝るのだろう。

「実はなあ、じいちゃんらは、隆司さんのご両親と、あんまり上手くいっとらんくてなあ。洋子と隆司さんが結婚するっちゅうときにな、うちみたいな田舎のひとり娘は実家を大事にしすぎるから嫁《よめ》にとるわけにはいかん、嫁に来るなら実家を捨てる覚悟をしてもらわんとっちゅうて、ずいぶん反対されたんだと。それを聞いて、じいちゃんらはご両親の家に説得しに行ったんよ。そんでも聞く耳持ってくれんくてなあ。じいちゃん、かちんと来てまって、『こんな家に大事な娘はやれん、こっちからお断りだ』っちゅうて怒鳴りつけてまってな」

温厚《おんこう》なおじいちゃんがそんなことを言ったなんて信じられなくてぽかんとする私に、おばあちゃんがおかしそうに笑った。

「あのころはじいちゃんも若かったんよ」

おじいちゃんも同じような顔で「そうなあ」とうなずく。

「今ならもっと上手いこと収められるかもしれんけど、あのときは怒りが堪えきれんかった」

穏やかに笑うおじいちゃんを見ると、やっぱりどうしても怒鳴る姿なんて想像できない。でも、お母さんのためにおじいちゃんが怒ったというのが、なんとなく嬉しかった。

「それでな、じいちゃんらは洋子に、『あんなこと言う家に嫁に行くことない』って止めたんよ。そんでも洋子は、隆司さんと結婚するって聞かんでな。ほとんど駆け落ちみたいにして嫁に行ったんよ」

あの堅物《かたぶつ》のお父さんとお母さんが、両方の親に反対されて、それでも結婚したくて駆け落ちするほどの情熱で一緒になったなんて、驚きだった。

「それからしばらくは、お互いに意地張ってまってな、なかなか顔も見んかったなあ」

「でもね、まあちゃんが生まれたって聞いて、そのときばっかりは我慢できなくてねえ、会いにいったんよねえ」

「えっ、そうなの？　私が赤ちゃんのときに会ってるってこと？」

「そうよお。小っちゃくって可愛かったよ。それからはね、少しずつ洋子と電話で話したりもするようになって、まさくんが生まれて落ち着いてきたころ、まあちゃんも連れてうちに遊びに来てくれたんよ。覚えとる？」

「うん、幼稚園のときだよね」

「そうそう」

おばあちゃんが嬉しそうにうなずく。それからおじいちゃんが言葉をついだ。

「まあちゃんもまさくんも可愛いくて、洋子とも和解できたし毎日でも会いたいって思っとった。でもやっぱりなあ、じいちゃんらはどうも、結婚のときのことがあったから、あちらのご両親に会わせる顔がなくてな、あのころはまだ働いとったから仕事を言い訳にして、会いにいってやれんかった。洋子も忙しいからそんなしょっちゅう鳥浦に戻れんしな、なかなか会う機会がなくて……、まあちゃんらからしたら、おるかおらんか分からん祖父母やったろう」

それは否定できなかった。実際、ここに引っ越してきたときは、私の気持ちとしてはほとんど初対面だったのだ。

ふふ、と寂しそうに笑ったおばあちゃんが、「あんなことに」と、ぽつりと呟いた。

「……洋子があんなことになるって分かっとったら、もっとたくさんたくさん会いにいったのにねえ……そのうちそのうちって先延ばしにしとるうちにねえ……。今さらこんなこと言ったって遅いんよね……」

事故のことを言っているのだ。まさか母子で事故に遭い、お母さんは意識不明のまま眠り続けることになるなんて、私だって思ってもみなかった。

「まあちゃんと洋子が運ばれた病院に慌てて駆けつけたけど、あちらのご両親は事故のことで気が立っとったし、なかなか顔を合わせづらくてねえ、時間をずらして面会したんよ」

初耳だった。私は息を呑んで目を丸くする。

「そうだったの？　知らなかった……」

「まあちゃんはちょうど薬でぐっすり眠っとって、顔見るだけやったから……」

「ううん、そんなの気にしないで。会いに来てくれただけで嬉しいよ」

私の言葉に、ありがとねえ、とおばあちゃんは笑ってから、

「今でも月に一回はこっそり洋子に会いにいっとるんよ」

と打ち明けてくれた。

「えっ、そうなの？」

驚いたものの、思い返してみれば確かに、お母さんのお見舞いに行くと、病室に花が飾られていることが何度もあった。なにも考えずに、誰か来たのかな、くらいに思っていたけれど、十年も意識不明の人のお見舞いに来るなんて、家族くらいしかいないだろう。しかも、一度は病院の中でふたりの姿を見かけたこともあったのに、どうして花を飾ったのがおじいちゃんやおばあちゃんだと思わなかったのか、自分でも情けなかった。

「まあちゃんたちにも会いたかったんやけどねえ、あちらの家に行くのもどうかってためらっとるうちに時間ばっかり過ぎてね。そのうち、今さら会いにいったって喜ばれるわけもないし困らせるだけかもしれんとか、嫌な思いをさせるかもしれんとか、ばあちゃんたちも怖くなってまってね……」

おばあちゃんがおじいちゃんと視線を合わせながら、呟くように言った。

おじいちゃんたちも怖いと思ったりするんだ、と意外に思う。でも、ずっと会って

いなかった孫にいきなり連絡を取ったり、会いにいったりするのは、とても勇気がいることだろうというのは想像できた。

「だからね、まあちゃんがこっちの高校を受けるって連絡が来たときは、本当に嬉しかったんよ。まあちゃんはばあちゃんらのことを嫌いとは思わずにいてくれとるんやって分かってね」

おばあちゃんの言葉に、私は慌てて「嫌いなんて思うわけないよ」と首を振った。

でも、ここに引っ越してきたころの私は、嫌いとまでは思っていなかったものの、おじいちゃんたちに対して疑心暗鬼になっていた。そんなふうに斜《しゃ》に構えてしまっていたことを、今さらながらに申し訳なく思う。

なんとなく二の句がつげなくて黙っていると、おじいちゃんがふいに「まあちゃん」と力強い声で言った。

「じいちゃんらも、こんなふうにいつまでも向こうさんの顔色を窺ってこそこそしとったらいかんよな。まあちゃんが勇気を出してお父さんと話しにいくんやから、じいちゃんとばあちゃんも頑張らんとね」

決然としたおじいちゃんの言葉に、隣でおばあちゃんも深くうなずいた。

「今度こそ、隆司さんのご両親にちゃんと会いにいくよ。せっかく子どもたちの結婚で縁続きになったんだから、このままじゃ寂しいもんなあ。お互い歩み寄っていかんとなっ……」

「気づいてないこと、知らないことばっかりだったな……」

家を出て駅に向かいながら、私は小さく呟いた。隣の漣がこちらを見る。

「おばあちゃんたちの話聞いて、私、本当に自己中で周りが見えてなくて、馬鹿なやつだったなって、改めて反省した」

すると彼は、ぷっと噴き出した。

「お前、今ごろ気づいたのかよ」

「ひど！　そこは普通、『そうでもないよ』とかでしょ！　……いや、まあ、ほんと馬鹿だしわがままだから、その通りなんだけどさ……」

「ちゃんと自分で分かってんじゃん」

「ほんっとデリカシーないな……慰めるとかいう選択肢はないわけ？」

「思ってもないこと言ったって意味ないだろ」

そうだ、漣はこういうやつだった、と私は内心でため息をつきつつ、でも自然と口許が緩んだ。見ていられないくらいに沈み込んでいた彼と、またこんなふうに軽口を叩けるようになったことが、素直に嬉しかったのだ。

そんなことを考えていると、ふいに漣が声色を変えて、「でもまあ」と言った。見るとそこには穏やかな笑みがあった。

「俺だって馬鹿だから、偉そうなこと言えないけどな」

「……ちゃんと自分で分かってんじゃん」

なんとなく気恥ずかしくて、さっきの言葉をそのまま返す。漣はおかしそうに笑った。

「みんなきっとこうやって、自分の馬鹿なところ自覚して、少しずつでも直していって、成長していくんだよな。だから、早く気づけてよかったってことにしよう」

「そうかもね……」

「お前だって、今から自分を変えにいくんだろ？」

漣がにやりと笑って私を見た。彼には私が今からなにをしにいくのかはっきり伝えたわけではなかったけれど、なにか勘づいているのだろう。

「うん……お父さんと対決する」

上手い表現が見つからなくてその言葉を選ぶと、彼はまたおかしそうに噴き出した。

「対決か」

「うん、対決。今までは、お父さんの言うことなら仕方ないって思って、言われた通りにしてたけど……ここを離れたくないから」

地元に戻れと言うお父さんに、ちゃんと自分の考えを自分の言葉で伝える。きっとすぐには分かってもらえないけれど、納得してもらえるまで何度だって説得する。今までに感じたことのない強い決意が、私の胸の中で確かにしっかりと根を張っていた。

私を変えてくれた人たちがいるこの町で、私はまだ暮らしていたい。今お父さんの言いなりになってここを離れたら、きっと後悔すると思った。

「まあ、健闘《けんとう》を祈るよ」

漣がそう笑ったとき、ちょうど海沿いの道に出た。とたんに彼が口を閉ざし、じっと海を見つめる。

龍神祭の日にユウさんと話をして以来、漣は少しずつ元気を取り戻していったけれど、やっぱりときどき、なにか物思いに耽るような横顔を見せる。まだナギサさんやユウさんへの罪の意識が消えないんだろうな、と思った。

しばらく経っても彼が動き出さないので、私は気を取り直すように「ねえ」と声を上げる。

「アイス食べよ。溶けちゃうから」

「ん？　ああ」

保冷バッグからたまごアイスを取り出して、気づく。

「……あ、そっか、切らなきゃ食べれないよね」

アイスクリームが入っているゴム製の袋の先端を切らないと中身が出てこない仕組

みなのだ。

するとバッグの中を覗いた漣が声を上げた。

「お、はさみ入ってるぞ」

「ほんと⁉ さすがおばあちゃん！」

漣がはさみを持って刃《は》を入れる。その瞬間、ぴゅうっと中身が飛び出した。

「うわっ！」

漣が慌てて先端を噛む。

「そうだ、こういうアイスだった！」

「時間経ったから溶けちゃってたんだね」

「でもこの災難すら懐かしい！」

私たちは大笑いしながら、駅へと続く道を歩いた。


一時間ほど電車に揺られて、N市のターミナル駅に着くと、電車を乗り換えてまたしばらく移動する。

鳥浦を出て約一時間半後、辿り着いたのはお母さんが入院している大学病院だった。

最後にお見舞いに来たのは鳥浦に引っ越す前なので、もう三ヶ月以上経っている。

久しぶりに来たけれど、病院はなにも変わっていない。明るくて白くて清潔で、人がたくさんいるのに妙に静かなロビー。

お母さんの病室に向かう途中、入院患者や見舞い客がくつろげる談話室の前を通りかかったとき、漣が「なあ」と声を上げた。

「俺、ここで待ってるわ」

私は驚いて振り向く。

「えっ、一緒に来ないの？」

「うん。終わったら呼びに来て」

「……もしかして、うちのお父さんに会うの、嫌？」

お母さんの病室では、お父さんが待っている。だから漣は行きたくないのではないか、と思ったのだ。

「漣、失礼なこと言われたもんね……あのときはお父さんがごめん」

お父さんが鳥浦に来たとき、漣に対してずいぶんと無神経で不躾な言葉を吐いていた。あんなことがあったのだから普通に顔を合わせる気になれないのは当然だろう。

でも、漣は「んなわけないじゃん」と笑い飛ばした。

「あんなの気にしてないよ。お前、いちおう女の子だし、娘がいる親はやっぱ反対するだろ、男と一緒に住むなんて」

「そうかな……漣が気にしてないならいいんだけど」

「してないよ。なんならあとで挨拶しようと思ってるし。ただ、俺がいたら言いにくいこともあるだろうからさ、家族水入らずで話してこいよ」

そう言った彼の表情にごまかしはなさそうだったので、私は安心してうなずき返した。そもそも彼はうそなんてつかないのだ。

「じゃあ、行ってくる」

おばあちゃんが用意してくれた手土産の紙袋を受け取って、病室に向かって歩きだしたとき、漣が「なあ」と声を上げたので、私は振り向いた。

「頑張れよ。ここで待ってるから」

今まででいちばんの笑顔だった。なぜか、すっきりと晴れ渡った空の下に広がる海を思い出す。

「またあとでな、真波」

胸がじわりと温かくなる。漣に名前を呼ばれて、こんな気持ちになる日が来るなんて思いもしなかった。

出会ったころ、いきなり下の名前を呼び捨てにされて、苛々していた。でも、気がついたら彼にこう呼ばれるのが普通になり、いつしか、心地よくさえなっていた。

「うん、頑張る。またあとで！」

私は漣に手を振って、真っ白な廊下を歩き出した。彼が待ってくれていると思うだけで、踏み出す足に力がみなぎるような気がするのが不思議だった。

病室のドアの脇にかかったネームプレートを見て、『白瀬洋子』と書いてあるのを確認すると、私はドアをノックした。

「真波です」

そう口にした瞬間、中でばたばたと足音がする。なんだろう、と首を捻《ひね》っていると、すぐにドアが開いた。

「姉さん！」

顔を出したのは、三ヶ月ぶりに会う弟だった。

「えっ、真樹！　来てたの？」

「うん。姉さん、お帰り」

満面の笑みだった。まさか笑顔で迎えてくれるなんて予想もしていなかった。

真樹に対しては、ほとんど説明もせずに家を出てしまい、姉としての責任を放棄してしまったように感じていたのだ。それなのにこんなふうに嬉しさを隠さない反応をしてくれて、申し訳なさが込み上げてきた。

「真波が帰ってくると言ったら、会いたいと言って聞かなくてな。連れてきた」

真樹のうしろに立ったお父さんが言う。

「学校のことやらいろいろ話したいそうだから、聞いてやってくれ」

私はうなずき返し、窓際のソファに真樹と並んで腰かけた。

すぐに真樹が口を開いて話し始める。その内容は、友達や先生の話、塾の話やゲームの話などとりとめのないもので、そういえば家にいたころは毎日こんな話を聞いていたな、と懐かしくなった。

しばらく話し続けて、やっと満足したのか、真樹が口を閉ざした。そして私の顔をじっと見上げる。

「姉さん、なんか元気になったね」

私は目を見開き、「そうかな？」と首を傾げる。

「すごく元気になったように見えるよ。おじいちゃんとおばあちゃんに会えたおかげ？」

「うん、そうかも。それと、他にもたくさんの人と会えたおかげ」

「そっかあ、よかったね！」

本当に嬉しそうに真樹が笑った。

「……うん。ありがとう」

真樹なりにずっと、学校に行かずに部屋に閉じこもっていた私を心配してくれていたのだろう。いちばん身近な家族の思いにさえ、私は気づけていなかったのだ。

「お父さんとなんかお話するの？」

「うん、ちょっとね」

「大事な話？」

「うん。すごく大事な話」

「じゃあ僕、談話室で本読んでくる」

「えっ？」

止める間もなく、真樹はぱたぱたと病室を出ていった。

「まだまだ子どもだと思ってたが、あんなふうに気を遣えるようになってたんだな」

ベッドの脇のパイプ椅子に座って待っていたお父さんが、真樹のうしろ姿を見送りながら呟いた。それから振り向き、

「さて、本題に入るか」

私はうなずき、ソファから立ち上がる。

お父さんとベッドを挟んで反対側に立ち、こんこんと眠るお母さんの顔を覗き込んだ。

「……お母さん、久しぶり」

声をかけても、当たり前だけれど無反応だ。

私はかたわらのパイプ椅子に腰かけて、点滴《てんてき》の管に繋がれた青白く細い腕にそっと

手をのせる。いつも通り、温かかった。でも、その顔はやっぱり血管が透けそうなほどに白く、瞼は力なく閉じられている。

もう十年もこの姿を見続けて、元気だったころのお母さんのことはほとんど思い出せなかった。

私はお母さんから目を離し、お父さんに向かって口を開いた。

「ねえ、お父さん……」

決心が鈍《にぶ》らないうちに言うべきこと言ってしまおうと思っていたのに、いざ真正面から向き合うと、上手く言葉が出てこなくなる。その隙にお父さんが「真波」と声を上げた。

「引っ越しはいつにする。夏休み中に手続きも全部済ませてしまったほうがいいだろう。少し調べてみたが、全日制の高校は基本的に二月に願書を出して三月に試験、四月に転入というスケジュールらしいから難しいが、通信制の学校なら十月からも通えるし、一年中編入を受け付けている学校もある。少しでも早いほうがいいだろうから、来週にもこっちに戻って来て準備を始めなさい」

「ちょ……ちょっと待って。なんでそうやって勝手に話を進めちゃうわけ?」

いきなり試験だとか編入だとかの話を出されて、驚きと動揺を抑えきれず、私は思わず口調を鋭くした。でもすぐに、これじゃ今までの二の舞だ、と思い直し、なんとか自分の気持ちを落ち着ける。

「お父さん、私の話を聞いて」

姿勢を正すと、自然と静かな声になった。

お父さんがぴくりと眉を上げて、じっと私を見つめ返す。

「お父さんはいつも私の話を聞かないで、自分の考えばっかり押しつけて……私にだって自分なりの考えがあるんだから、まずは聞いてから判断してほしい」

ゆっくりと告げると、お父さんが軽く目を見開いた。

「押しつけ……？　そんなつもりは……。お前はまだ子どもだし、いつもなにも言わないから、まだ自分で決められないだろうから、父さんが考えて導いてやらないと、と思って……」

歯切れの悪いお父さんの言葉を聞いていると、本当に私の意見を無視するつもりなんてなかったのかもしれない、と思えた。

そうか、私が初めから諦めて自分の考えを主張しなかったのがいけないんだ。自分の気持ちは、たとえ家族であっても、口に出さなければ伝わらない。鳥浦で学んだことを、改めて強く感じた。

だから、今日はちゃんと言葉にする。私は決意も新たにお父さんを見つめ返した。

「お父さん。私、やっぱり、こっちには戻りたくない。これからも鳥浦に住んで、あっちの高校に通いたい」

きっぱりと告げると、お父さんはぐっと眉をひそめ、それから深々と息を吐き出した。

「なぜだ？ 真波のことを思って、戻って来いと言ってるんだ」

低く唸るような言葉に、私も眉根を寄せた。感情的に返したくなったけれど、なんとか呑み込む。お父さんをまっすぐに見て、「その言葉は」と口を開いた。

「その、あなたのことを思って言ってる、って言葉、すごく、ずるいと思う」

怒るかな、という考えが一瞬頭をよぎったけれど、お父さんは意外にも驚いたように目を見張っただけだった。

「ずるい……？ どういうことだ」

本当に分からないという顔だった。

「だって、その言葉を言われたら、私たち子どもは、絶対に言うこと聞かなきゃいけない気がしちゃうでしょ。自分のためによかれと思って言ってくれたことなんだから、言う通りにしなきゃ申し訳ないような……」

でも、と私は続ける。

「相手が自分のことを思って言ったことなら、なんでも言いなりにならなきゃいけないの？ それっておかしくない？ 親だって人間なんだから、間違った考えに陥ることだってあるはずでしょ？　それなのに、親の意見は絶対だから、親の言うことだからってなんでもその通りにしてたら、子どもは自分で考える力まで失って、自分ではなんにも決められない人間になっちゃう気がする……」

お父さんは唖然としたように、まじまじと私を見ていた。

「私は、自分がもしも将来子どもを産んで親になったとき、それだけは言いたくないって思う。その言葉は、子どもの意志も思考力も選択権も全部奪っちゃうと思うから。大人からしたら、『そっちの道よりこっちの道のほうが将来あなたのためになるよ』って確信できるとしても、子どもからしたらただの押しつけにしかならないよ」

お父さんはどこか傷ついたような表情を浮かべていた。きついことを言っているという自覚があったので、なんだか申し訳なくなってくるけれど、自分を奮い立たせて、さらに続けた。

「子どもにだって、子どもなりの考えがある。自分の人生なんだから、ちゃんと自分なりに必死に考えてるよ。子どもなんだから分からないだろう、だから大人の意見に従えって、すごく横暴《おうぼう》に感じる。だから、お互いが納得するまで自分の意見をぶつけ合って、きちんと話し合うべきなんだと思う」

私が口を閉じると、沈黙が落ちてきた。

お父さんは硬直してしまったように、少しうつむいたまま動かない。

しばらくして、私は声色を変えてまた口を開いた。

「……私ね、鳥浦が好きなんだ。最初は正直、大嫌いだったけど、三ヶ月暮らして、いろんな人と関わって、いろんなことを教えてもらって、ひねくれてた私を変えてくれて、今はすごく大好きになったの。……お父さんからしたら、厄介払いだったんだろうけど、今の私にとっては……」

そのとき、お父さんがいきなり顔を上げた。

「厄介払いなんかするものか！」

ひどく怒ったような声だった。私は驚いて言葉を呑み込み、お父さんを見つめ返す。

お父さんは顔をくしゃりと歪めて、震える声で続けた。

「実の娘を厄介払いするなんて、そんなはずないだろう……」

私はふたつ瞬きをしたあと、お母さんの手をぎゅっと握って口を開いた。

「……でも、お父さん、私が中学で不登校になったとき、甘えるなとか、真樹に悪影響だとか言ったでしょ？　だから、私に苛々して、遠くにやりたかったんだと思って……」

「あれは！」

またお父さんが声を荒らげた。そのあとぐっと唇を噛みしめ、苦しげに続ける。

「あれは……お前のためを思って」

そこで言葉が途切れた。小さく首を横に振り、どこか自嘲的に笑う。

「いや……真波のためを思って言ったつもりだったが……いつまでも休んだままだと将来大変なことになると心配で、なんとか奮い立たせようと思って言ったつもりだったんだが……そうだな、言い方が悪かった」

お父さんがこんなふうに自分の非を認めるのは初めて見た。決して自分の間違いを認めたりしない人なんだと思っていた。

もしかしたら、親だから、大人だから、いつでも完璧で正しい姿を見せないといけないと気を張ってたのかもしれないな、となんとなく思う。

「……鳥浦に住むことをすすめたのは、そのほうが真波にとっていい環境だろうと考えたからだ。こっちの学校でつまずいてしまって……お前は最後まで理由は言わなかったが、なにか嫌なことがあったんだろう。地元にいい思い出なんかないだろう。だから、心機一転《しんきいってん》、新しい土地に移ったほうが、お前の気分も変わって、将来にとってもいいだろうと思ったんだ」

私は「それは分かるよ」とうなずいた。

「でも、まさかお義父さんたちの家が、真波と同い年の男の子が住んでいるような環境だとは思わなかった。なにかあってからじゃ遅いと焦って、鳥浦の高校に通えているというならこっちに戻って来ても大丈夫だろうと、今後のことを考えれば地元にいるほうがいいに決まっているし、そのほうが真樹も喜ぶだろうと思って、帰って来るように言ったんだ」

お父さんがそこまで考えていたなんて、と驚く。漣のことが気に食わなくて、自分の思い通りにさせたくて、あんな命令をしたのだと思っていた。

私もお父さんも、自分の気持ちを伝えるのが苦手なところは同じなのかもしれない。私はお父さんに似たんだな、と思うと、なんとなく気恥ずかしかった。

「お前は、こっちに戻りたくないのか」

お父さんがぽつりと言った。

もしかして、言葉にできないだけで、寂しいと思ってくれているのだろうか。少し前までなら考えられなかったことだけれど、今は、そうなのかもしれないと思える。お父さんがとても不器用な人だと分かったから。

私は微笑みを浮かべて答えた。

「別に戻りたくないってわけじゃないの。ただ……」

ひとつ大きく呼吸をして、私はまた口を開く。

「私ね、お父さんが鳥浦に来た日、お父さんと話したあと、なんか頭に血が昇って、なんていうか、もうどうでもいいやって気持ちになって、……死んじゃっても構わない、って思いながら海に行ったの」

お父さんがはっと目を見張った。

「真波……！　お前、なんてことを！」

勢いよく立ち上がり、お母さんの寝顔をちらりと見てから、怒ったような目をして言った。私はそれを手で制して首を振り、「ごめん。でもね」と続ける。

「そのときにね、漣が私を引き留めて、助けてくれたんだよ。……命だけじゃなくて、心も」

お父さんは椅子に腰を下ろし、瞬きも忘れたように私を見つめながら続きを待っていた。

「漣が、私を救ってくれたの」

荒波に呑まれそうだった私の心を救ってくれた漣の言葉を思い出しながら、噛みしめるように言った。

「そのあと、漣にすごくつらいことが起こって……私は生まれて初めて、誰かのためになにか行動を起こさなきゃって思った。漣が私を変えてくれたんだよ。だから、漣は私の恩人で、かけがえのない人なの」

本人がいないからこそ言える言葉だった。照れくささを紛らわすために軽く頬を撫でてから、また口を開く。

「漣だけじゃなくて、おじいちゃんもおばあちゃんも、お世話になってる喫茶店の人も、クラスメイトたちも、いろんな形で私を助けてくれたり、大切なことを教えてくれたり、私を変えてくれたりした。だから、私は、高校を卒業するまでは鳥浦にいたい。そして、その人たちに恩返しをしたい」

私の主張を聞き終えて、お父さんはどこか呆然としたような顔で瞬きを繰り返してから、ふっと小さく笑った。

「いつの間にか、真波もすっかり大人になったんだな」

胸を張って大人と言える自信はまだないけれど、幼稚で馬鹿だった少し前の自分に比べたら、ちょっとは成長できていると思ったので、小さくうなずいた。

「今まで、真波は自分でなにも選べないと決めつけていて、その……すまなかった」

私はぽかんと口を開いた。

「……なんだ、その顔は」

「だって……お父さんが謝るのとか、想像もしてなかったから……」

お父さんは気まずそうに両手で顔をくしゃくしゃと撫でてから、ふうっと息を吐いて言った。

「俺は昔から、自分の非を認めて謝るのが苦手で……母さんにもよく叱られてたんだ」

私は思わず「えっ」と声を上げる。

「お父さんを叱るの？　お母さんが？」

お父さんがくすりと笑ってうなずいた。

「ああ、そうだ。真波と真樹が寝たあとにな、リビングに呼び出されて……。『あなたはプライドが高いし、社長だからとか父親だからとか考えて、威厳《いげん》を保つために謝っちゃいけないって思ってるんだろうけど、それはあなたの悪いところだ』と説教されてたよ。俺はなにも言い返せなくて、黙って聞いているしかなかった」

お父さんがお母さんに目を向ける。私も同じようにお母さんを見つめながら、お母さんに叱られてしょぼくれるお父さんの姿を想像して、こっそり笑った。

しばらくして、お父さんがふいに顔を上げ、「真波」と呼んだ。今まで聞いた中でいちばん柔らかな声だった。

「お前がちゃんと自分なりに考えていることはよく分かった。これからは、自分のことは自分で考えなさい。父さんはお前の決めたことを応援するよ」

私は目を丸くして息を吸い込んでから、微笑みを浮かべてうなずき返した。

「……ありがとう、お父さん」

それから私たちは、どちらからともなく、再びお母さんに目を向けた。

カーテン越しに窓から射し込む光が、真っ白なベッドに横たわる青白く痩《や》せ細った身体を、淡く照らし出している。

その姿を見ていて、ふと思い出した私は、鞄の中を探った。そして、お母さんの枕元に、ガラスの小瓶に入れた桜貝の貝殻を置く。龍神祭の夜に、砂浜で拾ったものだ。

幸せを呼ぶ貝のひとかけら。

「……ねえ、お父さん」

私はお母さんの顔を見つめながら呟く。

「私ね、ずっと気になってたことがあったの」

目を上げてお父さんを見ると、「なんだ、言ってみろ」と返ってきた。

私は深く息を吸い込み、そして吐いてから、意を決して口を開いた。

「――お母さんは、私のこと、愛してなかったんじゃないか、私はいらない子なんじゃないかって……」

お父さんの顔色がさっと変わった。

「……どうして」

目を見開いて、驚いたような、そして傷ついたような顔をしている。

「どうしてそんなふうに思うんだ？」

声は弱々しかった。私は少し目を伏せて、「事故のとき」と続ける。

「あのとき、お母さんは……真樹だけ守ろうとして、私のことは……見向きもしなかったから、だから……」

「そんなことはない！」

私が言い切らないうちに、お父さんが鋭く声を上げた。

「そんなわけないだろう!!」

今まで見た中でいちばん怖い顔、いちばん厳しい口調だった。

驚く私を、お父さんが強い瞳で見つめる。

「……警察から聞いた話だ。事故には目撃者がいて、当時のことを詳細に教えてくれた……」

それからお父さんは、絞り出したような声で語り出した。

「あのとき、車が突っ込んでくることに気づいた母さんは、手を繋いでいた真樹を抱きかかえて転がって、なんとか車から逃れた。でも、背後で衝突音を聞いて、真波が轢かれてしまったことに気がついたらしい。真波は自分たちより先を行っていたから大丈夫だと思っていたんだろう。母さんは悲鳴を上げて、跳ね飛ばされた真波を追いかけた。でも、植木に落ちた真波を抱き上げようとした次の瞬間、事故に気づかずに走ってきた後続車に、はねられた。そのまま地面に叩きつけられて、頭を強打して……」

私は言葉もなくお父さんの話を聞いていた。

知らなかった。お母さんが私に駆け寄ってくれていたなんて。私が事故の衝撃で意識を手放したあと、お母さんは私を抱きしめようとしてくれていたんだ。

私はお母さんに目を落とした。青白く、生気も力もない横顔。それは、自分の危険も顧みずに私を守ろうとしたからだったんだ。

「……母さんが怪我を負った経緯を知ったら、真波が自分のことを責めてしまうんじゃないかと思って、あえて真実を伝えなかったんだ」

お父さんは両手で顔を覆い、苦しげな声で言った。

「でも、そのせいで真波が苦しんでいたことに、父さんは気づけなかった」

ゆっくりと下ろされた手の向こうから、歪んだ顔が現れた。

「すまなかった……」

私は首を横に振る。でも、言葉が出なかった。込み上げてくる涙が邪魔をした。

「でもな……母さんが真波と真樹を心から愛しているのは確かだよ。それは父さんが保証する。お前たちふたりが生まれてからどれほどの愛情を注いできたか、いちばん側で見てたのは父さんなんだから……。母さんは、本当に愛情深い立派な人なんだよ」

お父さんが愛おしげな眼差しでお母さんを見つめている。

「こうなってからも……父さんがお前たちの話をすると、母さんは瞼をぴくぴくさせたり、指を震わせたり、少し反応することもあるんだ。耳は聞こえてるはずだから、なるべくたくさん話しかけてあげてくださいと先生がおっしゃってたが、きっと本当に聞こえていて、お前たちの話を聞けるのを喜んでいるんだと思う」

「え、お母さんのお見舞いに来てたの？」

私はいつも週末に真樹とふたりで来ていた。お父さんがお母さんに会いに来ていたなんて知らなかった。

「当たり前だろう。仕事の合間や会社からの帰りに、毎日寄ってるよ」

「えっ、毎日？　本当に？　全然知らなかった……。仕事が忙しいから来れないんだと思ってた」

「わざと時間をずらしてたからな」

「えー……」

たぶんお父さんは、眠るお母さんに語りかける姿を私や真樹に見られるのが恥ずかしかったんだろうと思う。

「そっか、そうだったんだ……」

細く開いた窓から柔らかい風が吹き込み、カーテンをさらさらと揺らす。その瞬間、ふいに映像が頭に浮かんだ。

ふたりきりの静かな病室で、お母さんにひっそりと声をかけるお父さんのうしろ姿。

それはとても悲しいけれど、優しくて愛に溢れた空間だった。

私はお父さんのことをずっと、仕事人間で家族をないがしろにしていると思っていた。でもそれは、本当のお父さんがちっとも見えていなかったのだ。

お父さんは無口で、必要以上には喋らない。でも本当は、親の反対を押し切って結婚するくらい、事故で意識不明のまま十年も眠り続けているお母さんに毎日会いに来るくらい、お母さんのことを愛している。

そして、お母さんに毎日子どもの話をできるくらいに、私たちのことを見ていてくれた。きっと大事に思ってくれている。

そう考えると、私を鳥浦の高校に進学させておじいちゃんの家に引っ越しさせたことも、漣と一緒に住んでいると知って地元に戻そうとしたこともすべて、私のことを心配してくれていたからなのだと、不思議なほど素直に信じられた。

無口で不器用で、分かりやすい愛情表現なんてできないお父さんと、疑心暗鬼でひねくれていて、人の思いを素直に受け取れない私。だからすれ違ってしまっていたのかもしれない。

「真波とこんなふうに話せたのは、もう何年ぶりだろう。母さんのおかげかな……」

お父さんが呟いた、そのときだった。

点滴に繋がれたお母さんの左手の小指が、ぴくりと動いた。

気づいた私は、驚いて視線を上げ、お母さんの顔に目を向けた。瞼が小さく震えている。

私とお父さんは、固唾を呑んでお母さんを見守る。時間が止まったようだった。

しばらくして、青白い瞼が少し、ほんの少しだけれど、薄く開いた。

「え……」

思わず声を上げてしまう。今までに経験したことがないくらいに、胸が激しく動悸していた。次の瞬間、お母さんの瞼はすうっと閉じた。

そして、その拍子に、閉じた瞼から、透明な涙が一筋、こぼれ落ちた。

それきりお母さんは動かない。安らかな寝息だけが聞こえてくる。

「お母さん……今、目、開けた？　開けたよね!?」

私は慌ててお父さんを見た。お父さんは、これ以上ないくらいに目を見開き、お母さんを凝視していた。

「洋子……！」

小さく叫び、お父さんが椅子から立ち上がった。

「洋子!!」

お父さんはお母さんの身体にすがりつき、声を上げて泣いた。

その様子をしばらく眺めていた私は、思わず笑みをこぼしながら、音を立てないようにそっと立ち上がって病室をあとにする。

十年以上もの間、意識が戻るのを毎日ひたすら待ち続けたお父さんを、お母さんとふたりきりにしてあげよう、と思ったのだ。

それに、私にも、私のことを待ってくれている人がいる。

部屋を出るときちらりと振り向くと、お母さんの枕元で、桜貝の貝殻が淡く光を放ったような気がした。

どうか、どうかお願いします、お母さんを——。誰にともなく、私は祈った。

談話室に行くと、驚いたことに、真樹は漣と一緒に図鑑《ずかん》を見ながら楽しそうに話をしていた。

「真樹、漣」と声をかけながら近寄る私に気づいた漣が顔を上げ、目を丸くして私と真樹を交互に見る。

「えっ、こいつ、真波の弟なの？」

どうやら知らずに一緒にいたらしい。なんだかおかしくて、私は小さく噴き出した。

「うん、そう。真樹っていうの」

「えー、マジか！　言われてみたら顔似てるな」

そうかな、と笑いながら、私は真樹に目を向ける。

「この人は私の高校の同級生で、鳥浦のおじいちゃんちに住んでる人だよ。ちゃんとお礼言ってね」

するど真樹は立ち上がり、漣に深々と頭を下げた。

「遊んでくれてありがとうございました！」

漣はまだ驚きがおさまらないような顔で「どういたしまして」とうなずいてから、私を見る。

「お前、ちゃんと姉ちゃんやってんだなー」

そう言われると照れくさくて、私は話を変えるように「行こう」と呟いた。

それから真樹に「今度はおじいちゃんとおばあちゃんも一緒に会おう」と約束し、また来るからね、と別れを告げる。

「うん！　楽しみにしてる。漣くん、また遊んでね」

「おう、任せとけ。俺も楽しみにしてる」

漣が真樹の頭をぐしゃぐしゃかき回すと、真樹は嬉しそうに笑い声を上げた。

真樹は私たちの姿が見えなくなるまでずっと、笑顔で手を振っていた。


「実家に泊まらなくてよかったのか？」

鳥浦へと向かう電車に揺られながら、漣が訊ねてきた。

「うん、とりあえず今日は帰る。明日は出校日だし。それに、おじいちゃんとおばあちゃんに、早く報告したいことがあるから」

そこで一度言葉を切ると、彼が「報告したいことって？」と先を促す。

私はひとつ息をついてから、ゆっくりと答えた。

「お母さんがね……目を開けたの。ほんの一瞬だけど」

「えっ！」

漣は目を見開いたあと、自分のことのように嬉しそうに「すげえじゃん！」と声を上げた。

「うん……びっくりした。ただの反射《はんしゃ》とかかもしれないけど、でも、今まで一度もなかったから……もしかしたら、いつかちゃんと、目を覚ましてくれるかもしれない」

もしもそうならなかったときに絶望しないためにも、あまり過度な期待はしないようにしなきゃ。そうは思うものの、やっぱり長年眠っている顔ばかり見てきたお母さんに変化が訪れた嬉しさは抑えきれなかった。

「……そうなると、いいな」

漣は、きっと大丈夫とか、絶対に目を覚ますよとか、その場しのぎの言葉は口にしない。

でも、心からそう祈ってくれているのが、柔らかい眼差しから伝わってきた。

「……私、自転車、練習しようかな」

あの事故以来、怖くて乗れなくなってしまった自転車。でも、いつまでも過去に縛られて前に進めずにいるのはやめにしたい。

「いいじゃん。教えてやるよ」

漣が笑って言った。その笑顔が眩しくて、私は照れくささに軽口を返す。

「ええ、やだなあ、めっちゃスパルタそう」

「お前にはスパルタくらいがちょうどいいだろ」

ひどい、と睨み返すと漣は弾けるように笑った。

◇

鳥浦に着いたころには、すっかりあたりは夕闇に沈んでいた。

「海に寄っていこうか」

漣がそう言い出した。ナギサさんのことがあって以来、切ない顔で海を見ていることが多かったから、彼のほうからそう言い出したのは意外だった。

「……大丈夫？」

思わず訊ねると、漣は驚いたように目を丸くして、それからにこりと笑った。

「大丈夫。海にはつらい思い出もあるけど、でもやっぱり、俺はここの海が好きだ」

そっか、と私はうなずいた。

いつもの砂浜に下りて、波打ち際に並んで腰を下ろした。目の前には、夜の色をまとい始めた海。静かに打ち寄せる波が、スニーカーの爪先をかすめるように撫でていく。

しばらくして、漣がぽつぽつと語り始めた。

「……ナギサさんはさ、今の俺らと同い年だったんだよな。この年で、自分を犠牲にして俺を助けて、……この年で亡くなった」

うん、と私はうなずく。

「そしてユウさんは、この年で、人生でたったひとりって決めてた大切な人を失った。でも、その悲しみを乗り越えて、あんなふうに笑顔で強く生きて、みんなを笑顔にしてる。すごいよな。ふたりのことを考えると、俺ってなんてガキなんだろうって恥ずかしくなる……」

私はまたうなずいた。

「私もそう思う」

それから、ほとんど無意識に呟く。

「優しい人に、なりたいな……」

漣がゆっくりとこちらを見た。

「ユウさんみたいに、ナギサさんみたいに、おじいちゃんおばあちゃんみたいに、漣みたいに――」

ユウさんのように、分け隔《へだ》てのない広い愛情で、周囲に優しさを与えられる人になりたい。

ナギサさんのように、自分を犠牲にしてでも人を助けられるような、深い深い優しさをもつ人になりたい。

漣のように、誰かのために、正しいこと、言うべきことを、自分が矢面《やおもて》に立つことになってでも言える、厳しい優しさを持つ人になりたい。

そんな気持ちで、言葉を紡いだ。

「──私も、優しい、優しい人になりたい」

その瞬間、隣で漣がふっと笑った。

「それは無理だろ」

は？と私は彼を睨み返す。せっかくいいこと言ってたのに、話の腰を折るな。

「すげえ顔」

彼はおかしそうに声を上げて笑った。

「お前のひねくれは筋金《すじがね》入りだからな、そうそう簡単には治らないだろ」

私はむっとしたものの、確かにそうかもしれない、と思った、何年もかけて培《つちか》ってきたこの卑屈な心は、なかなか手強《てごわ》そうだ。

そんなことを考えて少し落ち込んでいると、漣が「でも」と続けた。

「まあ、いいんじゃね？　真波は真波で」

突然柔らかい言葉を向けられて、油断していた私は硬直してしまう。

そんな私をじっと見つめながら、漣は少し照れたように小さく言った。

「……それに、お前は、優しくないこともない……と、思わなくもないよ……」

「……どっち？」

思わず首を傾げる。彼は無視して続けた。

「……あと、俺、前に真波のこと嫌いって言ったけどさ、今は、まあ、その、そんなに嫌いでもない……こともないこともないよ」

「……だから、どっち？」

漣は「知らね」と呟いて立ち上がった。そのまま波打ち際を歩き始める。

「えっ、ちょっと、待ってよ！」

呼び止めても、彼は少しもスピードを緩めずにずんずん歩いていく。

「漣ー」

必死に追いかけているとき、ふいに、足下に打ち寄せる波が、ぱっと弾けるように、ほんの一瞬、黄緑色に光った。

私は「えっ」と驚いて立ち止まり、目を向ける。でも、今は光は見えない。

気づいた漣が「どうした？」と振り向く。

「……今、波が光った……気がした」

彼は首を傾げて海に目を向けた。

「夜光虫《やこうちゅう》かな」

そう言って、足下に落ちていた小石を拾い、軽く放る。すると、石が音を立てて海面に触れたと同時に、波紋《はもん》が広がるようにぶわっと水が輝いた。

「わっ、やっぱり光った！」

私は思わず声を上げた。

沖のほうから波が来ると、また揺れながら光が広がる。

「夜光虫って聞いたことはあったけど、初めて見た！　こんな感じで光るんだね」

「うん。物理的な刺激で光るらしい」

靴を脱いで海に入った漣が、ざぶざぶと波を踏むように歩くと、それに合わせて蛍《けい》光色《こうしょく》の光が瞬いた。

「わあ……綺麗……」

私も真似をして裸足になり、波間に足を踏み入れてみる。

黄緑の蛍光ペンのインクを散らしたみたいな、鮮やかな光だ。打ち寄せる波が輝く。

この世のものとは思えない、幻想的で神秘的な光景だ。

「海が青白く光ってる写真は見たことあるけど、黄緑色なんだね」

「青白く光るのはウミホタルで、黄緑に光るのが夜光虫って聞いたことがある」

漣が楽しそうに光る水を蹴りながら言った。

「赤潮《あかしお》って学校で習っただろ。夜光虫は赤潮の原因になるプランクトンの一種なんだって」

私は記憶をたぐり寄せて、中学時代の教科書の記述をなんとか思い出す。

確か、プランクトンの異常繁殖《はんしょく》で海や川が赤く変色する現象が、赤潮。プランクトンがエラに詰まったり、海水の酸素濃度を低下させてしまったりして魚が死んでしまうので、漁業に悪影響を及ぼす。

「……こんなに綺麗なのに、人や他の生き物を困らせることもあるんだね」

そう口に出してから、この言葉選びはふさわしくないな、と思い直して、言い方を変えた。

「誰かを困らせるものでも、こんなに綺麗に光って、見た人を感動させることもあるんだね」

漣が微笑んで、「そうだな」と答えた。

しばらく夜光虫が放つ光を眺めたあと、ふいに彼が口を開いた。

「……生きてたら、悲しいことも、苦しいことも、数えきれないくらい起こるけど。それでも俺たちは、ただ、今ここにあるすべてを引き受けて、受け入れて、生きてくしかないんだよな……。その悲しみや苦しみが、いつか自分の糧《かて》になって、いつか誰かの役に立つこともあるはずって信じて……。それが、生き残った者の責任だ」

自分に言い聞かせるような言葉だった。だから私はなにも答えない。

漣が海に落ちて溺れてしまったこと。ナギサさんに命がけで救われて、でもそのせいでナギサさんが亡くなってしまったこと。ユウさんが大事な人を失ってしまったこと。私のお母さんが、私を助けるために大怪我を負って、何年も意識が戻らないこと。

たった十六年ほどしか生きていない私たちでさえ、胸を抉《えぐ》られるような出来事に直面した。これから生きていく上でも、たくさんの苦しいことや、つらいことを経験するだろう。大事なものを失って、抱えきれないほどの悲しみに押しつぶされて、泣きながら悶《もだ》える日もあるだろう。きっと人生とはそういうものだ。

どうして世界は、こんなにも、悲しいことで溢れているんだろう。

どうして神様は、こんなにも、苦しみばかり与えるんだろう。

大切なものはいつだっていとも簡単に奪われてしまうし、時にはどんなに悔やんでも取り返しのつかない罪を背負ってしまうこともある。

でも、胸をかきむしるほど悲しくても、息もできないくらい苦しくても、それでも私たちは、歯を食いしばって前を向いて、生きていかなきゃいけないんだ。明日を、未来を、信じていなきゃいけないんだ。

だって、私たちは、生きているんだから。この身体に、たくさんの人たちに守られてきた命が、確かに息づいているんだから。

ユウさんの優しさが、ナギサさんの愛が、漣の厳しさが、私にそれを教えてくれた。

抱えきれない思いを胸に、私は静かに海を見つめる。

この海には、神様がいるという。それなら、どうか、神様、と私は心の中で語りかける。

どうか漣を、ユウさんを、みんなを、幸せにしてあげてください。

たくさんの悲しみを抱いて、たくさんの涙を流して、それでもがむしゃらにあがきながら苦しみを乗り越えて、なんとか前を向いて生きている人たちを、幸せにしてあげてください。

どうか神様、お願いします。

――こんなに優しい気持ちになれたのも、誰かの幸せを心から願ったのも、生まれて初めてだった。

ふと視線を落とすと、波にさらわれた砂の上に、ピンク色のかけらを見つけた。幸せを呼ぶ貝殻。

指先でつまんで、手のひらに包み込む。

桜貝を集めよう、と思った。

たくさん、たくさん集めよう。できる限りたくさん集めよう。

そしてみんなの幸せを祈ろう。

――どうか、どうか明日の世界が、みんなにとって優しいものでありますように。

今までより、今日より、ほんの少しだけでいいから、明日の世界が、優しくありますように。

海に願いを込めて、私はひっそりと祈りを捧《ささ》げる。

【完】

番外編　君に誓いを

◇

「優海くん、優海くん。ほら、この子なんてどうね？」

常連の中林《なかばやし》さんというおばあさんが、コーヒーカップを洗っている俺の前に一枚の写真を置いた。

「安井《やすい》さんとこのお孫さんよ。今年で三十だから、ちょっと姉《あね》さん女房《にょうぼう》になってまうけど、器量よしで気立てもよくてねえ、本当にいい子なんよ。こんな子と一緒に店を切り盛りしたら、ナギサももっともっと繁盛《はんじょう》するよ」

俺は一瞬手を止めて、ちらりと写真に目を落とした。

「可愛らしい人ですね」

そう笑って答えてから、洗いものに戻る。

気がつくと、壁に飾った桜貝のネックレスを見ていた。

何年経っても薄れることのない面影《おもかげ》が、ふっと頭に浮かび、恋しさと愛しさで胸が苦しくなる。

「優海くん……」

中林さんがため息をついた。

「凪沙ちゃんのこと忘れられないのは、よく分かるんよ。分かるんやけどねえ、いつまでも独り身じゃあ寂しいやろう」

「あはは……」

俺はまた笑って、今度は外に目を向けた。

出窓に置いたガラス瓶の中で、集めた桜貝たちが淡いピンク色に輝いている。

細く開けた窓の隙間から、海が見える。波の音が聞こえる。風が吹き込んでくる。潮の香りがする。

この店は、いつも海に包まれている。ここにいれば、常に彼女の気配を感じることができる。いつだって彼女がそばにいてくれる。

だから、寂しくはない。ちっとも寂しくなんかないのだ。

そんなことを言っても、憐《あわ》れむような目で見られてしまうことはよく分かっているから、口には出さない。

「結婚ってねえ、いいもんよ。私もねえ、若いころは他の人とお付き合いしとったこともあったけど、親の決めた縁談《えんだん》で、今の旦那《だんな》と結婚したんよ。最初の人みたいなときめきはないけど、一緒にいて落ち着ける人でね、家族としてはこういう人のほうがいいって思ったんよ。そりゃあ長く連れ添ってたら喧嘩することもあるけどねえ、三人の子どもに恵まれて、孫の顔も見られて、こんな幸せなことはないよ」

「ああ、お孫さん生まれたんですね！　おめでとうございます」

俺の言葉に、中林さんは嬉しそうに「ありがとう」と笑って、また続けた。

「優海くんもねえ、凪沙ちゃんとはまた違った形で大事にできるお嫁さんもらって、子どもができたらもう家族よ。心配ないよ、優海くんならきっと上手くやっていけるはずやからねえ」

「どうですかねえ、俺、だらしないとこあるしなあ。相手に大変な思いさせちゃうと思いますよ」

「またまた、そんなこと言って。優海くんくらい立派な子はなかなかいないよ。だから私はねえ、早く結婚して幸せになってもらいたいんよ」

もったいないお言葉です、と冗談めかして笑いつつも、ごめんなさい、と心の中で謝る。

ごめん、中林さん。俺、どうしても凪沙以外は考えられないんだ。

二十五歳を超えたあたりから、お客さんがお見合いの話を持ってきてくれることが増えた。そのたびに丁重《ていちょう》にお断りしてきたものの、それでもときどき、こうやって話がくる。

俺のことを考えて、わざわざ相手を探してきてくれる、その親切な気持ちは嬉しい。でも俺は、恋愛も結婚も、どうしたって考えられない。

だから絶対に話を受けることはないわけだけれど、せっかく俺のためを思って持ってきてくれた話を断るというのは、毎回どうにも申し訳なくて気が重かった。

さあ今日はどうやって断ろうか、と考えていたとき、「あの」と声が聞こえてきた。

そちらに目を向けると、店の手伝いをしてくれている真波ちゃんが、中林さんをじっと見ている。

大きな瞳でまっすぐに見つめられて、中林さんは少し気まずそうに目を逸らした。

真波ちゃんはとても優しくて純粋ないい子だけれど、あまり愛想笑いなどはしないタイプなので、真顔で相手を見つめるとなかなか迫力があるのだ。

「結婚して幸せになってもらいたいって、ユウさんに失礼だと思います」

おお、言うなあ、と俺は思わず心の中で噴き出した。彼女の言葉はいつも直球だ。とてもまっすぐで素直で正直な子なのだ。

「結婚してないと幸せになれないんですか？　ユウさんはひとりでお店やってて、常連さんもたくさんいて、子ども食堂の子たちにも慕われてて、素敵なお友達もいて、すごく充実した幸せな人生を送ってると思うんですけど。それなのに、結婚してないっていう一点だけで、幸せじゃないみたいに言うのは、失礼だと思います」

おお、さらなる直球が来た。時速一六〇キロメートルのストレートくらい強い。

中林さんは戸惑ったような顔をしながらも、「でもねえ」と口を開いた。

「やっぱりほら、結婚して子どもをもたんと。それが当たり前ゆうもんよ。最近は事実婚やら、子どもを産まない選択やらって言うみたいやけど、それはやっぱりいかんでしょう」

「……それのなにがいけないんですか」

真波ちゃんが眉根を寄せ、低く言った。

「そりゃあねえ、他の家の子たちも可愛いけどねえ、でもやっぱり血の繋がった我が子ゆうんは特別なんよ。優海くんは子ども好きやから、なおさら自分の子をもってほしいんよ。それにねえ、せっかくお母さんが五体満足に生んでくれたんやから、結婚して子どもつくって、次の世代に繋いでいかんと。それが正しい人間の営《いとな》みってもんよ」

真波ちゃんが険しい顔で「じゃあ」と口を開く。

「子どもをもたなかったり、もてなかったりする人は、人間失格ってことですか」

やばい、険悪になってきた。そろそろ止めないと。

水に濡れた手を拭きながら慌ててキッチンを出たとき、「おい」と呆れたように言う声が聞こえてきた。

「真波ー……言いすぎ」

はあっとため息をつきながら彼女の肩を叩いているのは、漣くんだ。

その顔を見た瞬間、俺はほっとして動きを止めた。彼が来てくれたなら、もう大丈夫だろう。

「あのなあ、お前、仮にも年輩者でお客さんに対して、言い方が強すぎんだよ。もっと言葉をオブラートに包むとかできないのかよ」

「はあ？　オブラート？　漣にだけは言われたくないんですけど。漣こそ、もっと優しい言い方できないわけ？　なんでもずけずけ言ってくるくせに」

「それはお前にだけだよ！　ずけずけ言いたくなるようなことばっかやるからじゃん」

「それを言うなら私だって……」

「ああほら、もう、喧嘩はやめなさい」

真波ちゃんと漣くんの言い争いを止めに入ったのは、中林さんだった。それでもふたりはまだやいのやいのと言い合っている。

「まあまあ、困ったもんねえ」

とぼやく中林さんに、俺は「大丈夫ですよ」と笑いかけた。

「あれであのふたり、大の仲良しなんです」

「ええ？　そうなの？」

俺はふっと笑ってうなずく。

「というわけで、俺は若いふたりの恋の行方《ゆくえ》を見守るので忙しいんで、お見合いの件はなかったことにしてくださいませんか。せっかくお話を持ってきてくれたのに、本当にすみません」

俺はそう言って深々と頭を下げる。中林さんは「またそんなこと言って……」と肩をすくめたものの、ひとまず今日のところは諦めてくれたらしく、写真は片付けてくれた。

キッチンに戻って洗いものを再開しつつ、まだなにやら言い合っているふたりを微笑ましく眺める。本気の喧嘩ではなく、子犬どうしのじゃれ合いみたいなものだということは、雰囲気で分かるものだ。

真波ちゃんと漣くんがどうやら付き合っているらしいことは、なんだかんだでいつも一緒に店に来てくれることや、たまに夜の海岸をふたりで散歩していることから、なんとなく気づいている。でも、彼女たちは周囲には知られたくないようで、隠しているつもりみたいなので、俺からはあえてなにも言わない。

そういえば凪沙も、付き合っていることを知られたら恥ずかしいと言っていたな、と思い出す。でも俺はとにかくいつでも一緒にいたくて、片時も離れたくなくて、凪沙という素敵な女の子と付き合っていることが誇らしくて仕方がなくて、どうしても隠しておけなかった。

でも俺もさすがに少しは大人になったから、今なら凪沙の希望にそって、こっそり付き合うこともできるかな。

　そんなことをちらりと思ったけれど、想像してみて、やっぱ無理だ、と即断する。

　凪沙が隣にいるのにくっつけないなんて、絶対に我慢できない。今でもそれは変わらない。もしも今、凪沙が俺の隣に現れたら、俺はなにもかもなげうって抱きついてしまうだろう。

　ああ、会いたいな。凪沙に会いたい。

　唐突に、そんな思いが込み上げてくる。目頭が熱くなって、慌てて窓の外に目を向けた。じわりと視界が歪む。

　だめだ、これは、きっと涙が溢れてしまう。

　お客さんに見られるわけにはいかないので、せいいっぱいの明るい声で「ちょっと在庫見てきまーす」と誰にともなく言い訳をしつつ、壁にかけたネックレスをつかみ取り、急いで裏に引っ込んだ。

　休憩室と倉庫を兼ねた小部屋。壁にそって置いた棚にはコーヒー豆や茶葉、角砂糖やコーヒーフレッシュが所狭しと並んでいる。室内には、海に面した窓がひとつだけあり、そこに仕事用のデスクがある。

　俺はデスクチェアにだらりと座り、ぼんやりと窓の外を眺めながら、涙が引くのを待つ。視界いっぱいに広がる海。

窓辺の棚には、いつでも視界に入れていたい大切なものを飾ってある。

凪沙がプレゼントしてくれた、海のようなコバルトブルーの手帳。

太陽みたいなオレンジ色のミサンガ。

凪沙が好きだった、凪沙と一緒に食べたチョコレート菓子の空箱。

凪沙と過ごした海に包まれて、凪沙との思い出の品を見つめながら、凪沙のネックレスをそっと握りしめて胸に抱く。

ゆっくりと立ち上がって、窓辺に佇んで海を眺める。

窓から入ってきた海風が、柔らかく髪を揺らす。

俺の寝癖を直してくれた指先の感触を、不思議なくらい、まだはっきりと覚えている。忘れられるわけがない。

『まーた寝癖。ほんと、しょうがないなあ』

呆れたような顔でそう笑って、すごく丁寧な仕草で、優しく撫でつけてくれた。

なあ、凪沙。俺、毎日楽しく、幸せに生きてるよ。

凪沙が最後に、俺の幸せを願ってるって、幸せにならなきゃ許さないって、言ってくれたから。

凪沙の願いを叶えるために、俺は小さな幸せを指折り数えながら、ひとつひとつ噛みしめながら、せいいっぱい楽しく生きてる。

凪沙がいない世界。寂しくないって言ったら、大嘘《おおうそ》になるけど。

でも、周りのみんなに支えてもらいながら、応援してもらいながら、自分なりにやってるよ。

……でもさ、正直、毎日百回くらい、凪沙のこと考えてる。

凪沙は『忘れて』って言ったけど、ごめん、その願いだけは叶えられない。

忘れられないよ。一ミリも忘れられない。

ほんとだめなやつ、って呆れて笑ってよ。

怒ったっていいよ。きっと凪沙は、怒りながらも嬉しそうに笑うだろ？

なあ、凪沙。俺が生きて生きて、この人生を最後まで生ききって、そっちに行ったら、褒めてくれる？　それともやっぱり、まだまだ頑張れたでしょって、怒るかな。

どうでもいい。なんでもいい。ただ、会いたい。

「ああ……会いたいなあ……」

会いたい、会いたい、凪沙に会いたい。

凪沙もきっとそっちで、『会いたい』って毎日思ってくれてるだろ？

早く会いたいよな。本当に、会いたい。

会いたいけど、俺、まだまだ頑張るからさ、気長に待っててな。

この命を生ききったら、全速力で凪沙に会いにいくから。誓うよ。

「――凪沙、大好きだよ」

誓いを込めて、海に小さく囁く。

照れたように笑う凪沙の愛しい笑顔が、海の向こうに、風の中に、見えた気がした。

【完】

あとがき

この度は、数ある書籍の中から『明日の世界が君に優しくありますように』を手にとってくださり、誠にありがとうございます。本作は、二〇一九年六月に刊行された同名の単行本の文庫化作品となります。また、二〇一八年夏刊行の『海に願いを 風に祈りを そして君に誓いを』（スターツ出版文庫）と同じ港町を舞台に、その十年後の世界を描いています。単独でもお楽しみいただける内容にしたつもりですが、前作を読んでくださった方には是非そのつながりを感じながら読んでいただけましたら、そして本作を先に読んでくださった方もよろしければ前作を手にとってみて、優海と凪沙の物語に込めた私の精一杯の願いと祈りを感じていただけましたら幸いです。

この物語の主人公・真波は、愛情に飢え、誰からも必要とされていない自分の存在の軽さに苦しみ、斜に構えて攻撃的になることでなんとか精神の安定を図ろうとしている少女です。素直になれず、いつも否定的な言葉ばかりで、それを自覚しているけれど自分ではどうすることもできないでいます。一方、彼女が港町で出会った同級生・漣も、誰にも打ち明けることのできない深い苦悩を胸に抱えて、罪悪感に押し潰されそうになりながら生きてきた少年です。

でも、自分ひとりでは抜け出せない暗闇にいても、誰かと出会い、関わり、言葉を交わしていく中で、光明を見つけることだってできる。そんな奇跡のような出会いを描きたくて、筆を執りました。このメッセージが、読んでくださった方に伝わればいいなあ、と祈っております。

ところで、本作の単行本が刊行された際のあとがきは、『皆様の明日が、今日よりもっと、優しく幸せな世界でありますように』という言葉でしめくくりました。当時、世間では悲しいニュースが続いていて、どうかもっと世界が優しくなってくれたらいいなという気持ちからそう書いたのですが、あれから二年、世界はずいぶん変わってしまいました。未知のウィルスが蔓延し、感染した人々を苦しめたり命を奪ったりしているだけでなく、感染対策などを巡って現実世界でもインターネット上でも、異なる立場や考え方の人間同士の対立を深めています。また、数年前から問題視されていたSNSなどでの誹謗中傷の状況も悪化の一途を辿っています。

どうか、少しずつでもいいので、胸の痛む出来事より胸の温まる出来事が増えてくれますように。明日の世界が皆様にとって優しいものになりますように。

二〇二一年九月　汐見夏衛

この物語はフィクションです。実在の人物、団体等とは一切関係がありません。

汐見夏衛先生へのファンレターのあて先
〒104-0031　東京都中央区京橋1-3-1　八重洲口大栄ビル7F
スターツ出版（株）書籍編集部 気付
汐見夏衛先生

明日の世界が君に優しくありますように

2021年9月28日　初版第1刷発行
2024年7月11日　　　第11刷発行

著　者　　汐見夏衛　©Natsue Shiomi 2021

発行人　　菊地修一
デザイン　カバー　稲見麗（ナルティス）
　　　　　フォーマット　西村弘美
発行所　　スターツ出版株式会社
　　　　　〒104-0031
　　　　　東京都中央区京橋1-3-1　八重洲口大栄ビル7F
　　　　　出版マーケティンググループ　TEL 03-6202-0386
　　　　　（ご注文等に関するお問い合わせ）
　　　　　URL　https://starts-pub.jp/
印刷所　　大日本印刷株式会社

Printed in Japan

ISBN　978-4-8137-1157-5　C0193

今話題の
汐見夏衛が贈る、青春恋愛小説
続々
重版中！
夜が明けたら、
いちばんに
君に会いにいく
汐見夏衛・著
定価 :1320 円
(本体 1200 円 + 税 10%)
思いもしなかったんだ。
私の世界が変わるなんて。
私の死にかけた心をはげしくゆさぶったのは、君でした。
ある事情から優等生を演じている茜。そんな茜を見抜くように、隣の席の青磁から「嫌いだ」とはっきり言われショックをうける。自由奔放な彼を嫌っていた茜だけど、孤独と窮屈さでどうしようもなくなっていた自分を救ってくれたのは、青磁だった。青磁の隣で過ごす時間は、茜の気持ちをゆっくりと溶かしていき…。少年の秘密とタイトルの意味を知った時、涙が止まらない！
ISBN：978-4-8137-9011-2
感動の声、
続々！
何度も壁にぶつかることがあるけど、この本を読んだら吹っ切れる気がします！
(ニーナさん)
読み終わったとき、気づいたら涙が出ていて、自分でもびっくりしました。
(＊星屑＊さん)

この1冊が、わたしを変える。

スターツ出版文庫　好評発売中!!

あの花が咲く丘で、君とまた出会えたら。

汐《しお》見《み》夏《なつ》衛《え》／著
定価:616円
(本体560円+税10%)

SNSで超話題!

孤独な少女と死を覚悟した特攻隊員が出会った奇跡。

親や学校、すべてにイライラした毎日を送る中2の百合。母親とケンカをして家を飛び出し、目をさますとそこは70年前、戦時中の日本だった。偶然通りかかった彰に助けられ、彼と過ごす日々の中、百合は彰の誠実さと優しさに惹かれていく。しかし、彼は特攻隊員で、ほどなく命を懸けて戦地に飛び立つ運命だった——。のちに百合は、期せずして彰の本当の想いを知る…。涙なくしては読めない、怒濤のラストは圧巻!

イラスト/pomodorosa
ISBN 978-4-8137-0130-9

スターツ出版文庫　好評発売中!!

記憶喪失の君と、君だけを忘れてしまった僕。2～夢を編む世界～　小鳥居《ことりい》ほたる・著

生きる希望もなく過ごす高校生の有希は、一冊の本に出会い小説家を志す。やがて作家デビューを果たすが、挫折を味わいまた希望を失ってしまう。そんな中、なぜか有希の正体が作家だと知る男・佐倉が現れる。口の悪い彼を最初は嫌っていた有希だが、閉ざしていた心に踏み込んでくる彼にいつしか救われていく。しかし佐倉には結ばれることが許されぬ秘密があった。有希は彼の幸せのために身を引くべきか、想いを伝えるべきか揺れ動くが…。その矢先、彼を悲劇的な運命が襲い——。１巻の秘密が明らかに!? 切ない感動作、第２弾！

ISBN978-4-8137-1139-1／定価693円（本体630円+税10%）

半透明の君へ　春田《はるた》モカ・著

あるトラウマが原因で教室内では声が出せない“場面緘黙症”を患っている高２の柚葵。透明人間のように過ごしていたある日、クールな陸上部のエース・成瀬がなぜか度々柚葵を助けてくれるように。まるで、彼に自分の声が聞こえているようだと不思議に思っていると、成瀬から突然『人の心が読めるんだ』と告白される。少しずつふたりは距離を縮め惹かれ合っていくけれど、成瀬と柚葵の間には、ある切なすぎる過去が隠されていた…。“消えたい”と“生きたい”の間で葛藤するふたりが向き合うとき、未来が動き出す——。

ISBN978-4-8137-1141-4／定価671円（本体610円+税10%）

山神様のあやかし保育園二～妖こどもに囲まれて誓いの口づけいたします～　皐月《さつき》なおみ・著

お互いの想いを伝え合い、晴れて婚約できた保育士のぞみと山神様の紅。同居生活をスタートして彼からの溺愛は増すばかり。でも、あやかし界の頂点である大神様のお許しがないと結婚できないことが発覚。ふたりであやかしの都へ向かうと、多妻を持つ女好きな大神様にのぞみが見初められてしまい…。さらに大神様の令嬢、雪女のふぶきちゃんも保育園に入園してきて一波乱!?果たしてふたりは無事結婚のお許しをもらえるのか…？保育園舞台の神様×保育士ラブコメ、第二弾！

ISBN978-4-8137-1140-7／定価693円（本体630円+税10%）

京の鬼神と甘い契約～天涯孤独のかりそめ花嫁～　栗栖《くりす》ひよ子・著

幼い頃に両親を亡くし、京都の和菓子店を営む祖父のもとで働く茜は、特別鋭い味覚を持っていた。そんなある日、祖父が急死し店を弟子に奪われてしまう。追放された茜の前に浮世離れした美しさを纏う鬼神・伊吹が現れる。「俺と契約しよう。お前の舌が欲しい」そう甘く迫ってくる彼は、身寄りのない茜を彼の和菓子店で雇ってくれるという。しかし伊吹が提示してきた条件は、なんと彼の花嫁になることで…!?祖父の店を取り戻すまでの期限付きで、俺様＆溺愛気質な伊吹との甘くキケンな偽装結婚生活が始まって——。

ISBN978-4-8137-1142-1／定価638円（本体580円+税10%）

書店店頭にご希望の本がない場合は、書店にてご注文いただけます。